उड़ीसा साहित्य अकादमी पुरस्कार प्राप्त उपन्यास

कभी यहां एक गांव था

उड़ीसा साहित्य अकादमी पुरस्कार प्राप्त उपन्यास

कभी यहां एक गांव था

रश्मी राऊल

अनुवादक :

सोनम मिश्रा

BLACK EAGLE BOOKS

2025

 BLACK EAGLE BOOKS

USA address:
7464 Wisdom Lane
Dublin, OH 43016

India address:
E/312, Trident Galaxy, Kalinga Nagar,
Bhubaneswar-751003, Odisha, India

E-mail: info@blackeaglebooks.org
Website: www.blackeaglebooks.org

First Edition-2003, Second Edition-2007, Third Edition-2015
International Edition Published by
BLACK EAGLE BOOKS, 2025

KABHI YAHAN EK GAON THA
by **Rashmi Roul**
Translated by **Sonam Mishra**

Cover & Interior Design: Ezy's Publication

ISBN- 978-1-64560-765-6 (Paperback)

Printed in the United States of America

उत्सर्ग
मेरा गांव और उस गांव की याद में
मेरी बिटिया के हाथों से…

मैंने क्यों लिखा 'कभी यहां एक गांव था'

विभिन्न कामों में व्यस्त होने के कारण तीन - चार वर्षों से, मैं गांव नहीं जा पाई थी। जब केलेन्डर देखा, तो लगातार चार दिनों की छुट्टीयां पड़ रही थी। सो मैंने अपने गांव जाने की योजना बनाई।

प्राय: पांच घंटे की यात्रा के बाद, प्रमुख रास्ते से बस मुड़ी। और मात्र, तीन किलोमीटर का ही रास्ता बाकी रह गया था। मैं रास्ते को ही देख रही थी। गांव का संकीर्ण, कच्चा रास्ता वर्तमान में अच्छा खासा चौड़ा हो चुका था। रास्ते के दोनों किनारो के खेत की जमीनें, अब प्लॉट में बँट चूँकि थी। अधिकांश प्लॉट पर नए घर, दुकान आदि बन गए थे। रास्ते, गांव, सभी अपने - अपने से लग रहे थे। गांव की सभी पगडंडिया, चौड़े कोलतार के पक्के रास्तों में परिवर्तित होकर, गांव तक पहुंच चुके थे। हमारे गांव के आरंभ में ही एक खूब बड़ा चट्टान था। सुबर्णरिखा नदी का अतिरिक्त पानी उसी रास्ते से होता हुआ, एक नाले के द्वारा समुद्र में मिलता था। चट्टान के दोनों और थी झाडियाँ, जंगल, केवड़े के वन, लाल अर्जुन, सहाड़ा आदि के छोटे बड़े वृक्ष। इसी चट्टान पर जमीन-जायदाद के विवाद को लेकर, स्वतंत्रता संग्रामी काशीनाथ की, उनके दो भतीजो ने हत्या कर दी थी। परवर्ती समय में उस चट्टान का नाम ही काशीया चट्टान पड़ गया था। वहाँ पर अब पहले जैसे घने वृक्ष नहीं थे। चट्टान के दोनों और खाली - खाली सा दिखाई देता था। दूर-दूर तक फैले चरागाह, अब धान के

खेतों में परिवर्तित हो चुके थे। जल से भरी जमीनें, पटाव, कुमुदिनी के फूल,सब कुछ गायब हो चुके थे।

सड़क के किनारे एक विशाल बरगद का पेड़ था। उस पेड़ के नीचे से जाने पर हमारे घर का रास्ता था। वहीं पर बस रुकती थी और हम बस से उतर कर उजी रास्ते से घर जाते थे। मेरी आंखें बस के अंदर से ही उस बरगद के पेड़ को खोज रही थी। हमारे बचपन और किशोर अवस्था की कितनी ही शामें, सुबहे, दोपहर, झूले और खेल का साथी था वह बरगद का पेड़। पता नहीं, कहां गायब हो गया। मैंने सोचा ही था, कि बस रोकने बोलूंगी। मगर जब तब मैं बोलती तब तक बस आगे बढ़ चुकी थी। बस रुकने पर, मैं नीचे उतरी। मेरी आंखें अभी भी उस बरगद के पेड़ को खोज रही थी। सुनापन सा अनुभव हो रहा था। एक शून्यता ने मुझे घेर रखा था। दुकान के सामने दस से बारह लोग अड्डा जमाए गपशप कर रहे थे।

शाम होने को थी। उस अंधेरी शाम में मैंने अनमयस्क भाव से घर का रास्ता पकड़ा। पगडंडी के दोनों किनारो पर बड़ी-बड़ी झाड़ियां और घास फूस उग आए थे, जिससे पगडंडी और भी संकरी हो गई थी। घर उजड़ा हुआ था। नंद ताऊ के घर के छतों से गायें पुवाल खिंच - खिंच कर खा रहीं थीं। यह देख कर, पता नहीं क्यों, मन खिन्न सा हो उठा।

प्राय: सभी घरों में बिजली आ चुकी थी। मगर, मुझे चारों तरफ अंधेरा ही अंधेरा दिखाई दे रहा था। उस चार-पांच दिनों के गांव प्रवास में गांव के लोग, पेड़ - पौधे, गांव से संबंधित सारी चीजें, मुझे कुछ अलग सी लग रहीं थीं। भले ही मैं गांव से लौट आई, मगर मेरे हृदय में एक अलग सी अनुभूति चल रही थी। रह- रहकर मेरी सांसें फूलने लगती थी। मेरे बचपन के गांव और गांव के मनुष्य मेरी आंखों के सामने आ जा रहे थे। सभी दृश्य मेरी आंखों के सामने नाचने लगे। इसी सोच में मैंने एक कविता लिखी- 'कभी यहां एक गांव था'। जब मुझे 'पूजा संख्या' नामक पत्रिका के लिए कुछ लेख भेजने को कहा गया, तब मैंने इस कविता को समारोह के लिए भेज दिया। सन् १९९४ पूजा विशेषांक समारोह में यह कविता प्रकाशित हुई। कविता लोगों के सामने आने के बाद भी, पता नहीं क्यों, मेरा मन गांव को लेकर चिंतित था ?

वह पतले संकरे रास्ते, टूटते पारिवारिक बंधन, तार - तार होती मानवता,अपनों को खोने का दुख, टूटे-फूटे खंडहर से घर, रोगग्रस्त वृद्ध, कुपोषित बच्चे, गुटबाजी करते पढ़े - लिखे बेकार युवक, लोगों के हताश चेहरे मुझे रह- रहकर परेशान

करते। महीनों पर महीने, वर्ष पर वर्ष, मैं यह सोच - सोच कर कष्ट पाती रही कि आखिर उनके लिए क्या किया जाए ? हमेशा इस असमंजस में रही। यही भावनाएं मेरे हृदय में स्थान, काल, पात्र, भाषा और भाव आदि के रूप में संग्रहित होते रहे।

सन् २००१। पूजा विशेषांक नव लिपि पत्रिका के संपादक महाशय ने मुझसे उपन्यास लिखने का अनुरोध किया। प्रायः १५ दिनों तक मेरा मन आसन्न अवस्था में रहा। एवं उन्ही पंद्रह दिनों में लिखा जा चुका था, यह उपन्यास 'कभी यहां एक गांव था'। 'पूजा संख्या' नव लिपि में प्रकाशित होने के बाद मुझे कुछ पाठकों से स्नेह और शुभकामनाएं मिली।

भद्रक से प्रायः २० किलोमीटर दूर, अति ग्रामीण इलाके के एक प्रकाशन संस्था के युवा प्रकाशक दीप्ति प्रकाश एक दिन मेरे घर आ पहुंचे। उन्होंने नव लिपि में प्रकाशित उस उपन्यास को एक पुस्तक के आकार में प्रकाशित करने की इच्छा व्यक्त की। इसके लिए उन्होंने तर्क देते हुए कहा - मैंने गांव में एक प्रकाशन संस्था खोली है और आपके उपन्यास का विषय ही गांव है। अतः मेरी इच्छा है कि, मेरे प्रकाशन को आपका उपन्यास प्रकाशित करने का सौभाग्य प्राप्त हो।

मेरी योजना ३०० पृष्ठों का उपन्यास छापने की थी। लेकिन प्रकाशक महाशय ने इस तरह जल्दबाजी मचाई कि मुझे बाध्य होकर जनवरी महीने तक रचना की सारी प्रक्रियाएं समाप्त करनी पड़ी। सन् २००३ मार्च के महीने में यह उपन्यास पुस्तक मेले में प्रकाशित हुई।

वास्तव में जब पुस्तक छपती है, तब लेखक उसके एक-एक क्षण की खबर रखता है। लेकिन उसके बाद पुस्तक का भाग्य प्रकाशक के इच्छा पर निर्भर करता है। वर्षों पर वर्ष बीतते चले गए। २ दिसंबर सन् २००६ की शाम, दूरदर्शन पर समाचार सुनकर, किसी ने मुझे फोन किया -आपका उपन्यास 'कभी यहां एक गांव था' सन् २००४ के लिए साहित्य अकादमी पुरस्कार से सम्मानित किया गया है। आपको ढेरो शुभकामनाएं।

उस समय मैं चिकित्सालय में थी। मेरे पति दुर्घटनाग्रस्त हो जन्म और मृत्यु से संघर्ष कर रहे थे। मैंने सोचा शायद किसी ने मेरे साथ मजाक किया है। कहां साहित्य अकादमी पुरस्कार, और कहां मैं ? सर्वप्रथम तो मेरा मन अशांत हो गया। मगर इसके तुरंत बाद ही दो-तीन शुभकामना कॉल, और आए। मुझे ऐसा लगा जैसे भगवान ने एक जोरो का थप्पड़ मेरे गालों पर जड़ दिया हो। मैं रो रो कर बेहाल हो

गई, तभी किसी ने मेरे हाथों में चॉकलेट पकड़ा दिए । ऐसे दुख के समय में इस शुभ समाचार से मैं उतने सुख का अनुभव नहीं कर पा रही थी, जितना करना चाहिये था। प्रकाशक, दीप्ति प्रकाश को यह समाचार पांच दिनों बाद मिली।

वास्तविक में 'कभी यहां एक गांव था' उपन्यास की कथावस्तु मेरे अपने गांव की कहानी थी। और इस उपन्यास के चरित्र मेरे अपने, गांव के लोग ही थे। परशु भाई, रत्नाकर भाई, मागुनी ताऊ, मकर पागल, नील चाची, ठेला वाला संथाल, हासली बुढ़ी, बरगद का पेड़, नायब का बगीचा, बांस की झाड़ियां, यह सभी मेरी आंखों के सामने चल - प्रचल कर रहे थे मेरे स्मृति पटल पर। ब्रह्मराक्षस, बेताल, यक्ष अथवा भूत -प्रेत की कहानी सुनाने वाली दादी - नानी अब नहीं रहीं। अब वे आधुनिक हो चुकी है और टीवी पर सीरियल देख कर अपना समय मजे से काटती हैं। नाती - पोतों को कहानी सुनाने के लिए उनके पास ना ही समय है और ना ही आग्रह।

पार्वती नदी सूख चुकी है। उसके किनारे की जगह किसी ने अपने नाम करवा ली है। 'बेज घर' नामक तमाशा कंपनी टूट चुका है। कर्ण अब अपने परिवार के भरण पोषण में लगा हुआ है। दुर्योधन की तलवार पर कब की जंग लग चुकी। गणनाथ दादा आकाश के तारे बन गए हैं। छोटी चाची, नाती -पोतो के देखभाल में पीसी जा रही है। सोनिया दादी के मंजीरे की धुन और भीम भोई के भजन अब सुनाई नहीं पड़ते। परशु भाई के आंखों में मोतियाबिंद की परत छा गई है। हरिया भाई की चांद सी बहू घर संसार में फंसकर, समय से पहले ही बुढ़ी दिखने लगी है। श्रीकांत के कब्जे में गांव की आधे से अधिक जमीन आ गई है। गांव की पगडंडियों की तरह वहां के मनुष्य के हृदय भी अब कंक्रीट के हो चुके है।

आजकल मेरी बिटिया कागज पर गांव के अलग-अलग चित्र आंकती है। उन चित्रों में मेरे गांव के चरित्र चित्र बनकर दीवारों पर लटक रहे हैं। मेरी चिंता, चेतना और आत्मा को अपने बस में करने वाला मेरा गांव, अब धूमिल सा हो गया है। अब तो ऐसा लगने लगा है, शायद कुछ दिनों बाद मेरा गांव केवल एक भूतकाल बनकर रह जाएगा। और मेरा गांव केवल बिटिया के चित्रों तक ही सिमट कर रह जाएगा। जिसके नीचे लिखा होगा -'कभी यहां एक गांव था'।

यहां पर था एक गांव

यहां पर था एक गांव

हंसी थी, खुशी थी,
था स्नेह, प्रेम और रिश्ता भी
थे फुल, थी तितलियां,
थी चांदनी रातें,
स्वप्न में डूबे हुए भोर,
सुनहरी सुबहे
जीवन से भरपूर
प्रेम से उच्छल।

यहां पर था एक गांव,
आत्मियता से भरपूर
कुछ लोग थे
घूम - घूम कर सुख बांटते थे
घरों के थे, द्वार खुले
सभी थे, अंतरंग
सभी थे, अपने ।

गांव के माथे पर
था एक नीला आकाश
तालाब में था, नील कुमुद
ध्यान मग्न बरगद का वह पेड़
केवड़े के फूल की महक
हल्दी के रंग सी धूप
दक्षिण से आती पवन
खिलखिलाते तारों की हंसी में
रात था प्रेम में मगन

क्या जाने कैसे, बदल गया गांव
उजड़ गया, घर द्वार

उजड़े हृदय,

खाली-खाली घर बार,

सुनसान गांव के रास्ते,

खो गयी मानवता,

 परिचित चेहरे, रास्ता भूले

राजनीति की देते दुहाई

जातिवाद के मंच पर

गांव को कर गए नीलाम।

कभी यहां पर था एक गांव

 था उसका एक नाम.....??

अभी भी है

मगर नहीं है उसका कोई नाम ...... ।

(समारोह पूजा संख्या १ ९ ९ ४ में प्रकाशित)

यह है 'कभी यहां था एक गांव' की पृष्ठभूमि।

सन् २ ० ० ६ में इस उपन्यास को उड़ीसा साहित्य अकादमी पुरस्कार से सम्मानित करने के बाद, अनेक शुभकामनाएं आई। पाठकों ने इस पुस्तक को बहुत सराहा। पाठकों की पसंद को देखते हुए इसका पहला संस्करण सामने आया। उपन्यास इतनी बिकी कि सारी कॉपियां खत्म हो गई। दूसरे संस्करण की ३ ० ० कॉपियां राजा राममोहन लाइब्रेरी को देने की बात होने के बाद भी, यह संभव नहीं हो सका।

अत: फिर से, यह तीसरे संस्करण का प्रयास है। इस प्रयास के लिए 'लेखा लेखी' प्रशासन के संपादक, मेरे छोटे भाई, प्रदीप्त कुमार बेहुरा को मेरे तरफ से हार्दिक शुभकामनाएं।

साथ ही मैं धन्यवाद ज्ञापित करना चाहूंगी, अपने पाठक - पाठिकाओं के प्रति, उनकी आंतरिक श्रद्धा और प्रोत्साहन हेतु...।

- रश्मी राउल

तालाब के किनारे मेढ़ पर एक सेमल का पेड़ था।

उस पेड़ पर बहुत दिनों से एक बेताल का वास था। उस सेमल पेड़ के तने से निकली दो नयी टहनियों पर एक कबूतरी ने अपना घोंसला बनाया। साथ-साथ रहते-रहते वेताल और कबूतरी में मित्रता हो गई। दोनों आपस में अपना सुख-दुख बांटते, एक दूसरे से परामर्श लेते। कुछ समय बाद कबूतरी ने अंडे दिए। उन अंडों से तीन प्यारे-प्यारे बच्चे बाहर आए। उन बच्चों को देखकर वेताल खूब खुश हुआ। कबूतरी जब बच्चों के लिए दाना चुगने जाती, तब अपने बच्चों को बेताल की निगरानी में छोड़कर जाती।

इस सेमल के वृक्ष के नीचे दीमक का एक बड़ा बाम्बी था। उसमें एक नाग सांप रहता था। वेताल और कबूतरी की मित्रता उसके आंखों की किरकिरी थी। जब से कबूतरी ने अंडे दिए थे, तब से उसकी आंखें उन अंडों पर लगी थी और जब बच्चे अंडो से निकल आए तब उसकी आंखें बच्चों पर लग गयी। ज्यों ही उसके कानों में बच्चों की चहचहाट की आवाज पड़ती, वह अपना मुंह बांबी से निकालकर, ऊपर घोसले की ओर देखता। उसका मुंह लार से भर जाता। उसके दिमाग में दिनभर यही बात चलती रहती कि, कैसे वह उन कोमल-कोमल बच्चों को अपना आहार बनाएं। दिन-रात वह इसी अवसर की खोज में रहता।

एक दिन

दाने की खोज में कबूतरी बहुत दूर निकल गई।

उसके बाद, उसके बाद, क्या हुआ मां ?

अचानक घने बादल उमड आए। चहुँदिश अंधेरा छा गया। आसमान में जोरों की गर्जन के साथ बिजली चमकने लगी। उसके दांत और भी भयंकर दिखने लगे।

क्या बिजली के दांत होते हैं मां ? तुमने नहीं देखे कैसे अपने दांत कटकटाकर कल आकाश में चक चक होकर चमक रहा था। बिजली, ओ अच्छा, अच्छा। उसके बाद क्या हुआ ?

सेमल का वृक्ष अभिमान से अपने मस्तक उठाये, चुपचाप खड़ा था। इसकी पत्तियां और शाखाएं तेज हवाओं के झोंकों से झूम रही थी। वह पूरी तरह से भीग चुका था। तीनों बच्चों की रखवाली करता वेताल पेड़ की डाल पर बैठा कबूतरी की प्रतिक्षा कर रहा था। मगर कबूतरी नहीं लौटी। बेर की जितनी बड़ी-बड़ी बूंदे कबूतरी के घोंसले पर पड़ती, तो बच्चे चिल्ला उठते। तभी हवा के झोंकों से घोंसले का ऊपरी भाग उड़ गया। बारिश का पानी बच्चों पर पडते ही वह विकल होकर, चीत्कार कर रोने लगे। वेताल बेचारा अब क्या करें ?बच्चों का रोना नहीं देख पाया और उनके ऊपर सो गया जैसे उन पर पानी की एक बूंद भी ना पड़े। मूसलाधार बारिश होने के कारण सांप के बिल में पानी भर गया। सांप बिल से बाहर निकल कर पेड़ के नीचे कुंडली मारकर बैठ गया। पेड़ के ऊपर बेताल को कबूतरी के बच्चों पर बैठा देख, वह चिढ़ गया। सोचा अगर थोड़ा सा अवसर मिल जाता तो इस बारिश के ठंडे-ठंडे मौसम में कोमल - कोमल मांस का स्वाद मिल पाता।

चारों ओर कोहराम मच गया।

अचानक वज्रपात हुआ। सेमल पेड़ का एक मोटा डाल टूट कर नीचे गिर पड़ा। अनेक समय से कबूतरी के बच्चों को खाने के अवसर के इंतजार में बैठा, सांप उसके चपेट में आ गया। जिससे उसकी मेरुदंड टूट गई।

वाह ! बहुत अच्छा हुआ सांप के साथ। - ताली बजाते हुए वह नाचने लगी।

कुछ समय बाद बारिश बंद हो गई। हवाएं बहना भी बंद हो गया। अंधेरा छंट गया और रोशनी फैल गई। सेमल पेड़ की वह शाखा सांप के ऊपर पड़ी हुई थी। और सांप मर चुका था।

केवल सेमल की वहीं दो नई शाखाएं ही बची हुई थी, जिसके ऊपर कबूतरी ने घोंसला बनाया था और उसके बच्चे कुशल मंगल थे। तभी कबूतरी अपने बच्चों के लिए दाना लेकर आई। पेड़ के नीचे मरे हुए सांप को देखकर वह प्रसन्न हो गई। उसने चारों ओर दृष्टि दौड़ाकर वेताल को खोजा।

उसने बच्चों को दान चुगते -चुगते पूछा -बेताल कहां गया, बच्चों ?

बच्चों ने चीं चीं कर कहा - हमें तो नहीं पता माँ।

आखिर यह वेताल गया तो गया कहां ? - आश्चर्य होकर बच्ची ने पूछा।

मैंने कहा -बेचारे अभिशप्त वेताल की वज्रपात से मृत्यु हो गई थी और वही था उसके मोक्ष का कारण।

रुआंसा होकर उसने कहा - नहीं नहीं बेताल कैसे मर सकता है ?वह तो अच्छा बेताल था ना ? उसको मोक्ष देने की क्या आवश्यकता थी ?

उसे तो देवताओं से अभिशाप मिला था कि वह बेताल होकर सेमल के पेड़ पर रहेगा। अच्छे काम करके मृत्यु होने पर, मोक्ष की प्राप्ति होती है। उन तीनों बच्चों को उसने बचा जो दिया था।

यह तो ठीक है, लेकिन फिर भी उसे नहीं मरना चाहिए था। उसने रुआंसे आवाज में कहा।

मैंने कहा -ठीक है, ठीक है।

पालथी मार कर बैठते हुए, उसने पूछा -मोक्ष क्या होता है मां ?

अब मैं उसे कैसे समझाऊं कि मोक्ष क्या है ? कहा - जो अच्छा है, हर समय जो अच्छा काम करता है, जब वह मर जाता है तो भगवान के साथ उनके घर में रहता है। इसे ही मोक्ष कहते हैं।

यह बात समझते हुए उसने पूछा - उसके बाद क्या हुआ ?

वह सेमल का पेड़ भी धीरे-धीरे सुख कर मर गया। तब तक कबूतरी के बच्चे बड़े होकर आकाश में उड़ गए थे। किंतु सेमल की उस ठूंठ पर अभी भी लटका हुआ था, तिनकों का वह घोंसला।

क्या वह अभी भी है मां ?

मैंने कहा -क्या पता ? हो सकता है।

मैं जाने से उसे देखूंगी ना ?

ठीक है।

यह थी, मेरी ६ वर्ष की बिटिया खुशी।

हमेशा कहानी सुनाने के लिए जिद किया करती है। पढ़ाई करने के लिए कहो तो पहले शर्त रखती कि अगर आप एक कहानी कहोगी, तो मैं तुरंत पढ़ने बैठ जाऊंगी। मुंह में खाना भरकर, खाने की थाली के सामने घंटों बैठे रहती। खाना निगलने के लिए उसे बीच-बीच में याद दिलाना पड़ता था। खाना चबाते हुए बोलती - एक कहानी बताओ ना, प्लीज। जब वह किसी बात पर रोती तब भी आप उसे

एक कहानी सुना कर मना सकते थे। सोने के समय कहानी उसके लिए नींद की टॉनिक की तरह काम करता था। उसका संसार कहानियों से भरा हुआ था। कहानी सुनने के अलावा उसका और कोई काम ही ना था। वेद पुराण, रामायण, महाभारत, जातक कहानियां, उपनिषद कथा, परी कहानी, गंधर्व, किन्नर, बेताल, भूत- प्रेत, राक्षस, ब्रह्मराक्षस, टोना टोटका करने वाली स्त्री, चुड़ैल, बुढ़ी असुरी, राजकुमार, राजकुमारी, सुंदरी, कलूरी बेंटो, दोस्ती, सियार, खरगोश, कछुआ, चूहा, जितने भी प्रकार के जीव जंतुओं पर जितनी कहानियां मैंने सुनीं थी, सुनाते सुनाते, धीरे-धीरे सभी कहानियां खत्म होने को आई थी। प्रतिदिन इतनी, नई-नई कहानियां मैं कहां से लाऊं, भला ? कोई कितनी ही मनगढ़ंत कहानियां भी गढ़ सकता है ? केवल मनगढ़ंत कहानी सुना देने से भी नहीं चलने वाला था, क्योंकि वह बीच-बीच में प्रश्न भी करेगी और उत्तर न पाने पर बोलेगी - आप झूठ बोल रही हो ना, मां ? यह भी क्या कोई कहानी हुई ?

अंतत: मैंने सोचा, मैं उसे अपने गांव से संबंधित कहानियां सुनाऊंगी और वैसा ही हुआ भी। बड़े ही प्यार से उसने प्रसन्न होकर सभी कहानियां सुनी। कुछ बातों से आश्चर्यचकित भी हुई। धीरे-धीरे उन कहानियां में आते चले गए -मेरे दादा - दादी, पिता, कानी नानी, गौरी ताऊ जी, सानिया दादी, कुनी दीदी, परशु भाई, जटिया, ताऊजी, हमारी पदी गाय, चीमा कुत्ता, मंगला चरवाहा, हमारे गांव का ठकरा बुढ़ा, संथाल ठेले वाला, भीम, दादी, पागल मकरा, कुरूप बुढ़ा, हासली बुढ़ी, दलेई घर की बहू, नायब का बगीचा और उस जमीन के बीचो-बीच बना नाइब तालाब, उस तालाब में रहने वाला यक्ष, मुहरों से भरा घड़ा, घर के पास का बरगद का विशाल पेड़ और उस पर पैर लटका कर बैठा ब्रह्म राक्षस, तालाब के मेढ़ का वह सेमल का पेड़ और उस पर रहने वाला वेताल, पदम वन में वास करने वाला मणी धारी नाग एवं अपूर्व क्षमता और साहस से भरपूर हमारा बचपन, वो नदी में तैरना, जंगली बेर खाना और भी बहुत कुछ।

कभी-कभी उससे बारिश की दिनों की बातें कहती, काले मेघों से भरे आसमान की बातें, बादलों के साथ बिजली का लुका- छिपी का खेल, इंद्रधनुष के सात रंगों की छटाएं, रास्तों में फूटे पानी के धार पर कागज फाड़ कर बनाई गई नाव को बहाने की बातें, साधव बहू कीड़े (मखमली किड़ा)का घास के ऊपर लजा - लजा कर, धीरे-धीरे चलने की बातें, अंधेरी रातों का निशब्द परिवेश, जुगनूओ के

जलते - बुझते प्रकाश, शरद पूर्णिमा का मंद - मंद हंसता चांद, तालाब का नीला कुमुद, बाड़े के चकोतरा के कंटिली झाड़ियो पर उछल कूद करता, सर हिलाता हुआ गिरगिट, इस फूल से उस फूल पर मंडराती रंग बिरंगी तितलियां, सूर्य के ताप से तपती गर्मियों की वह दोपहरी, गुड़ियों का विवाह, आम की घनी शाखाओ से कोयल की कुहु - कुहु, मोगरें की महक, गांव का पाठशाला, गांव की चौपाल पर वो कौड़ी का खेल, आम बरगद इत्यादि पर लगे सावन के झूले, सास - बहू की लड़ाइयां, घर के आंगन का तुलसी चौरा, मां मंगला, भागवत घर, मार्गशीर्ष महीने का लक्ष्मी जी का पूजन, चकुलिया पंडा (ताल वृक्ष के पत्तों से बना छाता लिये सन्यासी) के लोकगीत और भी कितनी ही बातें, मैंने उससे कहीं ।

मेरी बेटी मेरी कल्पना के गांव की शोभा देखते। देखते लोगों के सुख -दुख की कहानियां सुनते सुनते, शाम होते ही तरोई और खीरे के फूल का खिलना देखते देखते, चांदनी की छटा से सुशोभित आकाश, तारों भरी काली अंधेरी रात की बातें सुनते सुनते, हासिल बूढ़ी का हमारे बगीचे के पीछे से ताड के फल और इमली को हाथों से तोड़ना, वज्रपात से बेताल की मृत्यु की कथा सुन कर तो उसकी आंखों में आंसू भर जाते और वह पुछती - तूम सच बोल रही हो ना मां ? क्या यह सब अभी भी तुम्हारे गांव में है ? इस बार नानी के घर जाने से तुम मुझे यह सब दिखाओगी ना ? मैंने हामी भरते हुए कहा - हाँ -हाँ, जरूर दिखाऊंगी ।

शादी के बाद अपने घर संसार और नौकरी में ही फंस कर रह गयी थी। फिर बाल बच्चे होने के बाद तो अपनी इच्छा के अनुसार पिता के घर जाना भी नहीं हो पाता था।

मां का आंचल पकड़ जिद से पैर पटकना, अब संभव नहीं था। यहाँ तक मायके में दो-चार दिन से अधिक रहना भी मुश्किल था। गांव के लोगों से सुख-दुख बांटने या गांव की प्राकृतिक सुंदरता को निहारने का अब मेरे पास समय कहाँ। पहले की तरह दादी मां, बड़ी मां, चाची, भाभीयों या सखी - सहेलियां के साथ गप्पे हांकना भी नहीं हो पता था। सुबह से शाम होती, शाम से रात, ऐसे ही दिन चला जा रहा था और देखते ही देखते समय बितता जा रहा था। मैं गांव से मन में एक अफसोस लेकर अपने संसार में लौट आती। आजकल जब राजू के पत्र आते हैं, तब खुशी जिद करती है - मां, चलो ना मामा के घर जाएंगे, नानी से मिलने।

३ वर्ष पहले खुशी, मेरे साथ मेरे गांव गई थी। वह भी मात्र दो-तीन दिनों के लिए ही ।

उस समय उसकी आयु ३ वर्ष की थी। सारा दिन वह छोटे चाचा के घर कभी मेमनों के पीछे, तो कभी बछड़े के पीछे भागती फिरती। चीमा कुत्ते की पूंछ खींचकर उसे उठना बैठना सिखाती। अपने छोटे-छोटे हाथों से चिड्डे पकड़ने का प्रयास करती, तितली पकड़ने के लिए उनके पीछे छिप - छिप कर घूमती, गिलहरी पकड़ने की जिद करती, इमली के पेड़ में इमली फला हुआ देखकर मुझसे पूछती - वह क्या है ?अर्जुन के पेड़ पर लटके चमगादड़ को देखकर पूछती - वह कौन सा फल है ? शाम होने पर मेंढक के बच्चों के पीछे फुदकती फिरती, बंदर को देखकर ताली बजा - बजा कर नाच उठाती, छोटे मामा राजू के कंधे पर बैठकर सारा गांव घूमती। लौटने पर कभी उसके हाथ में कुमुद के फूल होते, तो कभी उसके फ्रॉक की झोली में कितने ही प्रकार की छोटी-छोटी चीजें भरकर लाती और मुझे दिखलाती। जब गांव से लौटने का समय आया तब वह रुआंसा हो गई।

हम अपने शहर को लौट आए। गांव से संग्रह की गई प्रत्येक वस्तु खुशी अपने साथ लाई और उसे अपने दोस्तों को एक-एक कर दिखा कर, खूब खुश हुई। बढ़ते समय के साथ, धीरे-धीरे खुशी भी बढ़ने लगी। मगर अभी भी कहानी सुनाने का चाव कम ना हुआ था। मगर मेरे साथ गांव जाने की बातें बार-बार याद करती।

बीच-बीच में पूछती - मां चांद गाय का बच्चा अभी क्या करता होगा ?अपनी मां से कहानी सुनता होगा ना ?

फिर कहती - हमारे चीमा की पूंछ और भी बड़ी हो गई होगी ना ? वह छोटे नाना के घर के मेमनों के साथ दोस्ती करता होगा ना ? वे भी मेरी तरह बड़े होकर स्कूल जाते होंगे है ना ? उन्हें होमवर्क कौन करवाता होगा ?राजू मामू ?

उसकी बातें सुनकर मैं खूब हंसती। केवल मनुष्य के ही बच्चे पढ़ाई करते हैं, पशुओं के नहीं। देखो, रोजी के घर का कुत्ता, मिटू के घर की बिल्ली यह क्या पढ़ाई करने स्कूल जाते हैं ?

वह पढ़ाई क्यों नहीं करते मां ?

अरे वह कैसे पढ़ेंगे ? भगवान ने तो उन्हें पढ़ने के लिए मना कर रखा है ना। उन्होंने क्यों मना किया ?

भगवान ने स्वयं उन्हें पाठ पढ़ाने का दायित्व लिया था। गाय को उन्होंने जितनी बातें सिखाई उसने केवल अंबा आआ, अंबा आ आ ही कहा। बकरी को 'अ ' कहना सिखाया मगर उसने कहा- में ऐ ऐ ऐ। वैसे ही कुत्ता भी सभी बातों में केवल

भौं- भौं करता । इससे भगवान चिढ़ गए। उनको पढ़ाते - पढ़ाते भगवान भी थक गए अंत में चीढ़ कर उन्होंने कहा - तुम सब सारा जीवन ऐसे ही मुर्ख होकर घूमो। तुम लोगों के द्वारा पढ़ाई - लिखाई कुछ नहीं होगा। जाओ, यहां से भाग जाओ ।

अच्छा ऐसी बात है। सब के सब गधे हैं, है ना ?

हम जो भी बातें करे अंत में घूम फिर कर बात, गांव पर ही पहुंच जाती। खुशी जिद कर कहती - मां, इस बार हम नानी के गांव जरूर जाएंगे। तुमने मुझे गांव घूमाने का वादा किया था। वह बरगद के पेड़ का ब्रह्मराक्षस, सेमल के पेड़ का बेताल, तालाब वाला भूत, केवड़े के झाड़ियों के नीचे बिस्तर लगाकर सोने वाला कोकी सियार को तुम मुझे दिखाओगी कहा था, कहा था ना ?

मां, कोकी सियार, केकड़ा कैसे खाता था ? अरे हां !उसने तो अपना पूंछ गड्ढे में घुसा दिया था ना ? अच्छा मां जब उसे केकडे ने काटा होगा, तब उसे दर्द तो हुआ होगा ? कैसे दर्द हुआ होगा ? उसकी पुंछ पर तो बहुत बाल होते हैं, होते हैं न मां ?

मैं कहती -अरे वाह ! तुमने तो कितनी ही बातें याद रखी है।

हम इस बार गांव जाएंगे ना ? वह उत्सुकता से पूछती।

मैं उसे सहलाते हुए कहती - हां हां जरूर जाएंगे।

हम माँ बेटी के सर पर दही का सीका टूटा। मेरे पतिदेव अर्पण, एक दिन जल्दी ऑफिस से घर लौटे उनके हाथ में मोटा लिफाफा था। लिफाफा मेरे सामने रखते हुए उन्होंने कहा पूछा -बोलो तो इसमें क्या है ?

मैंने सहज भाव से उतर दिया -मैं नहीं बता पाऊंगी।

इसमें अलाउद्दीन का चिराग है, समझी ? दो महीने के लिए बाहर जाने का आदेश है। कंपनी मुझे स्वल्प कालीन प्रशिक्षण के लिए अमेरिका भेज रही है। यदि मैं चाहूं तो अपने परिवार को भी अपने साथ ले जा सकता हूं। लेकिन स्वयं के खर्च पर। जाओगी ..... ?

मैंने मन ही मन सोचा -छोटी ननद के शादी में लिया लोन उतरा नहीं, अब हम मां - बेटी अमेरिका जाएंगे, तो फिर से खर्च बढ़ेगा।

कहा, नहीं बाबा आप अपनी कंपनी के खर्च से अमेरिका जाइए। हम मां - बेटी, मेरी मां के पास जाएंगे। तीन वर्ष हुए गांव गए हुए। मां का भी मन इससे दुखी है। खुशी भी गांव जाने की जिद कर रही है। उसको भी अच्छा लगेगा।

अर्पण ने हंसते हुए कहा - तथास्तु।

स्कूल से लौटकर जब खुशी ने यह बात सुनी, तो वह खुशी से नाचने लगी। बहुत अच्छा, अबकी बारी हम गांव में देढ़ दिन रहेंगे, नानी के पास।

अर्पण पहले अमेरिका के लिए निकले। उनके जाने के बाद, हम मां - बेटी सब कुछ तैयार कर गांव के लिए निकले। मैंने मां को चिट्ठी लिख कर हमारे आने की खबर पहले ही दे दी थी।

स्कूल से लौटकर खुशी प्रतिदिन पूछती और कितने दिन रह गये माँ। मैं कहती - और पंद्रह दिन, और दस दिन, और छह दिन, और ..... और एक दिन-बस।

तय हुआ, हम मां - बेटी, मजे करते हुए बस से गांव जाएंगे। इस बार खुशी गांव जा रही थी, घूमने के लिए और मेरे द्वारा सुनी गयी कहानियों के चरित्रों से साक्षात्कार करने । मैं जा रही थी, पंद्रह वर्ष पहले, छोड़ आए अपने गांव के जीवन को, एक बार फिर से जी भर कर जीने।

अपूर्व आश्विन मास।

आशा, आश्वासन और दिव्य आशीष से भरा मास : आश्विन मास।

यौवन की दहलीज पर कदम रखे हुए कुंवारी कन्या की तरह, गांव सुंदर दिखाई दे रहा होगा। शांत परिवेश होगा। कोई शोर -शराबा नहीं होगा, चहुदिश केवल एक संगीतमय निरवता छायी होगी। फूलों के महक में, चिड़ियों के चहक में, मधुमक्खियां के गुंजन में, तितलियों के रंगबिरंगे पंखों पर, अपने पैर रख, इस धरा पृष्ठ पर उतरकर आएगा, आशीर्वाद से भरा, अश्विनी मास।

नीचे हरी भरी वसुंधरा और उसके ऊपर दूर-दूर तक फैला अनंत नीला गगन। क्षितिज पर हरी भरी वसुंधरा और नीले अंबर का वह मिलन, कितनाअद्भुत दिखाई देता होगा। प्रेम की खुशबू से सराबोर होंगे, पवन के झोंकें। पत्तो की सरसराहट से प्रेम के स्वर निकल रहे होंगे। दूर बज रहे ढोलक की थाप की तरह प्राचीन संगीत की मधुर धुन कानों में अमृत घोल रहे होंगे। मनमोहक खुशबू से महक उठा होगा, मेरा गांव। ममता से परिपूरित हो गई होगी -मां, मिट्टी और आकाश।

मां, ओ मां ! और कितना रास्ता बाकी रहा ? खुशी मुझे बार-बार हिला हिलाकर पूछ रही थी। मेरा स्वप्न टूट गया। भावनाएं दूर हो गई। बस खिड़की से बाहर देखा। गांव के ऊपर दोपहर का सूरज अपनी रौद्र रंगीन किरणें बिखेर रहा था।

धीरे-धीरे सूर्य ढल रहा था। कुछ ही समय के बाद नीले आकाश से उतर आएगा यह अपराह्न है। फिर पहाड़ की दूसरी ओर सूर्य डूब जाएगा। सूर्य के ताप से मुक्त हो पृथ्वी उल्लसित हो जाएगी। चारों तरफ सुनहरी झलमल रोशनी फैल जाएगी।

मां तुम सो गई क्या? मामा का घर और कितना दूर रह गया। मैं पुनः भावनाओं की दुनिया से, वास्तविक धरातल पर उतर आई और कहा - और थोड़ी ही दूर है। आओ मेरी गोद में थोड़ी देर सो जाओ।

बस में बैठे-बैठे बच्ची थक गई। मैंने उसे अपने पास खींचा और मेरे गोद में उसका सर रखकर, उसे सुला दिया।

मैं फिर से अपनी भावनाओं की दुनिया में चली आई।

कितने ही वर्ष बीत गए और कितने ही शीघ्रता से बीतता जा रहा है, यह समय। मेरी चिट्ठी मां को मिल गई होगी। उंगलियों पर गिन- गिन कर दिन काट रही होगी। दिन पास आने पर सभी आवश्यक सामग्री जमा कर रख रही होगी और जो नहीं होगा वह बाजार से मंगवाती होगी। हरिया मधुरा को कहकर घर के बाहर साफ सफाई करवाई होगी। कितने दिनों के बाद बेटी जो आ रही है। मेरी श्रीमयी आ रही है। श्री आ रही है। बीच-बीच में छोटे भाई राजू को पुकारती होगी -अरे तुमने गोविंद को कहा या नहीं ?छोटी मछलियां लाने के लिए। कोमल कद्दू के पत्तों पर सरसों का मसाला देकर बनायी हुई छोटी मछली उसे बहुत पसंद है। उसकी बेटी झींगा पसंद करती है। अरे ओ राजा ! तुम कहां गए। थोड़ा जाओ और देखो जरा।

इधर-उधर देखते हुए मां बरामदे के दीवार से टिकी, बैठ गई होगी। पलंग के नीचे रखें पानदान अपनी ओर खींच लाई होगी। पान के पत्ते के दो टुकड़े कर, उसके बीच का मोटा शिरा निकाल, उस पर चुना कत्था लगाकर, धनिया, सुपारी और देसी जर्दा डालकर पान मोड़कर मुंह में रखते साथ कहती होगी - अरे मैं तुमसे कहना ही भूल गई, थोड़ा धनिया ले आए होते तो धनिया और सौंफ को भूनकर रख देती। तुम्हारी दीदी को बहुत पसंद है। कुछ देर बाद पुनः याद करके पूछती होगी -समय कितना हुआ है रे ?

उसके बाद आंगन में पड़ रही धूप की ओर देखती होगी। आश्विन महीने में धूप धीरे-धीरे आम के पेड़ के नीचे तक पहुंच जाती है। वह अपने पैर लंबे कर बरामदे में बैठी होगी। बीच-बीच में चकोतरे और बेगुनिया पेड़ के बीच से आते हुए रास्ते के और निहारती होगी।

शायद कोई आ रहा है। वह रास्ते की ओर ध्यान से देखने लगी होगी। स्पष्ट ना दिखने पर कहती होगी - यह आंख भी फूट जाए, कुछ दिखाई भी नहीं देता। पता नहीं कितने बजे हैं ? अरे ओ राजू, थोड़ा बस के पास जा। तुम्हारी दीदी के पास सामान भी होगा। छोटी बच्ची को पकड़ कर परेशान हो रही होगी। पहले ही कहा था, चला जा उसे लाने। अकेली, मेरी बिटिया कितनी हैरान हो रही होगी। लेकिन मेरी बातें क्या तुम सुनते हो ? इस कान से सुनकर उस कान से निकाल देते हो। ध्यान से सुनो जरा, बस की आवाज आ रही है। शायद बस आ गई। जा थोड़ा देख कर आना। उसके बाद जरा शांत होकर, अपने कानों से बस की आवाज सुनने की कोशिश करेगी।

बछड़े के गले में घुंघरू बांधते हुए या चीमा के कान के नीचे से कीड़े निकालते हुए राजू कहता होगा - अरे ओ मां, दीदी तो चार बजे आएगी। अभी दिन के बारह भी नहीं बजे और तुम्हें अभी से बस के आने की आवाज़ सुनाई देने लगी। अभी से जाकर, क्या मैं रास्ते में खड़ा हो जाऊं ? तुम अंदर जाओ। यहां बैठने पर तुम मुझे आराम से काम भी करने नहीं दोगी। अच्छा एक पान देना जरा। सदा भाई ने अपने बाड़ी से केले की कांदी तोड़ी है। उसे कह कर आया हूं, दो दर्जन दे जाएगा। जाकर देखता हूं, उसने केले की कांदी काटी या नहीं ?

मां ने चुपचाप दो पान राजू की ओर बढ़ा दिया होगा। एक पान खाकर, दूसरा पान अपने कमर में खोंस कर राजू कच्चे रास्ते की ओर चला गया होगा।

थोड़ा और खंबे की ओर खिसक कर मां बैठ गई होगी। फिर से रास्ते की ओर ताकती होगी। अर्जुन पेड़ के नीचे नीलिमा चाची की साड़ी देखते ही मुंह से पान का पिक थूक कर उन्हें पुकारा होगा - नीलिमा, इधर आना जरा। तुम्हारा पुत्र नरहरि कल आने वाला था। आ गया क्या ?

रास्ते में चलते-चलते नीलिमा चाची ने जवाब दिया होगा - दीदी बहुत समय हो गया, अभी तक नहाया भी नहीं। साग तोड़ने गई थी। आग लगे इन मुर्गियों को कुछ भी होने देती हैं। दो पत्ते निकले नहीं की सारे पत्ते खा जाती है। उनसे जो बच गया, वह बकरी खा जाती है। और बकरी से बचें, तो प्रधान के घर की गाय चर जाती है। तुम्हारे पास आकर बातचीत करने का बहुत मन है, मगर क्या करूं काम मेरा पीछा ही नहीं छोड़ता। बेटे के आने के बारे में पूछ रही थी। कल सारे दिन रास्ता देख-देखकर मेरी आंखें पथरा गईं। आज भी इतना समय हो गया, अगर आना होता तो दस बजे के बस से ही आ गया होता। देखती हूं, शायद शाम तक आए।

तुम तो कह रही थी, अबकी बार बहू भी उसके साथ आएगी -उत्सुकता पूर्वक मां ने पूछा।

बहू की जो बात कर रही हो, तो क्या तुम नहीं जानती तुम्हारे भी तो दो - दो बेटे -बहु विदेश में रह रहे हैं। कौन आता है भला ? इस वृद्धावस्था में भी तुम काम कर रही हो। कमर टूट गई है। यह बात कौन समझता है भला ? .छोड़ो - छोड़ो उनके लिए यहां कोई सुविधा नहीं है। हमारे यहां शौचालय कहां है ? नहाने का कमरा कहां है ? यहां बहुत सी और भी असुविधाएं हैं। आने से भी कौन जो आठ - दस दिन रहते हैं भला, जो उनके लिए स्नान घर और शौचालय बनवा दूँ। आना हो तो आए, नहीं तो ना सही। मैं उनके आने के बारे में बिल्कुल भी नहीं सोचती। सोचने से मन दुखता है।

पगडंडी से उठकर नील की मां (चाची) हमारे बाडी में दातुन तोड़ने आ गई होगी। तत्पश्चात दातुन चबाते -चबाते उन्होंने फिर से कहा होगा - आप श्री के आने की बात कह रही थी। वह आज आएगी ? और बेटे ?

बेटों की बात सुनते ही मां का चेहरा उदास हो उठा। उदास भाव से रास्ते की ओर देखते हुए उन्होंने कहा - तुमसे कौन सी बात छुपी है भला ?तुम्हारे भी दो-दो विदेशी बेटे हैं। तुम क्या बेटों की बातें नहीं जानती ?यहां पर हमारा ग्रामीण परिवेश उसना भात, कीचड़, गंदगी, मच्छर -मक्खी, पीने को कुएं का पानी, बच्चों का यहां चलना मुश्किल हो जाता है। बेटी ने चिट्ठी लिखी थी, आज आएगी। दामाद जी बाहर गए हुए हैं। इस बार बेटी और नातीन पंद्रह बीस दिन रहेंगे। पूजा की छुट्टी जो है।

उसकी बेटी तो आठ वर्ष की होगी, ना दीदी ?

नहीं-नहीं तुम्हारे भरत के बेटे से आठ दिन छोटी है। इस फाल्गुन में छह वर्ष पूरा होकर, सात लगेगा। पहला बच्चा अगर जीवित होता तो आज दस वर्ष का होता। ऐसा कहते हुए, मां थोड़ा अच्छे से बैठ गई होगी। चेहरे पर थोड़ी हंसी लाकर कहती होगी - तीन वर्ष पूर्व, अपनी बेटी को लेकर आई थी। तब वह बहुत छोटी थी। मैं भी बीच में अपनी आंखें दिखलाने के लिए नहीं गयी थी क्या, उसके घर ? यही पिछले शनिवार को। बहुत बातूनी बच्ची है। सारा दिन पीछे पड़ी रहती है, कहानी सुनाओ, कहानी सुनाओ। अरे इतनी देर से खड़ी -खड़ी बात कर रही हो, आओ थोड़ा बैठ जाओ।

अचानक नील मां चाची क्या देखती है - बांस के बने बाड़ को तोड़कर प्रधान की गाय अंदर घुस रही है।

अरे रे... रे... जा.. जा.. । अब क्या बैठूं दीदी, देखो जरा गाय बगीचे में घुस आयी। यह बदमाश गाय, क्या मेरी आवाज सुनेगी ? एक बार साग का स्वाद लग गया है, इसके मुंह में। चिल्लाते हुए नील मां चाची जल्दी-जल्दी चली गई होगी।

मां, फिर से रास्ते की ओर टकटकी लगाकर बैठ गई होगी। उसके बाद भाई को सुनाते हुए बोलती होगी - पता नहीं कितना बजा ? शायद शाम हो गई। शायद बस आ गई हो। मेरी बेटी, बेचारी सुबह से घर से निकली होगी। सारा दिन बस के अंदर ही गुजर गया। उसके बाद गुस्साते हुए कहती होगी - उसे क्या जरूरत थी बस से आने की, जब घर में ही गाड़ी है। बोलती है, ड्राइवर छुट्टी पर घर गया हुआ है। ठीक है, तुम्हारी जो मर्जी और आओ बस से। जब कष्ट पाएगी, तब मन भर जायेगा। राजू, अरे ओ राजू, कहाँ चल दिया ?

अचानक मां को याद आ जाएगा और कहेगी आग लगे ऐसे याददाश्त को। मेरा बच्चा केला लेने गया है और मैं इधर उसे पुकार रही हूं। अरे ओ वीणा, कब से चूल्हे पर चावल बिठाया था, जरा देखना पक गया क्या ?और जल्दी-जल्दी में अंदर गयी होगी।

आह !बिचारी मां।

पिताजी के चले जाने के बाद मां एकदम उदास हो गई थी। यद्यपि उसका अतित बड़ा सुखमय था। घर की बड़ी बहू होने के हिसाब से घर की चाबियां का गुच्छा अपने आंचल में बांधे इधर से उधर चलती रहती। वह हमेशा सूर्ख लाल रंग का शांतिपुरी साड़ी पहनती थी। जिसके किनारे पर मंदिर नुमा आकृति बनी होती थी। उस साड़ी को पहनकर उसका छोटा सा चेहरा साक्षात देवी जैसा दिखता था।

बाली उमर में ही विवाह कर गांव आयी थी।

सास - ससुर, चाचा ससुर - चाची सास, देवर - ननद से भरा पूरा था उसका ससुराल।

सभी का मन जीत कर और सभी को अपना बनाते हुए, उन्होंने अपना समय बिताया था। लेकिन आज तीन बेटे और एक बेटी की मां, दो देवर, तीन ननदो की भाभी, दादा -दादी की बहू, मेरी मां दयनीय अवस्था में अकेली अवहेलित सी होकर, अपने अनपढ़ छोटे बेटे के साथ थोड़े से जमीन के सहारे अपना जीवन बिता रही है। नील मां चाची, रवि मां ताई या भाव दीदी की तरह सुबह से शाम तक अपनों

का रास्ता देखती रहती है। शायद कभी भूले भटके बेटा आ जाए। हमेशा के लिये ना सही, कम से कम त्योहारों के दिन ही आ जाते और हंस खेल कर, मौज मजे कर, गांव में छुट्टी बिता कर अपने शहर लौट जाते। बड़े ही प्यार से तैयार किए हुए व्यंजन अरिसा पिठा, मुरमुरे के लड्डू, मिट्टी की हांडी में जमाया मीठा दही, कोउ मछली की सब्जी, सारा इंतजाम धरा का धरा रह जाता और दूसरे दिन बासी हो जाता था। मां हमारी प्रतीक्षा में अंदर बाहर होती रहती। शायद कोई आ जाए सोचकर। लालटेन पड़कर बस स्टैंड में इंतजार करते-करते राजू लौट आता। कोई भी नहीं आया। बरामदे में बैठी मां को कोई भी अचानक आकर, मां कह कर नहीं चौंकाता था। त्योहार पर त्यौहार, महीनों पर महीने आते और गुजर जाते। मां की आह भरी लंबी सांसे कोहरे के घेरे में कहीं विलीन हो जाती।

शुरू शुरू में मां बच्चों को साथ लेकर गांव आने का अनुरोध करते हुए चिट्ठी लिखती थी। धीरे-धीरे बेटों के पास चिट्ठी लिखना बंद हो गया। तथापि मां का हृदय अपने बच्चों से मान - अभिमान नहीं कर पाता। आजकल बहूओं को ही नहीं बेटों को भी गांव अच्छा नहीं लगता था। धीरे-धीरे मां ने चुप्पी साध ली। उसकी आशाओं आकांक्षाओं पर धूल की मोटी परत जम गई थी। प्रतिदिन तुलसी चौरा पर दीप जलाते हुए वह बुदबुदाती - कोई बात नहीं, इस बूढ़ी मां की याद तुम लोगों को आये या ना आये। मगर तुम सब जहां रहो, अच्छे से रहो। ईश्वर सदैव तुम्हारी रक्षा करें।

पिताजी जब जीवित थे, तब मां कभी-कभी उनसे कहती - थोड़े बड़ी बनाए हैं। तिल बड़ी सूरज को बहुत पसंद है। घी भी एक सेर के करीब जमा हो चुका है।

बाडी में सीताफल पकने को है, सूरज का बेटा बहुत पसंद करता है सीताफल। सब चीजें इकट्ठाकर बांध देती, अगर तुम थोड़ा जाकर दे आते। भले ही एक दिन रहकर वापस आ जाते। बहुत दिन हुए उसने चिट्ठी भी नहीं लिखी, मेरा मन बेचैन हो रहा है।

पिताजी, मां की ओर एकटक देखते हुए कहते - धन्य हो तुम और धन्य हो तुम्हारी ममता। पता नहीं ईश्वर ने तुम्हें किस धातु से बनाया है?

मां फिर से कहती - दो दिन हो गए, पता नहीं क्यों मन अच्छा नहीं लग रहा है ? सुबह-सुबह सपना देखा है कि चंद्र का स्वास्थ्य ठीक नहीं। जाओ ना, थोड़ा देख आओ।

मां को व्याकुल देख पिताजी चिढ़ से जाते। मां कहती - भूल उनकी नहीं है। भूल तुम्हारे स्वयं की है। तुमने क्यों उनको इतना पढ़ाया ? वे किस कारण घर - बार छोड़कर शहर गये ? ढेर पढ़ाई कर, खूब बड़े आदमी बन गए, मेरे बेटे। उनकी भूल ही क्या है ? बाहर की दुनिया देखकर अच्छा - बुरा सब समझ पाए। सुख सुविधा के आदि हो गए। सब मेरे ही भाग्य का दोष है। मेरे ही भाग्य फूटे थे। इतना कह कर मां साड़ी के आंचल को मुंह में दबाकर, रसोई में घुस जाती।

पिताजी चुप हो जाते थे। वह अंदर ही अंदर टूट रहे थे, बिखर रहे थे।

मेरा बड़ा भाई - सूर्यकांत।

अनेक वर्ष हुए वह अपने परिवार को लेकर दूर शहर में बस गये है। वह टाटानगर में रहते हैं। उनकी पत्नी बहुत बड़े घर से आयी थी। वही के स्थानीय कॉलेज में इंग्लिश की अध्यापिका है। गांव, गांव का पानी, कीचड़, मच्छर -मक्खी, उसना चावल का भात, कुएं का पानी-अंग्रेजी माध्यम स्कूल में पढ़ रहे और शहर के सुख सुविधाओं के बीच पले- बढ़े उनके बच्चो को रास नहीं आता। जब तक अत्यधिक आवश्यक ना हो वे गांव नहीं आते थे। अगर आते भी तो एक - डेढ़ दिन रहकर काम का बहाना कर समान बांधने लगते। बड़े बेटे होने के नाते माता-पिता तथा परिवार के अन्य सदस्यों का असीम प्यार दुलार, परिवार के अन्य बच्चो की तुलना में उन्हें ही अधिक मिला। घर का प्रत्येक सदस्य उन्हें छाती से लगाए रखता था। छोटे भाई के जन्म के बाद भी, बड़ा भाई, मां के पास सोने की जिद करता था।

जब बड़े भाई गांव के स्कूल की पढ़ाई समाप्त कर, आगे की पढ़ाई करने शहर गए। तब वे मां को छोड़कर जाने से अत्यंत दुखित थे। कितने दिनों तक ही मां ने न ही ठीक से खाना खाया, न ही ठीक से सोई। मैंने स्वयं देखा है, शनिवार को मां बड़ी बेचैनी से भैया का रास्ता देखती । सुबह से उसका सारा ध्यान रास्ते पर ही होता। शनिवार के दिन कॉलेज से वे सीधे घर आ जाते थे। रास्ते से बस के हॉर्न की आवाज सुनकर मां मुझसे कहती - देख, शायद बड़ा भाई आ गया। दौड़ कर जा रास्ते पर।

मां के पास से बरामदा, बरामदे से पगडंडी, उसके बाद सड़क। सड़क में खड़ी रहती थी, बस। हाथ में बैग पकड़ कर, बड़े भैय्या नीचे उतरते। मेरे हाथ में रंग-बिरंगे प्लास्टीक से लिपटे चॉकलेट पकड़ा देते। उनका हाथ पकड़ कर पगडंडी पर आते - आते ही, पेड़ की ओट से मां की साड़ी दिखाई पड़ती। उनकी ओर उंगली दिखाकर कहती -देखो भैया, वहां पर मां खड़ी है, बाड़ के पास।

बड़े भैया बच्चों की तरह छलांगे भरते हुए, मां के पास पहुंच जाते। बैग फेककर मां को जोर से पकड़कर ऊपर उठा लेते।

मां छिड़कते हुए कहती - अरे ! मैं गिर जाऊंगी, मुझे जल्दी निचे उतारो। सोमवार तक, भैया एक पल के लिए भी मां का साथ नहीं छोड़ते थे। सोमवार की सुबह भाई शहर लौट जाते। पुन: बाड़े के किनारे खड़े होकर, मां बस के जाते तक निहारती रहती। बस के चले जाने पर एक दीर्घ श्वास छोड़ते हुए, वह घर लौट आती।

बड़े भैया, छोटे भाई और फिर सबसे छोटी मैं। हम सब एक के बाद एक रास्ते के बरगद पेड़ के पास खड़े होकर बस की प्रतिक्षा करते। और मां आंखों में ममता के आंसू लिए हमे विदा करते गई। पढ़ाई करने के दौरान हमारा गांव नियमित आना-जाना होता रहा। नौकरी के बाद केवल शनिवार को ही घर जाना होता। हर शनिवार, मां हमारे इंतजार में देर रात तक बार-बार घर के अंदर - बाहर होती रहती। बरामदे में खड़ी होकर पगडंडी को निहारती रहती। अंतिम बस के जाने के बाद ही वह भात हांडी में पानी डालती। और चिमनी बुझाकर, बिना खाए - पिए सो जाती।

दिन महीने में, महीने साल में रूपांतरित होते चले गए। भाइयों की शादी होने के बाद, उनका घर आना और भी कम हो गया। जिन्हें बिना मां के नींद नहीं आती थी, उसके हाथों का बना खाना खाये बिना जिसका पेट नहीं भरता था, अब उन्हें मां के बिना अच्छी नींद भी आती है और खाना भी रुचिकर लगता है। अपनी छुट्टियां बिताने वे मां के पास गांव नहीं आते बल्कि कुल्लू-मनाली, गोवा, ऊटी नहीं तो अपने ससुराल जाते हैं।

पिता की मृत्यु का समाचार सुनकर बड़े भाई गांव पहुंचे थे। उनके आने के पांच -छ: दिन बाद, भाभी और बच्चे गांव आए। यह खबर पाकर और भी सभी आ गए थे। पिता जी का क्रिया कर्म किस प्रकार होगा, पैसे रुपए को लेकर बड़े भाई और छोटे भाई के बीच खूब झगड़ा हुआ। ऐसे संकट काल में भी बड़ी भाभी लौट जाने के लिए है तैयार बैठी। मां अपना पहाड़ जैसे दुख को दरकिनार कर भाभी को मनाने में लग गई। हाथ जोड़कर विनती किया, तब कहीं जाकर भाभी का गुस्सा शांत हुआ।

मेरे पिता दूर दृष्टि वाले और बुद्धिमान थे। जानबूझकर उन्होंने सारी जमीन जायदाद मां के नाम कर दी थी। पिता ने अपने वसीयत में लिख दिया था कि मां

अपनी इच्छा अनुसार यह संपत्ति किसी के भी नाम सकती है। यह बात जानने के बाद दोनों भाइयों के बीच शीत युद्ध लगा रहा। शायद मां के नाम की सारी संपत्ति कहीं मैं न ले जाऊं, इस बात का डर उनके अंदर घर कर गया था।

और मेरा छोटा भाई चंद्रकांत। मेरी मां का दूसरा बेटा। उसका मन पढ़ाई में नहीं लगता था। साथ ही अत्यंत शैतान भी था। उसकी शैतानी से सारा गांव परेशान था। चुकी हम दोनों ऊपर-नीचे के भाई-बहन थे, इस कारण उसके शैतानियों का शिकार मुझे होना पड़ता था। हांलाकि उसकी और मेरी बिल्कुल भी नहीं बनती थी। मगर हम एक दूसरे पर जान छिड़कते थे। भले ही छोटी-छोटी बातों पर लड़ाई होती थी, मगर मेरे पैर में कांटा चुभने से दर्द उसे होता था। उसकाआधा जीवन गालियां और मार खा खाकर बीता था। उसकी शैतानी के कारण ना ही घर में, ना ही बाहर में, कोई उसे पसंद नहीं करता था।

मगर एक दिन इसी छोटे भाई ने हम सभी को आश्चर्यचकित कर दिया। जब उसका नाम मेधावी छात्रों की तालिका में शीर्ष पर आया। उसने छात्रवृत्ति पाई, उच्च शिक्षा के लिए विदेश गया। विदेश से शिक्षा प्राप्त करने के बाद कुछ दिन वही रह भारत लौट आया। वर्तमान में वह कोलकाता में रहता है। बहुत अच्छी नौकरी है। उसके दो बच्चे हैं, एक बेटा और एक बेटी। पत्नी के साथ एक सुखी परिवार है। उन्होंने दूसरी जाति की लड़की से प्रेम विवाह किया था। मेरे पिता ने उनकी पत्नी को मन से बहु स्वीकार नहीं किया, अत: घर से उसकी दूरियां बढ़ती गई । जब तक कोई अति आवश्यक काम ना आन पड़े, वह घर नहीं आता था। कुछ काम पड़ने पर पैसे भेज कर अपना कर्तव्य पूरा कर देता था। ससुराल वालों के साथ उसके अच्छे रिश्ते थे। छुट्टी होने पर घर ना आकर वह सीधे अपने ससुराल चले जाते थे।

और 'श्रीमयी' नाम की उनकी वह बेटी।

दो पुत्र रत्नों के बाद, उसका जन्म हुआ था। अत: दादाजी उसे मेरी शिरी, मेरी संपत्ति, श्रीमयी कह कर बुलाते थे। दादी के गोद में बैठकर सारा गांव घूमती। उसके चाचा और बुआ उसके पैर जमीन पर लगने नहीं देते थे। दोनों भाई उसे गोद में लेने के लिए लड़ाई करते थे। धीरे-धीरे बड़ी होकर बरामदे और बगीचे में घूमने लगीं । आकाश में चांद तारों को देखती। बाड़ लांघ कर रास्ते पर दौड़ जाती। स्कूल जाने लगी, पढ़ाई करने लगी। स्कूल की पढ़ाई खत्म कर भाइयों की तरह आगेपढ़ने

कॉलेज गई, हॉस्टल गई और अपने कॉलेज की पढ़ाई भी पूरी की। वहां उसे घर और मां की खूब याद आती थी।

समय बदल रहा था। साथ ही बदल रहा था, घर का नक्शा। संयुक्त परिवार टूट चुका था। घर का बंटवारा हो गया। चाचा अलग घर में रहने लगे थे। पढ़ाई खत्म होने के साथ ही पिता ने एक सुयोग्य पात्र देख, बेटी का विवाह कर दिया। लाड प्यार से पली बढ़ी बिटिया दीर्घकाल तक ससुराल से सामंजस्य नहीं जमा पाई।

उसे अपने दादा-दादी की याद सताती थी। मां की याद आते ही हृदय व्याकुल हो जाता था। याद आती थी गांव, गांव की स्मृतियां। मौका पाते ही वह गांव दौड़ आती, मां के पास। चाहे वह एक दिन के लिए ही क्यों ना हो।

वह क्यों आती थी ?बेटी थी इसलिए ?

या उसके भीतर एक कोमल और भावुक हृदय था इसलिए ?

क्या पता ?

उसके बाद राजू।

मां का सबसे छोटा बेटा। हम तीनों के पैदा होने के बहुत दिनों बाद उसका जन्म हुआ था। प्यार से मां उसे राजा या राजुवा कह कर बुलाती थी। पिता की मृत्यु के समय वह नौवीं कक्षा में पढ़ता था। पढ़ाई में वह कमजोर था, किंतु खेल में बहुत अच्छा था। अभिनय में भी माहिर था। घर में नेवला, कुत्ता, मैना और भी बहुत से पक्षी पलता था। अपने इस पशु प्रेम के कारण, हमेशा डांट सुनता था। सबसे छोटा था, इसलिए हमेशा मां का आंचल पकड़, उसके पीछे-पीछे घूमता रहता था और अंत में वही मां के बुढ़ापे का सहारा भी बना। पिताजी का क्रिया कर्म समाप्त होने के बाद सभी अपने-अपने गंतव्य को लौट गए। दरवाजे पर खड़ी आंसू बहाती मां के आंखों से आंसू पोंछ कर इसी बेटे ने उसे अपने सीने से लगा लिया और मन ही मन उसने कहा - पिताजी चले गए तो क्या हुआ ? मैं तो हूं तेरे पास। तुम क्यों रोती हो ?चुप हो जाओ। क्या तुम्हारे नौकरी पेशा बेटों का नौकरी छोड़कर तुम्हारे पास आकर रहना संभव हैं ?

मां को लेकर राजू अपने पिता द्वारा बनाए गए चार कमरों के घर के बरामदे पर आ गया। राजू की पढ़ाई रुक गई या कहा जाए उसने स्वयं ही रोक दी ? मां ने दुखी होकर उससे कहा - बेटा, तू भी थोड़ा पढ़ लिख जाता। तुम्हारे दोनों भाई शिक्षित है, नौकरी पेशा वाले हैं, पैसा कमाते हैं। तुम्हारे पिता ने सभी को पढ़ा लिखा कर

योग्य बना दिया। आज वह चले गए तो क्या तुम अपनी पढ़ाई छोड़ दोगे ? हो सकता है, कल को बड़े होकर अपने न पढ़ने का दोष तुम, मेरे सर मढ़ दो।

राजू ने कहा -मां, क्या पढ़ाई ही सबसे बड़ी चीज होती है ? जिसने पढ़ाई नहीं की, नौकरी नहीं किया, महिने के अंत में जो वेतन नहीं पाता, शर्ट पैंट नहीं पहनता, क्या वह मनुष्य नहीं है ? वह क्या जीवित नहीं रहता है ? मां, भले ही मुझे पिताजी के संपत्ति से कुछ भी ना मिले, फिर भी मैं गांव में ही रहूंगा। अगर तुम्हारी यहां पर रहने की इच्छा नहीं है तो तुम जिसके पास रहना चाहती हो, वहां ले जाकर तुम्हें छोड़ आऊँगा। अकस्मात ही राजू अपने उम्र से बहुत बड़ा हो गया था। उसने मां को अपनी क्षमता से अधिक संभाल कर रखा। जैसे वह इस घर का मुखिया हो।

आज वही कम पढ़ा लिखा बेटा मां का एकमात्र सहारा है। अगर वह नहीं होता, तो शायद मां पूरी तरह से टूट गई होती। पिताजी के जाने के बाद, मां शायद ठीक से खड़ी भी नहीं हो पाती। अपने पढ़े लिखे, शिक्षित बेटों की अवहेलना के बाद भी इस मुर्ख बेटे का 'मां' कहकर पुकारना उसे पूर्णता का अनुभव करवाता था।

पिताकी मृत्यु के बाद, बड़े भाई ने मां को अपने साथ ले जाने का प्रस्ताव दिया था। मगर मां ने उसे सीधे-सीधे मना कर दिया। उसने कहा -वह जितने दिन जीवित रहेगी, गांव में ही रहेगी। मां को अब यह समझना बाकी नहीं था, कि बेटे अब अपनी नौकरी और घर -संसार में रम गये है। गांव में रह रहे, अपने माता-पिता को निश्चित तारीख पर मनी ऑर्डर भेजना तथा कुछ पोस्टकार्ड पोस्ट कर देने तक ही अपना कर्तव्य समझते हैं। मगर इसके लिए वह किसी को दोष नहीं देती थी। यह उसके कर्म का फल है, ऐसा कह कर वह स्वयं को समझा लेती थी।

घर के सभी काम, खेत -खलिहान, गाय -बैल, मजदूर इन सभी में राजू ने अपने आप को खो सा दिया था। दूसरे भाइयों की तरह वह नहीं पढ़ पाया, इस बात का उसके मन में तिल भर का मलाल न था। मां को केंद्र में रख, वह उसके चारों ओर ही चक्कर लगाता रहता था। आते - जाते मां कह कर पुकार जाता। मां के पास भी दुख करने के लिए

समय ही ना था। उसके दो बेटे शहर में ऐश की जिंदगी जी रहे हैं। यह बात वह जैसे भूल चुकी थी। कभी-कभी कहती -तेरे कारण ही यमराज भी मुझे लेने आने से डरता है। तुझे मेरे पास देख, यमराज बरामदे तक भी नहीं आ पाता। और अगर आयेगा भी तो लौटने का रास्ता नहीं पाएगा।

भाइयों के द्वारा इतनी अवहेलना की जाने के बाद भी राजू साल में एक - दो बार टाटा या कोलकाता जाता था। साथ में ले जाता था, मां के हाथों से बनाए हुए मुरमुरे के लड्डू, आरिसा पिठा, देसी घी, बगीचे के नारियल, मछली, मूंग दाल, घर की जमाई गई दही, धन मिर्च, खट्टे संतरे, आम के अचार, कभी-कभी तिल के लड्डू, भुने चावल और विभिन्न प्रकार के मिष्ठान। ये चीजे भतीजा -भतीजी के हाथों में यह सब देकर वह स्वर्ग का सुख पाता था। बड़ी भाभी जोर देकर कहती -यह सब क्यों ले आते हो ? कौन खाएगा ? लेकिन राजू देखता था, भाई के ऑफिस से आने से पहले ही भतीजा - भतीजी के साथ -साथ, बड़ी भाभी भी तीन भाग मिठाइयां उदरस्त कर जाती थी।

छोटे भाई, राजू से कहते अगली बार आने से मां को कहना, थोड़ा अमचूर भेजेगी। याद करके थोड़ा इमली भी लेते आना, यहां अच्छी इमली नहीं मिलती। हमारे पीछे के बगीचे में कैथ तो फलते होंगे ? अगली बार आने से वह जरूर लाना। बहुत दिनों से कैथ की चटनी नहीं खाई है। अब क्या खेत से तुम मछलियां नहीं पड़ते ? मां से कहना छोटी मछली को करारे भुज कर, उसमें इमली का रस मिलाकर भेजेगी। आम के पेड़ के पास जो बेर का पेड़ है उसमें अभी भी फल आते हैं ना ? ऐसी बातें करते-करते छोटा भाई भावुक हो उठता और बचपन की यादों में खो जाता था। आह ! कितनी अंतरंग यादें थी। फिर भी कैसे भूल जाता है मनुष्य ? ऐश्वर्य रूपी पहाड़ के तले कैसे दबकर रह जाती हैं - मां की स्मृतियां, भाई बहन का स्नेह, गांव की बातें ?फिर मझले भाई के विभिन्न फरमाइशों को लेकर राजू गांव को लौट जाता।

राजू से भाइयों की पूरी बात सुनकर मां दीर्घ श्वास छोड़ते हुए कहती - क्यों, उसे विदेश की मिट्टी में पड़े हो मेरे बेटों। तुम्हें वहां क्या सुख मिलता है ?

कितना अच्छा था, हम लोगों का बचपन।

सचमुच कितना महकता था -हमारा बचपन। बचपन की बातें सोचते ही आंखों के सामने पूरे गांव का दृश्य घूम जाता था। बरामदे में सिंहासन की तरह रखी, पिताजी की वो शीशम की लकड़ी की बनी, हिलती - डुलती कुर्सी।

फुरसत के लम्हो में पिताजी उस पर बैठते थे। उनके हाथों में होती थी हुक्के की लंबी पाइप।

पास ही में स्टैंड के ऊपर राजकीय अंदाज में रखा होता था, पीतल का वह

हुक्का। नली के मुहाने पर बड़े चिलम में आग जलती होती थी। हुक्के की गुड - गुड की आवाज एक संगीतमय वातावरण पैदा करती थी। तंबाकू की सुगंध चारों ओर फैल जाती थी। हुक्का पीते - पीते पिताजी की आंखें आधी बंद हो आती थी। जटिया ताऊ हुक्का सजाकर गौशाला के अंदर बैलों को चोकड़ और चावल का माढ़ देने आ जाते थे। दादाजी एक मैली सी चादर ओढ़, दीवार पर टेककर पास ही चौकी पर बैठ जाते थे। वह हाथ में पकड़ने वाला हुक्का पीते थे। वो भी कड़क तंबाखू वाली। ऐसी कड़क कि एक बार सुंघ लो तो सर चकरा जाए।

बरामदे में जमीन पर चटाई बिछी होती थी। चटाई पर बड़े भाई और मझले भाई बैठकर पढ़ाई करते थे। दोनों के बीच लालटेन या कभी-कभी चिमनी रखी होती थी। पढते समय कभी-कभी मझले भईया बड़े भाई का कलम ले जाते थे। बड़े भैया कभी उसे मुक्को से मारते तो कभी कान मोड़ देते थे। मै भी कभी-कभी दादाजी के पास चिपक कर में बैठी उन दोनो को देखती रहती थी। मंझला भाई कभी मुझे आंखें बड़ी-बड़ी करके डराता, तो कभी जीभ निकाल कर चिढ़ाता था।

मैं दादा जी से शिकायत करती, देखो भैया मुझे कैसे चिढ़ा रहा है।

दादाजी कहते -क्यों रे ! पढ़ाई करेगा, कि मार खाएगा। क्यों बेचारी बच्ची के साथ लगते हो। दादाजी, देखो देखो उसने फिर से मुंह मोड़ा। हुक्के के नशे में शायद ही मेरी बात उन तक पहुंचती थी। देखो देखो उसने मुझे आंखे दिखाई।

दादा, दादा आप उसे मारो। मारो ना दादा। वह मुझे डरा रहा है। दादाजी की आंखें थोड़ी खुल जाती। मुंह में विरक्ती का भाव लाकर अपेक्षाकृत जोर की आवाज में कहते - क्यों रे ! तुम्हारे पीठ में खुजली हो रही है क्या ? उसके बाद फिर हुक्का पीने लग जाते।

थोड़े ही समय बाद छोटा भाई फिर से मुझे चिढ़ाने लगता।

पिताजी देखो........, कहने मात्र से ही पीताजी की आंखें संपूर्ण रूप से खुल जाती। छोटा भाई तपाक से भोले -भाले बच्चों की तरह पढ़ने बैठ जाता है। तभी परशु भाई का आगमन हुआ। जो हमारे खेतों में हल जोतता था। और हमारे जटिया ताऊ का बेटा था। खेतों से आए धान के बोझो को एक जगह पर रख, हाथ - पैर धोकर बरामदे में आकर बैठ जाते।

पिताजी के साथ जमीन - बाड़ी, मजदूर, मजूरी के विषय में इधर-उधर की चार बातें करते। इस बीच पिताजी कुर्सी से उठएंगे और अंगड़ाइयां लेंगे। उसके बाद

हाथ में तीन बैटरी वाली टॉर्च पकड़ जोर-जोर से बरामदे से नीचे उतरकर जल्दी-जल्दी जाने लगेंगे। यह उनके शौच जाने का समय होता था। दादाजी जम्हाई लेते हुए अपने कमरे में सोने चले जाएंगे।

दादाजी के छोटे से कमरे की याद आते ही मेरे मन में मेरे छोटे भाई की बात आ जाती है। उस समय में बहुत छोटी थी। छोटे भाई की उम्र भी सात आठ वर्ष की थी। बाप रे !क्या शैतान बच्चा था, जैसे कोई आंधी तूफान हो। अभी यहां है, थोड़ी देर बाद पता नहीं कहां होगा। बिजली की गति से वह सारे गांव का चक्कर लगा लेता था। पड़ोसियों अतिथियों दोस्तों सबके नाक में दम करके रखा था। किसी के जर्दे का डब्बा चुरा लेता, तो किसी के डिब्बे में तंबाकू की जगह राख भर देता। मां के पानदान में रखे, सुपारी के डिब्बे में मिर्च का पाउडर मिला कर रख देता था। एक दिन तो उसने हद ही कर दी, दादी के पान दान में कनखजूरा रख दिया। जैसे ही दादी ने पानदान खोला, उसके गोद में एक कागज की पुड़िया गिरी। उसे जब खोलकर दादी ने देखा तो उसमें से कनखजूरा निकल आया। डरकर दादी चिल्लाते हुए उठ खड़ी हुई। अपने सारे कपड़े खोलकर बरामदे में पटक दिया। दादी गुस्से से तमतमा रही थी। उस दिन राजू की खूब पिटाई हुई।

प्रतिदिन नई-नई बातें, नई-नई हरकतें, स्कूल में किसी का स्लेट तोड़ दिया तो किसी की किताबें फाड़ दी किसी के शरीर में खुजली वाला पत्ता मल दिया, तो किसी का पत्थर मार कर सिर फोड़ दिया। गाली और मार का उस पर कोई असर ही नहीं होता था। दादी समझा - समझा कर थक चुकी थी। मां तो उसकी हरकतों से परेशान होकर रोती रहती थी। कभी-कभी समझदार बच्चों की तरह कहता और बदमाशी नहीं करूंगा। अच्छा बच्चा बनेगा। फिर जैसे का तैसा। मां का रोना, दादी का समझना, सब कुछ पर पानी फिर जाता।

दादा जी को भी अपनी हरकत से कुछ कम परेशान नहीं करता था। दादाजी अफीमची थे। हुक्का भी पीते थे। अगर किसी ने हुक्का जला कर नहीं दिया तो, कभी-कभी हुक्का के बदले बीड़ी से काम चला लेते थे। दोपहर के खाने के बाद पहले हुक्का पीते, फिर उठकर अपने कमरे में चले जाते थे।

उनके कमरे में एक शीशम लकड़ी का खाट पड़ा रहता था। जिसके ऊपर एक मोटी तेल लगी, चिपचिपी फुलकारी बिछी होती थी। सर के पास होता एक बड़ा सा तकिया। तकिए के नीचे वह बीड़ी, माचिस और एक पीतल की डिबिया रखते

थे। पीतल की डिबिया के अंदर कुछ काला काला ढेले जैसा होता था। दादाजी खाट पर आराम से बैठते और तकिया के नीचे हाथ घुसा कर, वह डिबिया निकाल लाते और बड़े प्यार से उस डिबिया को खोलते। अपनी उंगली घुसा कर उसमें से कुछ बाहर निकालते, फिर दो उंगलियों की सहायता से उसका गोल बनाकर बड़े ही जतन से अपने मुंह में डालते। खाट से बंधी प्लास्टिक की मच्छरदानी लगा लेते। इस मच्छरदानी को छोटी चाची कोलकाता से अपने भाई के पास से लेकर आई थी। मच्छरदानी दादा जी को बहुत पसंद आई। जिससे चाची ने यह मच्छरदानी दादा जी को दे दी। दादाजी के लिए मच्छरदानी टांगने का कोई टाइम नहीं होता। क्या रात क्या दिन हर समय मच्छरदानी लगाकर बैठे रहते।

छोटे भाई को जिस दिन पिताजी से मार पड़ने वाली होती, उस दिन वह दादाजी के आसपास मंडराता रहता। उस दिन दादाजी मच्छरदानी लगा ही रहे थे कि छोटा भाई दादा जी के पास आ घमका। दादाजी ने उससे, देखते ही पूछा - क्यों रे बदमाश क्या बात है ?आज पीठ पर दमादम पडने वाली है क्या ?यह कहते हुए दादाजी मुस्कुरा रहे थे। उसे अपने पास सोने को बुलाते। मच्छरदानी उठाकर छोटा भाई, दादा जी से लिपट कर, भोले भाले बच्चे की तरह सो जाता। कुछ ही समय के बाद दादा जी के खरटिआरंभ हो जाते। छोटा भाई क्या सोने वाला बच्चा था ? इधर से उधर करवट लेता रहता। सारी दुपहरी उसकी बदमाशी में ही निकल जाती थी।

जैसे ही दादाजी गहरी नींद में सो गये वैसे ही छोटा भाई खाट के ऊपर उठ बैठा। उसने इधर-उधर नजर दौड़ाई, उसे दादाजी के तकिए के पास बीड़ी और माचिस का डिब्बा दिखाई दिया। वह बीड़ी ले आया और दोनों होठों के बीच दबाकर माचिस से बीड़ी सुलगायी । उसके दिमाग में एक शैतानी विचार आया। बहुत बार उठाने के बाद भी दादा के नहीं उठने पर दादी कहती पता नहीं कैसी नींद है ?

अगर इनके ऊपर से हाथी भी गुजर जाए तो उनकी नींद नहीं टूटेगी। यह बात छोटे भाई ने सुनी थी। मन ही मन सोचा - आज देखते हैं, दादाजी की नींद कितनी गहरी है ? जलती हुई बीड़ी उसने दादाजी के पीठ पर लगा दी। वह नींद में ही थोड़ा छटपटाए मगर उनकी नींद नहीं टूटी। एक बार फिर उसने दादाजी के मोटे-मोटे हाथों पर बीड़ी दाग दी। दादाजी ने केवल अपने हाथ ऊपर उठाया और फिर नीचे रख दिया। अब की बार उसने बीड़ी का प्रयोग दादाजी पर नहीं बल्कि उनकी मच्छरदानी पर किया। जैसे ही बीड़ी मच्छरदानी पर लगी उस पर एक सुंदर गोल छेद हो गया।

इस खेल में उसे बड़ा मजा आया और वह और एक, और एक, कर मच्छरदानी पर छेद बनाता चला गया। पता नहीं कितने समय तक वह यह खेल खेलता रहा। बीड़ी के ऊपर बीड़ी खत्म होती रही। वह एक के बाद एक बीड़ी जलाता रहा और मच्छरदानी पर अपनी कला का प्रदर्शन करता रहा। पता नहीं वह और कितने समय तक यह खेल खेलता रहता, मगर जब अचानक बड़े भाई आकर चिल्लाने लगे, तब उसकी एकाग्रता में बाधा पड़ी।

अरे - अरे देखो इस पागल ने दादाजी की मच्छरदानी में आग लगा दिया। उसकी आवाज सुनकर दादी, मां सभी दौड़ आए। उसका भाग्य अच्छा था जो पिताजी घर पर नहीं थे। मां के मारने पर, उसने कहा -मैं क्यों आग लगाऊंगा ? मच्छरदानी के अंदर अच्छे से हवा आएगी जायेगी, इसलिए मच्छरदानी पर और बड़े छेद बना रहा था।

शाम को जब दादाजी की अफीमिया नींद खुली, तो पूरी घटना सुनकर उन्होंने कहा - कोई बात नहीं, बच्चा है, कुछ छेद कर दिए हैं उस पर कपड़ा लगाकर मैं पैबंद लगा दूंगा।

छोटे भाई की असंख्य शैतानियों की कथाएं मैंने, दादी और मां से सुनी थी। थोड़ी बड़ी होने पर उसकी अनेक शैतानियों की प्रत्यक्ष गवाह भी बनी।

छोटे भाई के निर्दोष शैतानियों से मैं पुन: लौट आई परशु भाई के पास। मेरे अतीत के चित्र पटल पर संध्या के समय सारे काम समाप्त कर, परशु भाई हमारे बरामदे में बैठ चुके थे। पिताजी उनके संध्या के नित्य कर्म करने चले गए थे और दादाजी उनके छोटे से कमरे के अंदर।

जटिया ताऊ के द्वितीय पुत्र थे, परशु भाई।

खूब छोटी उम्र से ही वह हमारे घर ही रहते थे। हमारे गायों की रखवाली करते थे। जब वह बड़े हो गए, तब उनके कामों में, हमारे खेत संबंधित काम भी शामिल हो गए। हम सभी उन्हीं के गोद में बड़े हुए। वह भी हमसे बहुत स्नेह करते थे और अवसर मिलने पर अनेक प्रकार की किस्से कहानियां सुनाकर, हमें चमत्कृत कर देते थे। कहानी गढ़ने में कुशल थे और उनके कहानियां सुनाने की शैली के तो क्या कहने ? अद्भुत, अपूर्व। उनसे कहानी सुनने का सबसे उपयुक्त समय था, ठंड का समय। धान काटना, धान की गट्ठर बनाकर कंधे में लादकर, घर के पीछे बगीचे में रखना और उन गट्ठरों को सहेजने तक की सारी जिम्मेदारी परशु भाई पर ही थी,

इसलिए उस समय वह अपने घर नहीं जा पाते थे और हमारे घर ही रह जाते थे। सारा काम कर वह बरामदे की दीवार पर टिक कर बैठ जाते थे। हम सभी बच्चे पढ़ाई-लिखाई छोड़, लालटेन का तीन भाग तेल बरामदे से नीचे फेंक कर, उनके पास आकर बैठ जाते थे।

मैं तुतलाते हुए कहती -परशु भाई एक अच्छी सी कहानी सुनाओ ना। छोटा भाई कहता -नहीं नहीं। नई कहानी नहीं उस दिन, जो कहानी अधूरी छोड़ी थी, पहले उसे पूरा करो। उसके बाद नई कहानी।

परशु भाई थोड़ा और अच्छे से बैठ जाते। गला साफ करते हुए कहते -जरा याद दिलाना कौन सी कहानी सुना रहा था ? मुझे क्या याद है ?

छोटा भाई कहता - डकैतों का सरदार काली मंदिर जाकर पूजा करने लगा। काली माता ने उसकी भक्ति से प्रसन्न होकर, उसे दर्शन दिए। उसके बाद……. ?

परशु भाई कुछ समय तक चुपचाप बैठे रहते। उसके बाद कहानी कहना आरंभ करते। चरित्रों का ऐसा वर्णन कि सच में ऐसा लगता जैसे वह कहानी हमारे आंखों के सामने घटित हो रहा हो। कभी राजा का बेटा, कभी मंत्री का बेटा, तो कभी सेनापति का बेटा, जंगल में शिकार करने गए और रास्ता भूल गए। कभी किसी कहानी में किसी के अभिशाप से राजकुमार पत्थर की मूर्ति में परिवर्तित हो जाता। तो कभी किसी कहानी में बूढ़ी चुड़ैल जिंदा मनुष्यों को गरम-गरम पानी में उबालकर गपागप निगल जाती। उनकी किसी कहानी का नायक कोई डाकू होता, जो गांव-गांव घूम कर अमीरों को लूटता और डकैती में मिला धन, गरीबों में बांट देता। किसी कहानी में कोई ब्रह्मराक्षस मनुष्य को हैरान करता। ताड़ के पेड़ पर वह टहनियों के अगले हिस्से पर लटक कर बैठ जाता और वहां से जाने-आने वाले राहगीरों को जिंदा निगल जाता था। ऐसी कहानी सुनकर, मैं डर के मारे परशु भाई से चिपक कर बैठ जाती थी।

कभी-कभी वह आंखों देखी घटना भी बताते थे। कैसे दूसरे मोहल्ले का मथुरा बाजार से लौटते समय एक डायन के हाथ लग गया था। दुपहरी का भान देती चांदनी रात। सुनसान रास्ते के दोनों ओर केवड़े के घने जंगल। मथुरा उस रास्ते से घर की ओर जा रहा था, तभी पीछे से कुछ आवाज आयी। माथुर ने सोचा शायद सूअर होगा। जैसे ही उसने मुड़कर देखा, वह क्या देखता है ? एक औरत पैर ऊपर,

सर नीचे कर टट्टी खा रही है। जैसे ही मथुरा की दृष्टि उस पर पड़ी, वह अपने हाथ का थैला छोड़-छाड़ कर, जान बचाकर अंधाधुन भागा। दौड़ते - दौड़ते जैसे - तैसे घर पहुंचा और घर पहुंचते ही बेहोश होकर गिर पड़ा। डर के मारे उसे बुखार हो गया। झाड़ फूंक करवाया गया, अभिमंत्रित पानी पिलाया गया, तब जाकर कहीं ठीक हुआ। गहरी अंधेरी रात में, कीणापति के बगीचे से भूत रुपयों से भरा गागर और कौड़ी से भरा पतीला लेकर जमींदार की तालाब की ओर जाता था। उसे देखकर नारायण साहु डर से पागल हो गया था। पागलपन में हमेशा चिल्लाता रहता रुपए ले लो, कौड़ी ले लो, सोना- चांदी ले लो, धन - दौलत ले लो और एक आदमी का सिर दो...... दो....., सिर दो..... । शमशान में पिशाचीनी कैसे नवजात शिशुओं को तेल हल्दी लगाकर तेज आंच से मालिश किया करती थी। उसें ऐसा करते देखने के परिणामस्वरूप भागवत खून की उल्टी कर करके मर गया। यह सारी बातें परशु भाई भली-भांती जानते थे। कभी-कभी उस कड़कड़ाती ठंड में भी हम मारे डर के पसीने से सराबोर हो जाते थे। उस समय ऐसा लगता जैसे परशु भाई दुर्दांत डकैतों के सरदार अथवा असुर के साथ घमासान युद्ध कर रहे होंगें, जैसे राजा के कोतवाल हो। परशु भाई से कहानी सुनते समय उनके प्रत्येक कहानी के प्रमुख चरित्र में हमें परशु भाई की कल्पना होती थी। तभी पगडंडी से किसी के पैरों की आवाज सुनाई दी। पिताजी लौट आए थे। उन्हें देखते ही हम पुन: अपनी - अपनी जगह में जाकर स्थापित हो गये। लालटेन की लौ मद्धीम हो आई थी .....। तेल खत्म होने को था। लालटेन का कांच उसके धुएं से काला पड़ चुका था।

तभी दादी मां ने पुकारा -अरे तुम लोग सो गए या पढ़ रहे हो। खाना परोसा जा चुका है, आकर खा लो।

अंदर जाने के लिए मैं परशु भाई का हाथ पकड़ कर खड़ी हो गई। ठीक उसी समय लालटेन बुझ गई।

छोटा भाई दौड़कर परशु भाई से लिपट गया। पिताजी ने टॉर्च की रौशनी से हमें रास्ता दिखलाया। हम परशु भाई का हाथ पकड़कर धीरे-धीरे खाने की ओर जाने लगे।

प्यार से दादी के गले में लटक कर उनसे कहती, मुझे पहले खाना दो, मुझे बहुत भूख लगी है। दादी कहती - इतनी कहानी सुन - सुन कर तेरा पेट नहीं भरा। मां, खाना परोस देती। मैं दादा जी के पास बैठी थी। मेरे पास छोटा भाई। दादाजी मेरी

थाली में भात दाल मिला देते। मछली से कांटे निकाल देते। छोटा भाई चोरी - चोरी मेरी सब्जी खा जाता। जब मैं दादाजी से यह बात कहती, तो वह अपनी कटोरी से सब्जी मुझे दे देते थे।

जिस दिन गांव में बकरी कटता, उस दिन हमारे घर दावत होती थी। उस दिन परशु भाई अपने सभी काम जल्दी-जल्दी समाप्त कर, तालाब के पास लगे केले के पेड़ों से पत्ते काट कर धो -पोंछकर रख देते थे। ढेंकी कमरे के बाहर बने चूल्हे में लकड़ी सजा देते। हमारे घर के अंदर बनी रसोई में मछली के अलावे कोई भी आमिष भोजन नहीं बनता था। दादी मां और चाची घर के ईशान कोण में ईश्वर को पानी चढ़ाती थी। इस कारण सप्ताह के कुछ दिनों को छोड़कर केवल मछली ही खाती थी। जब भी मुर्गी या केकड़ा बनता, तब वह घर के बाहर ही बनता था। पकाने के लिए अलग से मिट्टी के बर्तन तथा चलाने के लिये नीम की लकड़ी का चम्मच, वहाँ शिके पर टंगा होता था। खाने के लिए कलई किए हुए कांसे की कुछ थालियां और कटोरियां भी अलग से रखी होती थीं। दादा जी के नहीं रहने पर, पिताजी रसोई करते थे। कभी सब्जी में पपीता, तो कभी कद्दू की कोमल डंठल और पत्ते डाल देते थे। उस दिन मां का काम केवल मसाले पीसना होता। जिस दिन दावत होती, उस दिन हमारी पढ़ाई से छुट्टी। उस दिन हम चूल्हे के पास बैठकर लहसुन और प्याज छिलते। दादाजी को जिन चीजों की आवश्यकता होती, वह उन्हें लाकर देते थे। नहीं तो परशु भाई के पास बैठकर कहानी सुनते। सब्जी की खुशबू आने पर, हम बहुत खुश होते थे। कहीं कोई बच्चा बिना खाये सो न जाए, इसलिए दादी मां बीच-बीच में आवाज देती रहती - अरे ! परशु बच्चे सो गए क्या ? जरा ध्यान रखना।

जब मांस तैयार हो जाता, तब हमें थोड़ा-थोड़ा चखने को दिया जाता। खाने के बाद हम एक दूसरे के हाथों में तरकारी की खुशबू सूंघते। बाहर दलान में बैठकर केले के पत्ते पर, गरमा गरम मांस की रसे वाली तरकारी और मोटे चावल का भात खाने का मजा लेते। क्या अपूर्व स्वाद था वह।

रात में मैं दादी के पास सोई थी। दादी के पास भी कहानियों का खजाना था। बुढ़ी असुरी की कहानी, राजकुमार, राजकुमारी, मगरमच्छ की बेटी, दो मित्र, पंखों वाला घोड़ा, सौदागर की बेटी, कंचन कुमारी और भी कितनी ही कहानियां। दादी के कमर में पैर लादते हुये कहती -दादी मां कहानी सुनाओ ना।

सर पर थपकियां देते हुए कहती, अब सो जाओ, बहुत रात हो चुकी है।

मैं अपनी दादी से लिपटते हुये कहती - यह बात जान जाओं, जब तक तुम कहानी नहीं सुनाओगी, तब तक मैं नहीं सोने वाली।

सात बहूओं की कहानी सुनोगी ?

मैं अपनी बंद आंखें खोल उत्सुकता से कहती -ठीक है वहीं बोलो।

एक सौदागर के सात बेटे थे और सात बहुएं। ऊपर की छ: बड़ी बहुएं धनी घर की बेटियां थी, मगर सबसे छोटी बहू अनाथ थी। उसके दुख में दुखी होने के लिए इस संसार में कोई नहीं था। वह जितनी सुंदर थी उसका गुण भी उतना ही सुंदर था। सास और ससुर उसे बहुत प्यार करते थे। मगर ऊपर की छ: बहुओं की आंखों में वह हमेशा खटकती रहती थी। वह उसे बिल्कुल भी पसंद नहीं करते थे। सातो बहुएं नदी में एक साथ नहाने जाती थी। नदी के घाट पर सभी बहुएं अपने-अपने मायके की बात करती थी। अरे ओ ! सो गई क्या ? दादी मां ने मुझे हिला कर पूछा। नहीं-नहीं, तुम कहानी जारी रखो, मैं सुन रही हूं। अच्छा क्या बोल रही थी - बड़ी बहू ने दूर गहरे पानी में हाथ दिखाते हुए कहा - देखो वहां मेरे मायके के नारियल और सुपारी के बागान दिख रहे हैं। मंझली बहू ने कहा - देखो देखो, वो मेरे पिताजी के घर के मंदिर का ध्वज उड़ रहा है।

सभी बहुएं मिलकर छोटी बहू का मजाक उड़ाती और उस पर हंसती। छोटी बहू की आंखें आंसुओं से भर जाती। उसके मायके के बारे में पूछने पर वह कहती - यह जंगल ही मेरा मायका है। वन के बाघ - बधिनी मेरे माता-पिता है। यह कहते हुए उसका स्वर रुवासा हो जाता। उसकी बातें सुनकर बड़ी बहूएं मुंह छुपा कर हंसती। नहाने के बाद छोटी बहू मन मार कर दुखी मन से घर आती। दिनभर काम करते-करते रोती। शाम को बैठक में शेर के गर्जन की आवाज सुनती। दरवाजे बंद होते। अपनी पूंछ से वार कर बाघ दहाड़ता। उस समय सास - ससुर तीर्थ यात्रा पर गए हुए थे। अच्छा मौका था। तुम्हारे पिता तुमको लेने आए हैं, कहकर बाकी के बड़ी बहुओं ने उसे घर से बाहर निकाल दिया और किवाड़ बंद कर दिया। मगर शेर सही में उसको पीठ पर बिठाकर जंगल ले गया।

बाकी की छ: बहुओं ने सोचा -चलो आंख का कांटा गया।

दादी ने जमहाई ली। नींद में उसकी जीभ लड़खड़ा जा रही थी।

दादी देखो तुम सो जा रही हो -मैं दादी को हिला - हिला कर कहती।

मुझे बहुत नींद आ रही है प्यारी बिटिया। आज सो जाओ, कल बाकी की

कहानी बतलाऊंगी। बहुत रात हो चुकी है। कह कर दादी मां सो जाती। लेकिन मेरी आँखों में नींद कहां ? उन दुष्ट छ: बहूओं के बारे में सोचती रहती। उन्होंने कैसे उस बेचारी को बाघ के मुंह में धकेल दिया होगा। बाघ ने उसके साथ क्या किया होगा ? क्या, उसने उसे खा लिया होगा ? कितने ही असमाधित प्रश्न सोचते - सोचते, मैं भी सो पड़ती।

कुछ बड़ी होने पर स्कूल में मेरा नाम लिखवाया गया। दादाजी मेरे साथ गए थे। गदाधर मास्टर ने पूछा - महाशय ! आप अपनी नातिन का क्या नाम लिखवाएंगे ? रजिस्टर पर उसका क्या नाम लिखूं ?।

मेरे दादा मुझे हमेशा श्री, मेरी सोना, मेरी मणी, मेरी धन, मेरी संपत्ति, कहकर बुलाते थे।

उन्होंने कहा - क्यों 'श्री' नाम ठीक नहीं रहेगा, क्या ? रजिस्टर में इसका नाम लिखिए - श्रीमयी पटनायक। मास्टर ने रजिस्टर में मेरा नाम दर्ज किया - श्रीमयी पटनायक।

बाद में मेरी सहेलियां मुझे मेरे नाम से चिढ़ाती। श्रीमती, श्रीमयी यह भी कोई नाम हुआ भला ? श्री पटनायक, बाप रे। मैं दादा जी पर क्रोधित हो कहती - आपको इसके अलावे और कोई नाम नहीं मिला रखने को। दादाजी मुझे अपने पास बिठाकर प्यार से पुचकारते हुये कहते - असल में तुम्हें अभी इस नाम का अर्थ नहीं पता। जब इसका अर्थ जान जानोगी, तब क्या तुम मुझ पर और क्रोधित हो पाओगी, मेरी प्यारी गुड़िया रानी ? अगर इसमें से तुम उपनाम हटा दो तब 'श्री' का अर्थ होता है लक्ष्मी, संपत्ति। तुम तो मेरी धन - संपत्ति हो, हीरे का हार हो। तब मैं गुस्से से कहती - गले की हार या अरबी का पत्ता।

जब मैं स्कूल गई तब केवल छोटा भाई ही गांव के स्कूल में पढ़ता था। वह मुझसे तीन कक्षा ऊपर पढ़ता था। वह हमेशा मेरे साथ लगता रहता था। स्कूल से लौटते समय अपना बस्ता मुझे दे देता था और स्वयं बाबू साहब की तरह हाथ में रखी पतली टहनी से पगडंडी के दोनों ओर उगे पेड़ -पौधों को मारते हुए चलता। बारिश के दिनों में पगडंडियों में पानी भर जाता। उस पानी को लेकर मुझ पर छिटकता। प्रति उत्तर में, मैं भी उस पर पानी छिंटती। बाड़ पर अपना -अपना बस्ता लटका कर, हम छोटी-छोटी मछलियां पकड़ते। इस खेल में हमारे पूरे कपड़े गीले हो जाते। भीगा बस्ता और उसमें रखी भीगी कॉपी - किताब, स्लेट लेकर कीचड़ में सने हम घर

पहुंचते। हमें देखते ही मां का गुस्सा सातवें आसमान पर पहुंच जाता। वह हमें मारने को दौड़ती और पिताजी से शिकायत करने की धमकी देती थी। छोटे भाई ने मुझे नाव बनाना सिखा दिया था। उस दिन मैंने अपनी चित्रकारी की किताब फाड़ कर खूब सारे नाव बनाएं और उसे रास्ते में बह रहे पानी की धार पर बहा कर, घर लौटी। मेरे जाने से पहले ही छोटे भाई ने मां से मेरी शिकायत लगा दी थी। उस दिन मुझे मां ने खूब पीटा। दादी ने कहा - लो जितनी भी कॉपी किताब है, सभी को फाड़ कर नाव तैयार कर लो। और सब को हमारे पीछे के तलैया में बहा आओ। बच्ची ने एक किताब फाड़ दी, तो क्या, तुम उसको मार ही डालोगी ? ऐसे पढ़ाई की हमको कोई आवश्यकता नहीं। रहने दो जितना पढ़ लिया, बस पढ़ लिया। जब भी मेरे ऊपर मार या डांट खाने की नौबत आती दादी मां मेरे सामने ढाल बनकर खड़ी हो जाती थी।

पता नहीं क्यों, छोटे भाई का स्कूल जाने का बिल्कुल भी मन नहीं होता था। जैसे ही स्कूल जाने का समय होता उसे ज्वर हो जाता, पेट दर्द होता या सर दर्द होता। ठीक है महीने में एक बार बुखार आएगा, सर दर्द होगा या पेट दर्द होगा मगर हर दिन तो यह बहाना नहीं चलेगा। उसकी अनिक्षा देखकर दादी मां कभी-कभी उस पर दया कर देती थी। छोटा भाई बड़ी ही सफाई से झूठ बोलता था। दादी से कहता जानती हो दादी, मास्टर जी बोल रहे थे कि कल हमारे स्कूल में टीका लगाने वाले आएंगे। टीका लगाने की बात सुनकर दादी की तो हलक ही सूख जाती थी। वह दो लोगों से बहुत घबराती थी, एक टीका लगाने वाले और दूसरा लाल पगड़ी वाले पुलिस से।

उसने आजीवन ना कभी टिका लगवाया, ना ही इंजेक्शन ही लगवाया था। उनकी तबीयत खराब होने पर भी दवाई ही लाने को कहती थी। मृत्यु लोक से यम लोक में ले जाने के लिए, उसने अपने हाथ में हरे कृष्ण का गोदना गुदवा रखा था। बस इतना ही। .गांव में पुलिस आएगी सुनते ही वह सारा दिन घर के बाहर नहीं निकलती थी।

वह मां को रोक कर कहती - आज बच्चों को बिल्कुल भी स्कूल नहीं भेजना। आज टीका लगाने वाले आएंगे। छोटे भाई से कहती, तुम बाहर नहीं जाना। मास्टर जी बच्चों को भेज कर, तुम्हें पकड़ कर ले जायेंगे। तू आंगन में बैठकर पढ़ता रह।

उसके बाद दादी बड़े भाई के खोज अभियान में निकलती। चिढ़कर कहती - मैं अच्छे से जानती हूं, यह लड़का कहीं रास्ते में घूमता फिर रहा होगा। अगर टीका

लगाने वाले देखेंगे, तो क्या उसे छोड़ देंगे। यह लड़का टीका लगाकर भी आ जाएगा। टीके के दर्द से ज्वर - स्वर होगा। हाथ में सूजन आ जाएगी। मैं अच्छे से जानती हूं, फिर मेरे ही प्राण खाएगा।

जितनी फालतू बातें हैं, सब तुम्हारे ही सर में घुसी हुई हैं। तुमसे किसने कहा कि टीका लगाने वाले आए हैं? ऐसे तो तुम तो उसे पूरा बर्बाद कर दोगी। - पिताजी ने क्रोधित होते हुए कहा।

अब तक दादी भी समझ चुकी थी कि छोटा भाई स्कूल जाने से डरता है इसलिए बहाने बना रहा है। सब कुछ समझने के बाद भी वह सारा का सारा दोष मास्टर के ऊपर मढ़ती और कहती - वह मास्टर तो मास्टर नहीं, राक्षस है राक्षस। मारना पीटना करता है करके बच्चे डर के मारे स्कूल जाना नहीं चाहते। थोड़े प्यार से, श्रद्धा से बात करता भला। घोड़े मुंह वाला, आग लगे उसके मुंह को।

प्रतिदिन सुबह उठते ही छोटा भाई मन ही मन बुदबुदाता - काश ! आज मास्टर का पेट खराब हो जाता, उल्टियां हो जाती, पेट दर्द हो जाता और वह स्कूल ना आ पाते। उसको बुखार आ जाए, सांप काट दे, उसके सर पर बिजली गिरे, भूत उसका गला दबा दे और उसके ऊपर चढ़कर उसका खून पी ले और वह उसकी सारी पढ़ाई भूल जाए।

सच तो यह था कि छोटे भाई को स्कूल जाना बिल्कुल भी अच्छा नहीं लगता था।

स्कूल न जाने के लिये, वह छुपने के नए-नए स्थान खोजता था। कभी घर के कोने पर रखे चटाई के अंदर, तो कभी अलमारी के किनारे, धान की कोठी के अंदर, हमारे घर के पिछवाड़े में, घर के अंदर रखे गद्दे -तकिये के नीचे, आम के पेड़ पर पत्तों के बीच, तो कभी बांस के झुंड के तले इधर-उधर छिप कर बैठ जाता था। जब पकड़ा जाता, तब उसे घसीटते हुए स्कूल ले जाया जाता। खूब मार खाता मगर फिर मार भूल जाता और फिर से स्कूल न जाने के लिए तरह-तरह के तमाशे करता था। कभी-कभी क्रोधित हो कहता - पिताजी- मां, चाचा- चाची, दादा- दादी कोई भी स्कूल नहीं जाता, फिर केवल छोटे बच्चे ही स्कूल क्यों जायें ?काश मैं नाला कुत्ता, पदी गाय या बकरी, या मुर्गी होता। वे कितने सुकून से रहते हैं। हमारी काशी बिल्ली से भी ज्यादा दुखी हूं, मैं। वह क्या स्कूल जाते हैं? पढ़ाई करते हैं?

आये दिन वह स्कूल में मार खाता। कभी घुटनों के बल बैठने की, तो कभी

कान पड़कर उठक- बैठक लगाने की सजा। मेरी खुशामद कर कहता -तुम अगर घर में मार खाने वाली बात, नहीं बताओगी तो मैं तुम्हें चॉक दूंगा, बेर भी दूंगा।

वह जो कहता उसमें हामी भर तो देती, मगर मेरे लिये उसे दादी और माँ से डांट मार खाते देखना, उसके दियें प्रलोभनो से ज्यादा आकर्षक होता था। और जाते ही दादी और मां को, उसके मार खाने वाली बात बता देती थी। जिस दिन छोटा भाई मार खाकर आता और उसके पीठ पर चोट के निशान पड़ जाते, उसे देखकर दादी मां बहुत रोती और मास्टर को गालियां देती और छोटे भाई से कहती - बेटा, तू मन लगाकर क्यों नहीं पढ़ता है? इतनी बदमाशी करता है और जानवरों की तरह मार खाता है। और छोटा भाई मेरी ओर गुस्से से घूर-घूर कर देखता रहता, कि क्यों मैंने उसके मार खाने की बात, घर पर कह दी। जैसे ही मौका मिलता वह मुझे धमकता - अब निकालो मेरे बेर, अपने पेट के अंदर से। अभी निकलो, इसी वक्त वापस करो। उसके बाद मेरे पीठ पर एक जोर का मुक्का मारता। हम दोनों के बीच हमेशा लड़ाइयां होती थी, मगर हम एक दूसरे के बिना रह भी नहीं सकते थे। चाहे वह कितना भी बदमाश था, मगर मुझे बहुत प्रेम करता था। और मैं भी उससे उतना ही प्रेम करती थी।

एक दिन स्कूल छुट्टी के समय स्कूल के सामनें से होकर एक बारात जा रही थी। छोटे भाई ने मेरे कान में चुपके से कहा - चल शादी की दावत उड़ाते है। अभी घर जाने से मां मुरमुरे या पखाल (पानीभात) खानें को देगी। शादी में कितनी अच्छी-अच्छी चीजें मिलती है खाने को, तू जानती है ?उस समय मुझे जोरों की भूख लगी थी, इसलिए मैं तुरंत राजी हो गई। सबसे छुपा कर हमने अपने स्कूल के बस्ते स्कूल में ही छुपा दिया। यह सोचकर कि दावत खाकर लौटते समय बस्ता घर ले जाएंगे।

बारातियों के साथ साथ गांव, खेत, नाले पार करते हुए कितनी दूर चले आये थे, पता नहीं। कुछ समय के बाद मैंने छोटे भाई से कहा - भाई, मुझे जोरों की भूख लगी है। अब मैं और नहीं चल पाऊंगी। तू मुझे गोद में उठा ले। बाजा बजाते - बजाते, पटाखे फोड़ते बाराती आगे की ओर चले जा रहे थे। हमें यह भी पता नहीं था कि वह किस गांव के थे। और कितने दूर जायेंगे। हमें कब दावत खाने को मिलेगा ?

मेरी रोनी सूरत देख भाई वही खड़ा हो गया और चारों ओर नजर दौड़ाई। अनजाने जगह को देखकर वह डर गया कि क्या किया जाए ? मेरे पास चला आया।

तब तक बारात हमसे बहुत दूर जा चुकी थी। हम दोनों एक निर्जन रास्ते पर खड़े थे। तब तक शाम हो आई थी। मैंने जोर-जोर से रोना आरंभ किया। उसकी भी सूरत रोनी सी हो गई थी। वह मुझे उठा नहीं पा रहा था, फिर भी थोड़ा उठाकर कस कर पकड़े हुए था। उसके बाद मुझे धीरे-धीरे नीचे उतारते हुए कहा - ये बाराती लोग बिल्कुल भी अच्छे नहीं हैं। चल हम घर को लौट जाएंगे। मैं तुझे मजे मजे की चीज दूंगा खाने के लिए।

दावत की लालच में हम बारातियों के पीछे-पीछे आ तो गए थे, मगर वापस जाने का रास्ता हमें मालूम न था। कहां जाएंगे, क्या करेंगे, किसे पुकारेंगे ? हम दोनों बीच सड़क पर खड़े होकर इधर-उधर देख रहे थे। तभी दूर से कोई हमारी और आता हुआ नजर आया। जैसे ही वह पास आया, हमने देखा वह एक लंबा चौड़ा आदमी था। सर पर साफा बांधे हुए था और हाथ में छड़ी थी। कंधे पर एक भारी भरकम थैला लटका हुआ था। मैंने बच्चे पकड़ने वाले की बात दादी मां से सुनी थी।

दादी दोनो हाथ फैला कर कहती थी - वह इतनी बड़ी थैली लेकर आते हैं। और उस थैली में बच्चे भर कर ले जाते हैं। और जहां पर बांध या दीवारें बनती है, वहां पर बलि दे देते हैं। यह बात दिमाग में आते ही मैंने, छोटे भाई को और जोरो से पकड़ लिया और रोते हुए बोली - बच्चे पकड़ने वाला। छोटा भाई भी मुझे कसकर पकड़े हुए था। हम दोनों एक दूसरे को पकड़ कर जोर जोर से दहाड़े मार कर रोने लगे। अंत में उसी आदमी ने मुझे कंधे में बिठाकर और छोटे भाई को हाथ से पकड़ कर, घर छोड़ा। बाजार से अपने बच्चों के लिए लाये मिठाई, थैले से निकाल कर हमें खाने को दी।

घर पहुंच कर देखा - वहां रोना - गाना मचा हुआ था। हर तरफ, हमें खोजा जा रहा था। स्कूल के तालाब में, छोटे चाचा ने जाल डलवाया था। पिताजी सब्जी बाजार से लौटे नहीं थे। दादी, दहाड़े मार कर रो रही थी। हमें देखते ही अचानक उनका रोना बंद हो गया। बगीचे से एक छड़ी तोड़कर, हमारी ओर मारने के लिए दौड़ी। बचाने का, कोई उपाय न पाकर उस आदमी ने कहा - दोनों बच्चों को बच्चा पकड़ने वाला लिए जा रहा था। मैं इन्हें उससे छुड़ाकर लाया हूं। इन्हें मारो मत, इन्हें घर के अंदर ले जाओ और कुछ खाने को दो।

रात को जब मैं दादी के पास सो रही थी, तब मैंने उन्हें शादी की दावत में खाने जाने की बात कह दी। लेकिन दादी ने समझा, शायद वह बच्चा पकड़ने वाला,

हमें इसी बहाने ले गया था। बड़े होने पर जब मैं यह बात याद करती हूँ, तब दादी की सरलता पर आश्चर्य होता है।

छोटे भाई की बदमाशी दिन पर दिन बढ़ती जा रही थी।

गर्मियों के दिन थे। भरी दुपहरी का समय। सर धोकर बाल खोलकर कर, दादी आंगन में सोई हुई थी। तभी पगडंडी से आवाज आई - बाल के बदले में बिस्किट, चनाचूर ले लो। छोटे भाई ने दो चक्कर लगाए, मगर उसे बालों का गुच्छा नहीं मिला। दादी मां अपने गिरे हुए बालों का गोल बनाकर, छप्पर में खोंच देती थी। उसे वह नहीं मिला। तभी उसकी नजर पड़ी, दादी मां के खुले बालों पर। बाप रे ! इतने सारे बाल। इतने में कितने चनाचूर और बिस्किट मिलेंगे ? छोटे भाई ने आंखें बंद कर चनाचूर के स्वाद का अनुभव किया। उसके बाद कैंची लाकर दादी के बाल काट कर बालो का गुच्छा ले रफू चक्कर हो गया। इतने होशियारी से काटा कि दादी को पता भी नहीं चला।

दोपहर की नींद से दादी उठी। अंगड़ाई लेकर आलस दूर किया। दादी की ओर देखते हुए, छोटी चाची चमक पड़ी और कहा - मां आपके बाल कहां गए ? जब दादी ने जुड़ा बनाने के लिए बाल संवारे तो देखा, बाल गायब है।

क्रोध, क्षोभ और वेदना से दादी का मुंह दयनीय दिख रहा था। तब तक दादी समझ चुकी थी कि छोटे भाई ने चनाचूर और बिस्किट खाने के लिए उसके बाल काट लिये हैं। उसके बाद उन्होंने चित्कार किया - कहां गया ? वह बज्जात लड़का और वह बालों का व्यापार करने वाला व्यापारी - छी छी ! बाल के बदले में बिस्कुट और चनाचूर, यह क्या बात हुई भला ? यह कौन सा युग आ गया है ? उसके बाद दिनभर छोटे भाई पर मुक्के और घुसो की बरसात होती रही। खूब मार खाने के बाद छोटे भाई ने कहा -दादी को कितनी बार कहा- जब भी तुम बाल सवारों तो झड़े हुए बाल मेरे लिए एकत्र करके रख देना। उन्होंने क्यों नहीं रखा ? मैं कैसे चनाचूर खाता भला ? एक महीने से अधिक दिन तक दादी ने लाज के मारे अपने सर से पल्लू नहीं हटाया। जब भी उसका हाथ बालों तक जाता, तब तब छोटे भाई को निर्धुम गालियां देती।

कभी-कभी पिताजी उसे पलंग के नीचे बैठा देते। गर्दन मोड़ कर सारा दिन खाट के नीचे बैठे रहता। बीच-बीच में कान पकड़ कर कहता और शैतानी नहीं करूंगा, अच्छा बच्चा बनूंगा। कुछ समय बाद दादाजी के हस्तक्षेप से खाट के नीचे से

मुक्ति मिलती। इस सजा से मुक्ति के एक-दो दिन तक वह अच्छा रहता। तीसरे दिन से फिर से वही बदमाशी आरंभ। हमारे गायों की रखवाली करने वाले के बेटे मंगल के साथ जाकर कहीं मधुमक्खी के छत्ते तोड़ लाता, तो किसी के बगीचे में जाकर कमरक चोरी कर ले आया। कभी केवड़े के सुखे जंगल में आग लगा दिया, तो कभी बरगद के पेड़ पर बंदर की तरह उछल कूद कर अपने हाथ तुड़वा डाले। न ही उसका मार खाना रुकता, न ही उसकी बदमाशी ही रुकती थी।

कभी-कभी दिनों तक लगातार बारिश लगी रहती थी।

घर से बाहर निकलना मुश्किल होता था। कम बारिश होने पर हम अपने सिर पर चटाई ओढ़ कर स्कूल को दौड़ते थे, नहीं तो परशु भाई, छाता लेकर हमें स्कूल छोड़ने जाते थे। एक दिन हमने सुना कि बाढ़ आने वाली है। बाढ़ आने की बात सुनकर हम लोग डर जाते थे। मगर छोटा भाई, यह सुनकर खूब प्रसन्न होता था। बाढ़ आने से स्कूल जो बंद हो जाएगा। ना ही पढ़ना लिखना पड़ेगा और ना ही नारायण मास्टर के लाल - लाल आंखों के दीदार ही करने पड़ेंगे। वह अनियंत्रित सा होकर सड़क की ओर दौड़ता था, उसके पीछे-पीछे मैं भी। मैं पूछती - बाढ़ कहां है ?

वह देखो, जो सफेद -सफेद दिखाई दे रहा है, चादर की तरह - वह अपने पैरों के उंगलियों पर खड़ा होकर दूर उंगली दिखाकर मुझसे कहता।

पानी बढ़ रहा है। कुछ समय में ही यहां तक पहुंच जाएगा। सड़क के किनारे गढ्ढे पर एक लकड़ी गाड़ देते। धीरे-धीरे वह लकड़ी डूबने लगती, तब उसे उखाड़ कर और थोड़े ऊपर की ओर गाड़ देते थे। गड्ढे में पानी जमने के फलस्वरूप चींटी, कीड़े मकोड़े, बिच्छू, चूहा आदि जीव जंतु अपने बिल से बाहर निकल आते थे। कुछ बच्चे पतली लकड़ी से उन्हें निर्दयता पूर्वक मारते थे।

चट्टान के डूब जाने पर निचली जमीन में पानी भरने लगता और गांव के अंदर घुसने लगता। धीरे धीरे सड़कों पर भी पानी भर जाता और कहीं - कहीं पर रास्ते के ऊपर से पानी की धार बहने लगती। गांव की सारी पगडंडिया पानी से भर जाती। छोटे चाचा केले के पेड़ काटकर नाव बनाते थे। हम बच्चे उस नाव पर बैठने के लिए उत्सुक रहते थे। दिन भर पानी में खेलते। सबसे ज्यादा मजा आता सड़क के ऊपर। सड़क पर सारे गांव के लोग इकट्ठे होते। बच्चों से बूढ़े तक सभी। कुछ बच्चे बरगद के पेड़ पर चढ़कर पानी में छलांग लगाते और इस बाढ़ के मटमैले पानी में तैरते। मछली पालन करने वाले कुछ लोगों के तालाब में पानी भर जाने से

मछलियां बाहर निकल आती। गांव के लोग जाल बिछाकर उन मछलियों को पकड़ते थे।

बाढ़ की खबर सुन कुछ लोग निचले इलाकों से ऊपर सड़क पर आ जाते। अपने पूरे परिवार के साथ। कुछ तो अपनी गाय, भेड़, बकरी भी साथ लेकर आते थे।

लोगो ने तारपोलिन बांधकर अपने रहने की अस्थाई व्यवस्था कर ली थी। इस संकट की घड़ी में हमारे गांव के कुछ भद्र लोग छप्पर बनाने के लिए उन्हें पुआल और सुखी लड़कियां देकर उनकी मदद कर रहे थे। उनके सुख-दुख का ख्याल कर रहे थे। कुछ लोग रास्ते के ऊपर बैठकर ताश खेलने में मग्न थे। और कुछ बातचीत कर रहे थे कि किस गांव में कितने लोग बाढ़ में बह गए। कितने पशु मरे। कुछ लोग शोक व्यक्त कर रहे थे। यद्यपि हम बच्चों को इन सब से क्या लेना देना ? बाढ़ क्या आई, हमें पूरी स्वाधीनता प्राप्त हो गई। खाना -पीना भूल कर हम सारा दिन इधर से उधर दौड़ते फिरते। बाढ़ आने से लोगों पर दुखों का पहाड़ टूट पड़ता था। कितनी ही असुविधाएं होती थी। इस बात का हमें एहसास भी ना था। हम सोचते - काश ! पूरे साल भर ऐसे ही बाढ़ आती।

उसके बाद धीरे-धीरे बाढ़ का पानी कम होने लगा और एक दिन ऐसा आया कि संपूर्ण भाव से बाढ़ लौट गया और छोड़ गया, एक मटमैला निशान। यह देखकर हमारे चेहरे की हंसी उड़ गई थी और हम सभी भाई-बहन दुखी मन से घर को लौट आए थे। दादी कहती पाठसाठ सब तो गया, साथ ही खाना पीना भी भूल गए। अब तुम्हारे सर से बाढ़ का नशा उतरेगा। फिर मुझसे कहती - वह तो लड़के की जात है। दिन भर घूमेगा फिरेगा। ऐसे भी उसे मार खाने से फुर्सत नहीं है। तुम क्यों उसके पिछे - पिछे घूमती फिरती हो।

झड़ी बरसात होने से मां चावल भूनकर उसमें मूंगफली . चना और तिल मिलाती। फिर सरसों के तेल में सरसों और प्याज का तड़का लगा देती थी। हम बरामदे में बैठकर भुने चावल खाते और मन ही मन सोचते थे - काश ! ये बरसात कभी बंद ना होती। फिर से बाढ़ आता और स्कूल की छुट्टी हो जाती। कितना मजा आता।

त्योहारों पर मां विभिन्न प्रकार के पकवान बनाती थी। सारे गांव में बांटा जाता। आते-जाते लोगों को दादी पकवान देती थी। मां के हाथों से बनी छोटी मछली

की सब्जी, मशरूम की सब्जी, तरोई फूल और सहजन के फूल की, पीसी सरसों के साथ बनाई सब्जी, अत्यधिक स्वादिष्ट होती थी। मार्गशीर्ष महीने के कोमल धूप और खेत से पकड़े मछली की सब्जी खूब स्वादिष्ट लगती थी। ठंड की हल्की धूप की तरफ पीठ कर, मां भांप उठते भात के साथ मूंग की दाल और उसके ऊपर दो चम्मच शुद्ध गाय का घी डालकर खाना परोस देती थी। साल के पत्ते पर आलू और बैंगन का भरता परोसती। उसकी महक से ही, हमारा पेट भर जाता था।

अचानक ब्रेक मारने से, मैं सामने की ओर झुक गई - मेरा सर सामने की सीट पर लगा। बचपन के सारे सुखमय दृश्य, आंखों के सामने से ओझल हो गए और उसकी जगह सामने, रास्ते पर गायों का झुंड गुजरता दिखाई दिया। मैंने ध्यान से देखा तो सामने ही हमारा गांव था और १०-१५ मिनट का रास्ता बाकी था। मैंने मेरी गोद में आराम से सो रही खुशी को देखा। ठीक है, और थोड़ी देर सो ले। मैं फिर से खिड़की से बाहर देखने लगी। काशिया चट्टान के सामने से बस गुजर रही थी। उसके नीचे नाला बह रहा था। नाले के दोनों किनारे पर लाल हिजूल और अर्जुन के पेड़ पंक्तिबद्ध खड़े थे। साथ ही था, केवड़े का धना जंगल।

दादी की एक बात याद हो आई।

कैसे पड़ा इस चट्टान का नाम काशिया चट्टान। पार्वती नदी का अतिरिक्त जल इस नाले से होता हुआ बहता था। आवागमन के लिए इसके ऊपर लकड़ी का एक पुल बना दिया गया था। मगर प्रतिवर्ष बाढ़ का पानी, इस लकड़ी के पुल को अपने साथ बहा ले जाता। परिणाम स्वरूप हमारे गांव को आने वाली एक मात्र बस, नाले के उस पार ही रुकती थी। नाव से नाला पार कर गांव वाले शहर के लिए बस पकड़ने जाते थे। बाद में चट्टान के ऊपर से एक पक्का पुल तैयार किया गया।

दादी, हमेशा अपनी शादी के समय की बात करती थी। उस समय ब्रिटिश राज चल रहा था। हमारे गांव में एक जाने माने व्यक्ति थे - काशीनाथ। २५ गांव में उन्हें न्याय करने के लिए बुलाया जाता था। सीधे - साधे, पांच हाथ के मनुष्य थे, वे। उनकी बात के ऊपर बात कहना या उनके न्याय विचार को काटने वाला व्यक्ति, इस अंचल में शायद ही कोई था। बड़े ही निर्भीक और सच बोलने वाले मनुष्य थे।

उस समय ब्रिटिश लोगों को देश से भगाने के लिए, कुछ लोग स्वतंत्रता संग्राम चलाते थे। उन्हें क्रांतिकारी कहा जाता था। क्रांतिकारी, सरकारी खजाने

लूटकर ले जाते थे। पुलिस स्टेशन पर हमला कर, सिपाहियों से बंदूक, गोला, बारूद इत्यादि लूट ले जाते थे। देश को स्वतंत्र करने के लिए, वे जी जान से लगे हुए थे।

कुछ ही दिनों पहले हमारे गांव में भी सरकारी खजाना लूटा गया था। ऐसा कहा जाता है कि उस लूट में काशीनाथ का हाथ था। प्रचंड गर्मी के दिन थे। काशीनाथ, किसी दूर गांव से लौटकर ठीक खाने बैठे ही थे, तभी किसी ने दौड़कर खबर दी कि ब्रिटिश सिपाही उन्हें पकड़ने आ रहे हैं। आधी खाई हुई थाली वैसी ही छोड़ काशीनाथ घर से भाग गए। पुलिस ने घर बाहर खोज बिन की, मगर वह उनके हाथ नहीं लगे । आसपास के सभी गांव में ढिंढोरा पिटवाया गया। जो भी काशीनाथ को जीवित अथवा मृत पकड़वायेगा, उसे ५०० रुपया पुरस्कार स्वरूप दिया जाएगा।

उस समय गांव के सिरहाने पर बहने वाली पार्वती नदी के दोनों तरफ झाड़ियों के जंगल और अगम्य केवड़े का वन था। काशीनाथ इस जंगल के अंदर छुपे हुए हैं, यह बात उनके बड़े भाई को पता थी। पहले से ही, जमीन जायदाद के बंटवारे को लेकर दोनों भाइयों में बिल्कुल भी नहीं बनती थी। एक दिन शाम को अपने दोनों बेटों को लेकर, बड़े भाई जंगल में घुसे। वह पहले से ही काशीनाथ के छिपने की जगह का पता लगा चुके थे।

दूसरे दिन सुबह-सुबह गांव में हड़कंप मच गया। काशीनाथ का सर और शरीर अलग-अलग होकर चट्टान के ऊपर पड़ा हुआ है। गांव के लोग जंगल की ओर दौड़े और दुख से हाय हाय कर उठे। लोगों को पता चला कि यह विभत्स काम उनके ही बड़े भाई ने किया है।

अब पूरे अचला चल संपत्ति के मालिक उनके बड़े भाई थे, क्योंकि काशीनाथ की कोई भी संतान नहीं थी। ब्रिटिश सरकार की ५०० रुपये पुरस्कार की घोषणा ने उनके बड़े भाई को ऐसा पदक्षेप लेने के लिए एक अपूर्व सुयोग दिया। उन्हें पुरस्कार राशि की आवश्यकता नहीं थी। असल में उसकी नजर निःसंतान काशीनाथ के अचलाचल संपत्ति पर थी।

लेकिन जैसी करनी, वैसी भरनी के कथन को चरितार्थ करते हुए इस अचलाचल संपत्ति का भोग काशीनाथ के बड़े भाई भी ना कर पाए। इस घटना के ही कुछ दिन बाद में पागल हो गए। उनके दोनों बेटों को चोरी के अपराध में कारावास हो गया। जब तक जेल से वापस आए, उनका संसार उजड़ चुका था। डकैतों ने उनका घर लूट कर, घर में आग लगा दिया था। बाद में सुनने को आया कि यह काम

काशीनाथ के क्रांतिकारी साथियों का था। जो काशीनाथ की हत्या का बदला लेना चाहते थे।

परवर्ती समय में इस चट्टान का नाम काशी नाथ जी के नाम पर 'कासिया चट्टान' रखा गया।

जब भी उस कासिया चट्टान को देखती, मुझे ऐसा अनुभव होता कि काशीनाथ जी के लहू से उस चट्टान पर उनके त्याग, बलिदान और स्वतंत्रता संग्राम का इतिहास लिखा गया होगा। भारत के स्वतंत्रता प्राप्ति का एक दुखद पृष्ठ। मन उदास हो उठा। मैंने बाहर की ओर नजर दौड़ाई और खुशी को उठाया - खुशी उठो, मामा का गांव आ गया। उठ जाओ। क्रमशः धीरे होते गई, बस की गति और आगे खड़ा था, वह बूढ़ा बरगद का पेड़। जैसे अपनी दोनों बाहें फैलाए मुझे पुकार रहा हो - आ जाओ आ जाओ।

सामने ही खड़ा था, बरगद का पेड़, बूढ़ा बरगद का पेड। भले हम उसे बूढ़ा बरगद का पेड़ कहते थे, मगर वह नौजवान दिख रहा था। एकदम हरा भरा। उसे किसने लगाया था। उसका नाम बूढ़ा बरगद किसने दिया था। यह बात शायद दादा जी को भी पता नहीं होगी। दादाजी ने अपने पिताजी से सुना था कि उनके बचपन में भी यह पेड़ ऐसा ही खड़ा था। पिताजी के बाद हम भी उसे बचपन से ऐसा ही देखते आए हैं। गोल मटोल हरी - हरी पत्तियों से भरी डालियां लिए सड़क पर वह वरद मुद्रा में खड़ा था। हमारे बाल्यकाल, यौवन और प्रौढ़ अवस्था को आल्हादित करके रखा था, इस बूढ़े बरगद ने। अपनी शाखा रुपी हाथों को बढ़ाकर हमें बुलाता - आओ बच्चों, मेरी शाखाओ पर खेलो। मैं तुम्हें अपनी शाखाओं के झूले झुलाऊंगा।

खेत से वापस लौटते किसान इस विशाल बरगद के तनों पर अपने हल टिका कर, इसकी छांव में अपनी थकान मिटाते। उसकी सघन छांव में गाय, बैल, बकरी आराम से बैठ, जुगाली करते। दूर गांव से आने वाले, थके हारे राहगीर इसकी छांव में विश्राम पाते। इसकी शाखाओं पर कितने ही प्रकार के रंग - बिरंगी पक्षी अपना घोंसला बनाते। इसके फल पकने पर मैना, कौवा इत्यादि पक्षी दावत उड़ाते। गिलहरी इधर से उधर, इस शाखा से उस शाखा फुदकती फिरती। दूर गांव से खेत पारकर कर आये बंदर, गांव में प्रवेश करने से पहले, इस बरगद के पेड़ पर चढ़ते। पहले जी भर कर उधम मचाते, फिर गांव की ओर रुख करते। गांव के अंदर आवारा कुत्ते, जब भोंकते तो जान बचाने फिर से इसी बरगद की शरण लेते और

मौका पाते ही जिस रास्ते से आये थे, उसी रास्ते लौट जाते थे। यूं तो युगों की स्मृति का मौन दर्शक है, यह बरगद का पेड़। कितने ही दुख - सुख, आंसू और लहू का साक्षी है यह।

घन ताऊ के, बड़े लड़के परिया भाई ने इसी बरगद के पेड़ पर फांसी लगाई थी। भोर में अपने खेत जाते समय, राम जेना ने ही सबसे पहले परिया भाई के शव को झूलते हुए देखा था। पूरी तरह से उजाला नहीं हुआ था। अभी भी हल्का-हल्का अंधेरा था। सारे गांव में बात आग की तरफ फैल गई। गांव भर के लोग दौड़े आए। इधर-उधर की बातें होने लगी। परिया की गोरी - चिट्टी पत्नी का अपने काले देवर के साथ अनैतिक संबंधं था। पत्नी और भाई का धोखा सहन नहीं कर पाया और मारे लाज के, उसने आत्महत्या कर ली। पुलिस ने कितनी ही बातें पूछी और सभी रजिस्टर में दर्ज कर, चले गए। जमीन में लोट -लोट कर रो रही थी, परिया भाई की पत्नी।

इस घटना के बहुत दिन बाद तक हम बच्चे, परिया भाई के भूत के डर से उस पेड़ के नीचे नहीं जाते थे। कुछ दिन बित जाने पर, हम धीरे-धीरे बरगद के पेड़ के पास जाने लगे। उसे छूकर देखा। उसके छांव के नीचे गए। उसकी हरी -हरी पत्तियों के संगीत सुनें। उसकी छांव में बैठ कर गप्पें हांकीं। पेड़ पर चढ़ने लगे और फिर से, खेल कूद का सिलसिला शुरू हो गया ।

फिर एक दिन।

वन परीड़ा की बेटी गौरी, इसी बरगद के पेड़ के सामने ट्रक के चपेट में आ गई थी। कोई कहता था, गौरी ने जानबूझकर ट्रक के सामने छलांग लगा दी, तो कोई कहता था, बकरी के मेमने को बचाते हुए उसके प्राण गए। उसकी अपने पति के साथ बिल्कुल भी नहीं बनती थी। अपने पति से पीटने पर वह गांव (अपने मायके)आ जाती थी। लोग कहते थे उसका पति 'टीमा' किसी बाऊरानी (एक जाति) के चक्कर में पड़ा था इसलिए गौरी से मार पिट करता था। इस बार भी पति से लड़ाई कर, मार खाकर पिता के घर लौट आई थी, गौरी। वन परिडा, अपनी बेटी को समझा - बूझाकर उसके ससुराल छोड़ने जा रहा था। अभी तक बस नहीं आई थी। बरगद के पेड़ पर टिक कर, खड़े-खड़े वह रो रही थी। अचानक, पता नहीं क्या हुआ ? गौरी सड़क के उस पार दौड़ी, तभी अनजाने में एक ट्रक ने उसे कुचल दिया। उसकी मृत गोद में, बकरी के मेमने की जान सुरक्षित थी। उसके रक्त से बरगद का पेड़

रक्तरंजित हो गया था। उस घटना का प्रत्यक्षदर्शी बन, बरगद पेड़ की छाती दुख से छलनी हो गयी होगी। गौरी की मृत्यु से दुखी होकर, उसने रात भर ओस रूपी आंसू बहाये होंगे ।

एक दिन बरगद के पेड़ पर चढ़, खेलते खेलते निधियां नीचे गिर पड़ा। उसका हाथ टूट गया। हाथ तो टूटा ही ऊपर से घर पर खूब मार पड़ी, वो अलग। बहुत दिनों तक अपने प्लास्टर लगे, हाथ को गले में लटकाए गांव में घूमता रहा। जब भी वह बरगद के नीचे से गुजरता और उसकी पत्तियां झूम-झूम कर उसे स्पर्श करती, तो लगता है जैसे बरगद का पेड़ उससे पूछ रहा हो - और करोगे बदमाशी ?

कितने उत्थान -पतन और सुख-दुख का साक्षी था यह बरगद का पेड़। इसके नीचे से ही रमजान मियां का पुत्र बस में बैठकर विदेश गया था। दूर गाँव की बेटियां, इसी के तले बहु बनकर पालकी में बैठ, हमारे गांव आई थी। अपने आंसुओं से अपनी मां का आंचल भींगा कर, गांव की दुलारी बेटियां विदा होती थी। कितने ही जन्म -मरण देखें, इस बरगद के पेड़ ने। शमशान को जाते हुए, कितनों की महायात्रा देखी, तो कितनों के घर, बच्चों की किलकारियां सुनी ।

बारिश उसे नहला देती थी। बाढ़ आकर उसके पैर धो जाती थी। तूफान आने पर उसकी शाखाएं और पत्ते झूम-झूम कर नाच उठते। ग्रीष्म ऋतु की गर्मी में खड़ा, अपने असंख्य पत्तों के पंखे झेलता। शीत ऋतु में कोहरे से धीरा कंपकपाती ठंड में भी, स्वाभिमान के साथ सर ऊंचा किये खड़ा रहता। गौधुली बेला में कलरव करते, अपने- अपने घोंसलों में लौटते पक्षियों के साथ शाम होती। रात्रि चांद तारों से बातें करते बीतती। सूर्योदय की कोमल किरणें उसके शरीर को सेक देती थी। गर्मी, बरसात, ठंड, लकड़हारे की कुल्हाड़ी के आधात, दुष्ट बच्चों के पत्थर, सहकर भी वह बरगद का पेड़ एक जगह पर अविचलित खड़ा रहता। वही गतानुगतिक जीवन, वही एक निर्दिष्ट स्थान, रात में आसमान और चांद -तारों की हंसी, दिन का जंजाल सर पर उठाकर गांव के मुहाने पर पहरेदार की तरह कई युगों से पहरा दे रहा है, यह बरगद का पेड़।

बरगद के पास ही परमाणिक बूढ़े की सफेद रंग की समाधि थी। उसके दाहिने तरफ चले जाने से हमारे घर का रास्ता था। रास्ते के दोनों ओर केवड़े, गिल, बैगुनिया, चकोतरा, सहाड़ा और नाना प्रकार के झाड़ियों के बाड़े थे। उन पेड़ों और

झाड़ियां पर दोपहर का सिंदूर फैला हुआ था, झाड़ियों के ऊपर से पक्षियों के दल उड़े जा रहे थे और नीचे दूर दूर तक फैले थे, धान के खेत। मिट्टी की सुगंध हवाओं में घुली हुई थी - यही मेरा गांव है।

बस ठीक बरगद के पेड़ के नीचे रुकी। बस से बाहर देखा तो, कंधे में गमछा लटकाए राजू स्वागत में खड़ा हुआ था। चीमा उसके पास खड़ा होकर इधर-उधर देखते हुए, अपनी पूंछ हिला रहा था। खुशी ने हंसते हुए, अंदर से अपने हाथ बढ़ा दिए। राजू ने उसे ऊपर की ओर उठाते हुए सीधे अपने कंधे पर बिठा लिया। राजू ने मेरे हाथ से सूटकेस ले लिया। मैं बस से नीचे उतर गई। इतने दिनों में राजू थोड़ा लंबा हो गया था। मां के जैसी शकल - सूरत, सरल और सीधा-साधा। उसके गले को दोनों हाथों से पकड़े खुशी उसके कंधे पर बैठी हुई थी। राजू उससे पता नहीं क्या पूछता जा रहा था और खुशी उसका जवाब, हंसते हुए दे रही थी। सबसे आगे चीमा दौड़ता जा रहा था। कुछ दूर आगे जाकर फिर से लौट आता। ऐसा लगता था वह समझ नहीं पा रहा है कि वह पहले क्या करें। वह हमारे साथ चले या पहले जाकर मां को हमारे आने की खबर दे। घर में जो भी कुत्ता पाला जाता, उसका नाम चीमा ही रखा जाता था।

आधा आश्विन मास बीत चुका था। पहले बोये गए धान के पौधे पर थोड़ी-थोड़ी धान की बालियां पक गयी थी। और कुछ क्यारियों में नई बालियां पवन के साथ मंद मंद झूम रही थी। मैं रास्ते के दोनों किनारे में फैले धान के खेतों को देख सम्मोहित सी चली जा रही थी, तभी मेरा पैर फिसला। दो-तीन दिन पहले खूब बारिश हुई थी। गिरते - गिरते मैंने बाड़े को पकड़ लिया और सम्हल गयी। राजू ने पीछे मुड़कर देखा। खुशी मुझे गिरते देख हंस रही थी।

कीचड़ भरे रास्तों पर चप्पल पहन कर चलोगी तो, गिर जाओगी। दोनों चप्पल उतार कर, हाथ में पकड़ो -राजू ने कहा।

मैं आश्चर्य चकित रह गई पहले तो कभी भी इस रास्ते में कीचड़ नहीं होता था। यह तो रेतीला रास्ता था। चाहे बारिश हो या बाढ़ आए, यह वैसा का वैसा ही रहता। पैरों में कीचड़ लगना तो दूर की बात, थोड़ी सी रेत भी नहीं लगती थी। इतनी कीचड़ क्यों है, रे ?

और पहले जैसी बात कहां ?अब तो पूरे गांव के लोग, पशु, गाय-बैल, बकरी, कुत्ता, बैलगाड़ी, साइकिल, सब इसी रास्ते से होकर जाते हैं। पहले गांव के

पश्चिम में जो रास्ता है, उससे आना-जाना होता था। उनके गाय-बैल उसी रास्ते से चारागाह जाते थे।

वर्तमान में उस रास्ते को, नंद दादा जी ने बाड़ लगाकरअपने खेतों में मिला दिया है। सर्वसाधारण के आने जाने के रास्ते को पैसा देकर अपने नाम करवा लिया है। इतने बड़े गांव में एक भी व्यक्ति ऐसा नहीं है, जो अपना मुंह खोले। उनके पास पर्याप्त पैसा है, लाखों रूपयों का महाजनी कारोबार है। दो वर्षों से, उनके बड़े बेटे सरपंच हैं। जिनके पास पैसा और ताकत है, उनके खिलाफ कौन बोले। जिसकी लाठी, उसकी भैंस - राजू ने कहा।

मां, हमारे इंतजार में कोठार तक आ गई थी। पेड़ों के पीछे से उसकी सफेद साड़ी दिखाई दे रही थी। खुशी ने राजू के कंधे से उतरने की कोशिश की। सामने उसकी प्यारी नानी जो खड़ी थी। मां और भी कमजोर दिखाई दे रही थी। उसकी कमर थोड़ी झुक गई थी।

खुशी राजू के कंधे से उतर पड़ी और दोनों हाथ फैलाकर दौड़ते हुए मां के पास चली गई। खुशी में मुझे, मेरा बचपन दिखाई दे गया। मैं भी बचपन में स्कूल से लौटते समय, मां की तरफ ऐसे ही कूदते फांदते दौड़ती थी। और मां के गले को पड़कर, उसे प्यार करती थी। खुशी दौड़कर मां से लिपट पड़ी। मां ने भी उसे चूमते हुए, मेरी धन, मेरी माणिक्य कहते हुए गोद में उठा लिया। मैं भी मां के पास पहुंच गई। बरामदे में चढ़ते ही मेरी नजर पिताजी की कुर्सी पर पड़ी। वह कुर्सी जहां की तहां रखी हुई थी। ठीक पहले की तरह। शाम होने को थी। शाम की मद्धम रोशनी में मुझे ऐसा लग रहा था, जैसे अभी भी उस कुर्सी पर पिताजी बैठे हुए हैं। बिल्कुल चुपचाप। हाथ में हुक्का पकड़े हुए। मेरे दोनों हाथ अनायास ही नमस्कार मुद्रा में जुड़ गए। आंखें भर आईं। आंखें बंद कर धीरे-धीरे मन ही मन मेरे हृदय ने पुकारा - पिताजी.....।

नीचे के कमरे से छोटी चाची ने आवाज लगाई -इतने दिनों बाद हमारी याद आई बिटिया। तुम्हारी लाडली बेटी कहां गयी ?

चौखट पारकर उनके पास जाते ही कहा - आपने सही कहा, छोटी चाची। आप क्या सच्चे दिल से हमें याद कर रही थी ?अगर ऐसा नहीं होता तो, हम मां बेटी यहां आती कैसे ? देखा आपने याद किया, और हम हाजिर।

पास के घर से ही बड़ी चाची के खांसने की आवाज सुनाई दी। खांसकर,

उन्होंने अपनी उपस्थिति जताई। वह हमेशा से थोड़ी टेढ़ी थी। छोटी चाची के पास जाते-जाते मैं, बड़ी चाची की ओर मुड़ गई। उनके चरण स्पर्श किए। थोड़े तेवर के साथ, उन्होंने कहा - घर में सभी अच्छे हैं, तो ? तुम्हारी सास का स्वास्थ्य कैसा है ?

मैंने कहा - हां सब ठीक है। अभी फसल अदायगी का समय है, इसलिए एक महीने के लिए गांव गई हुई है।

छोटी चाची भी पास आकर खड़ी हो गई। मैंने उनके भी पांव छुए। एक ही परिवार लेकिन बंटवारे के बाद से अलग-अलग रह रहे थे। मेरे पिताजी ने यह घर तैयार किया था। मिट्टी की दीवारें थी और फर्श सीमेंट का बना हुआ था। चौड़ा बरामदा, बड़ा आंगन, कई कमरे, आगे निचले तले में भी कमरे बने हुए थे। पिताजी और दोनों चाचाओं के बीच घर का बंटवारा हुआ। पिताजी बड़े थे, अत: उनके हिस्से घर के सामने का हिस्सा और बिच के तल्ले का आधा हिस्सा आया। इसका आधा हिस्सा बड़े चाचा के हिस्से में आया। नीचे के तल्ले मैं उनके रसोई घर की व्यवस्था थी। इसके बाद जितना भी बचा सब छोटे चाचा के हिस्से आया। उस समय के रहन-सहन के अनुसार बरामदे और आंगन का प्रयोग सभी कर सकते थे। खाने - पीने की व्यवस्था अंतिम कमरे में थी।

कुछ दिन पहले ही बरामदे के एक किनारे राजू ने रसोई घर तैयार किया था और रसोई के दीवार से लगकर बनवाया था, नहाने का कमरा और शौचालय।

छोटी चाची के शरीर में थोड़ा मांस चढ़ गया था, जो उनकी सुंदरता बढ़ा रहा था। उनके साथ बातें कर ही रही थी कि मां ने पुकारा -क्यों रे ! बाद में गप करने से नहीं चलेगा ? तुम सुबह की घर से निकली हुई हो। हाथ मुंह धोकर, थोड़ा कुछ खा पी लो।

मां ने बरामदे की लाइट जला दी थी। बहुत दिनों से गांव में भी बिजली आ गई थी। साड़ी बदलने के लिए मैं अंदर गई। .घर के अंदर भी ट्यूबलाइट जल रही थी। हालांकि बचपन में हम चिमनी या लालटेन की रौशनी में पढ़ाई किया करते थे। अन्य किसी भी जगह, चाहे वह धान पीटने जाना हो या कोई विशेष काम हो, हमें किसी भी सूरत लालटेन नहीं मिलती थी। थोड़े जोर से हवा चलने पर चिमनी बार-बार बुझ जाती थी। अंधेरे बरामदे से अंदर के कमरे में जाने से छोटे भाई को बहुत डर लगता था।

चिमनी जलाकर लाने के लिए वह हमेशा मुझे ही कहता। मैं जाती भी थी।

आंखें बंद कर, एक ही सांस में, घर के अंदर दौड़ जाती। नीचे के कमरे में चूल्हे के पास जल रहे चिमनी से, अपनी चिमनी जलाकर लौट आती। कभी-कभी फिर से बीच रास्ते में ही चिमनी बुझ जाती थी। कई बार चिमनी झुका कर जलाने से केरोसिन मेरे हाथ में गिर जाता था।

नीचे कमरे में जाते समय, कभी-कभी हमारे गायों को चराने वाला लड़का मंगल छिपकर बैठा होता और मुझे डराता। एक बार दीवार को पकड़ -पकड़ कर, जाते समय उसके शरीर से मेरा हाथ लगा -बाप रे ! यह तो भूत है। डर के मारे मैं इतनी जोर से दौड़ी की मेरा सर खंबे से टकराया और फूट गया। यह बात याद आते ही मेरा हाथ अपने आप सर के बाएं ओर चोट के निशान पर पहुंच गया। यहीं पर मेरा सर फटा था और खून बह रहा था।

मेरी आवाज सुनकर सभी दौड़ आए। मेरी आंखों के ऊपर से बह रहे खून को देख कर मैं बेहोश हो गई। मेरी अवस्था देखकर दादी रोने लगी -मेरे बच्चे को इस चांडाल ने मार डाला रे। हाय ! अब मैं क्या करूं ? मैं मर गई, सोच कर डर से कांपता हुआ एक कोने में खड़ा मंगल जोर-जोर से रोने लगा। पानी के छिटों से मुझे होश आया। उस दिन मंगल और छोटे भाई की खूब खातिरदारी हुई।

अनेक दिन ऐसा होता कि पढ़ाई करते-करते दोनों घुटनों के बीच सर रखकर छोटा भाई सो जाता। मगर पिताजी के पद चाप सुनते ही उसकी आंखें खुल जाती। कभी-कभी पेट के बल लेट कर पढ़ते समय पुस्तक के ऊपर ही सो जाता। मुंह से लार निकाल कर उसकी पुस्तक गीली हो जाती थी। एक बार नींद में उसके हाथों से लगकर चिमनी गिर पड़ी और उसके सर के बाल जल गए । बाल में लगी आग की गर्मी से उसकी नींद टूटी। मेरे कारण उसके बाल में आग लगी ये सब मेरी गलती थी, बोलकर उसने मेरी पीठ पर एक जोर का मुक्का मारा। जिसके फलस्वरूप पिताजी के बाजार से लौटने तक में सिसकियां ले लेकर रोती रही। पिताजी के छोटे भाई को मारने से ही मेरा रोना चुप हुआ। मुझे कोई मारे या गाली दे, यह मैं बिल्कुल बर्दाश्त नहीं कर पाती थी। और बुरी तरह दहाड़े मार मार कर कर रोती थी।

दादी हमेशा मेरी ढाल बनकर खड़ी रहती थी। वह हमेशा मेरी तरफदारी करती। अगर कभी मेरा मन नहीं मानता तो, मैं एक जगह पर बैठकर लगातार रोती रहती। सभी समझा - समझा कर थक जाते मगर मैं चुप नहीं होती थी। अगर कभी छोटा भाई मुझे नकोड़ दे या चिमट दे, तो पिताजी के आते तक उस निशान को ताजा

रखने की कोशिश करती और पिताजी के आते ही उन्हें दिखाती। जब तक पिताजी छोटे भाई को मार ना दे, मेरे दिल को चैन नहीं पड़ता था। मगर उसे मार खिलाने पर मुझे दुख भी होता था। मैंने क्यों ऐसा किया? उसे मार खिलाने के बाद, बहुत पश्चाताप भी होता।

और एक दिन की घटना याद आई। उस समय मैंने पढ़ना आरंभ नहीं किया था। बड़े भाई और छोटे भाई खाट पर बैठे पढ़ाई कर रहे थे। मैं उनके पास बैठकर पुस्तक के चित्र देखते-देखते सो गई। बारिश के दिन थे। थोड़ी-थोड़ी बारिश हो रही थी। हमारे घर के दोनों लालटेन की कांच टूट गई थी, इसलिए चिमनी जला कर काम चल रहा था। घर के अंदर पिताजी कुछ काम में व्यस्त थे। दादाजी अपने छोटे से कमरे में सो चुके थे। अचानक दोनों भाई के चिल्लाकर रोने से मेरी नींद टूटी। मैं उठकर बैठ गई और नींद भरी आंखों से चारों ओर देखा। खाट के ऊपर से मेरे दोनों भाई गायब। तभी एक काले रंग का हाथ, खाट के ऊपर जल रहे चिमनी तक आया। उस हाथ में एक टूटी हुई बीड़ी थी। मैंने चिमनी के पास बीड़ी पकड़े हाथ को देखकर, बरामदे के नीचे देखा। पूर्ण रूप से नग्न अवस्था में बरामदे के नीचे मकरा पागल खड़ा हुआ था। बरसात की अंधेरी रात में उसका चेहरा स्पष्ट दिखाई नहीं दे रहा था। वह पूरी तरह से बारिश में भीग चुका था। मेरे चेहरे की ओर देखकर उसने अपने मैले दांतों को दिखाकर हंस दिया। अब मैं क्या करूं? खाट के नीचे छुप जाऊं या घर के अंदर दौड़ कर चली जाऊं अथवा चिल्ला कर दादी कोआवाज लगाऊ। मैं समझ नहीं पा रही थी। केवल खाट के ऊपर बैठकर इधर-उधर हो रही थी। मैं चिल्लाना चाह रही थी, मगर डर के मारे बहुत देर तक मेरे मुंह से कोई आवाज नहीं निकल पा रही थी।

मेरी आवाज सुनकर पिताजी बाहर चले आए। पिताजी को देखने के बाद भी वह वैसे ही धीर - स्थिर खड़ा रहा। पिताजी ने अपने हाथ उठाकर, उसे मारने का इशारा किया। उस समय उसने ऐसी निरीह दृष्टि से पिताजी की ओर देखा कि वह निरीह दृष्टि आज तक मुझे याद है। कुछ वर्षों के बाद मकर पागल मर गया।

मकर के घर के पीछे जलकुंभी से भरा हुआ एक तालाब था। तालाब के मेड़ पर बड़ा अर्जुन का पेड़ था। जितना मोटा था, उतना ही ऊंचा भी था। उसकी शाखाओं पर हजारों की संख्या में चमगादड़ लटके रहते थे। इतने चमगादड़ लटके होते कि उस पेड़ के पत्ते भी दिखाई नहीं देते थे। वह पेड़ एकदम सीधा था। इतना

सीधा की किसी मनुष्य का उस पर चढ़ना असंभव बात थी। कभी-कभी कुछ बंदर इस डाल से उस डाल पर कूपा फांदी मचाते थे, तब चमगादड़ों पर दुख का पहाड़ फट पड़ता। वह उड़कर उस पेड़ के चारों ओर चक्कर लगाते, नहीं तो थोड़ी देर के लिये, आसपास के किसी वृक्ष पर आश्रय लेते और बंदरों के जाने के बाद पुन: वापस लौट आते। सारा दिन अर्जुन पेड़ की शाखाओं पर उल्टे लटक कर झूलते रहते और बीच-बीच में अपनी पारश्रव्य ध्वनि में समूह गान का परिवेशन करते थे।

अनेक समय मकर उस वृक्ष के विशाल जड़ के ऊपर चुपचाप बैठा रहता था। एक दिन वह उस पेड़ पर चढ़कर उसकी शाखाओं को हिलाने लगा। चमगादड़ डर कर शोर करते हुए उड़ने लगे। यह कार्यक्रम बहुत .समय तक जारी रहा। उसकी मां ने बारंबार उसे पुकारा - उतर आओ बेटे। उन जीवों के पीछे क्यों हाथ धोकर पड़े हुए हो भला ? अड़ोस- पड़ोस के सारे लोगों ने पुकारा, धमकियां भी दी। नीचे खड़े जो बच्चे यह तमाशा देख रहे थे, उनकी गर्दन में दर्द हो आया। सुबह बीता और दोपहर हो आई। मगर उसकी ऊर्जा कम ना हुई। वह दोहरी उत्साह से चमगादड़ों को भागने लगा। उसकी मां हाथ में परोसी हुई थाली पकड़कर, विकल हो उसे पुकारने लगी - आजा बेटा, दो कौर खा ले, फिर भले ही अपने काम में लग जाना। नीचे उतर आ। बुला -बुलाकर उसकी मां थक कर बरामदे में बैठ गई।

वह इतनी ऊंची डाल पर बैठा था कि हो सकता है, मां की पुकार उसे सुनाई ना दी हो। पता नहीं क्या हुआ ? वह पेड़ के सबसे ऊंची शाखा पर खड़ा हो गया और आकाश की ओर देखने लगा। आकाश पर सूर्य देवता अपने चरम ताप पर थे। उसके सर के ऊपर चक्राकार में हजार - हजार चमगादड़ उड़ रहे थे। उनके छोटे-छोटे बच्चे अपनी मां के स्तन से चिपके हुए थे। मकर अपने दोनों हाथ फैला कर उन्हें पकड़ने की या उनके जैसे उड़ने की कोशिश कर रहा था। पता नहीं।

इसी कोशिश में वह पेड़ के ऊपर से गिर पड़ा। यह तमाशा देखकर नीचे खड़े ताली मारने वाले बच्चे स्तब्ध हो गए और देखा मकर का शरीर कुछ समय छटपटा कर स्थिर हो गया। मां उसके खाने की थाली लेकर उसकी ओर दौड़ आई। और बड़े ही निरिह स्वर में कहा - बेटा उठो, भात सूखकर चना बन गया है। कम से कम दो कौर तो खा लो।

जब भी उसकी बातें याद आती, उस रात की बात याद कर मैं खूब हंसती, साथ ही उसके दयनीय मृत्यु की बात सोच कर, मन को भीषण कष्ट भी होता था।

बड़े भाई और छोटे भाई को क्या यह सब याद आता होगा ? याद आती होगी हमारे बचपन की बातें ? कहां गुम हो गए स्नेह से भरपूर किशोरावस्था के वो दिन ?कहां रह गए, मेरे दोनों बड़े भाई ? बचपन की यादों में खोई मैं अकेले संदूक के पास हाथ में साड़ी पकड़े खड़ी थी। खोजने की कोशिश कर रही थी, उन गुमशुदा जवानी की स्मृतियों को। चंचल दिनों को, मेरे भाइयों के स्नेह में डुबे मन को।

तभी मेरे ख्यालों की दुनिया को चीरते हुए मां की आवाज आई -अरे कहां गई ? क्या कर रही हो ?कपड़े बदलकर जल्दी आओ ? मैंने खाना निकाल दिया है। फिर से कहा - शीघ्र आओ। तुम्हें खाना देने के बाद मैं संध्या वंदन करूंगी।

मेरा खाना वहीं पर रख दो। मैं अभी आती हूं।

कुछ चीज निकालने के लिए मैंने अपना बक्सा संदूक के ऊपर से नीचे लाते समय, उसके ऊपर तह कर रखी हुई साड़ी नीचे गिर गई। साड़ी उठाकर ऊपर रखने के लिए जैसे ही मैं झुकी, मेरे मन में उसे संदूक को खोलकर देखने की इच्छा हुई। पता नहीं क्यों ?

दादी इस संदूक के अंदर दुनिया भर की चीजें सहेज कर रखती थी। उसकी पुरानी साड़ी के दो टुकड़े, दादा के उत्तरीय, धोती, मैली चादरें, काम आने वाली इधर-उधर की चीजें, उपयोग में ना आने वाले बर्तन और भी ऐसी कितनी ही चीजें। कभी-कभी दादी हमसे छुपा कर उसमें पके आम, सीताफल, कैथ इत्यादि रखती थी और बाद में भूल जाती। आम सडकर उसका रस कपड़े की गठरी में लग जाता था। मां बताती है, एक बार तो हेम बुआ, छोटे भाई को संदूक के अंदर बंद कर भूल गई थी ।

छोटे भाई को हेम बुआ की गोद में देकर, मां नहाने चली गई। छोटे भाई ने रोना आरंभ किया। बुआ ने चुप कराने की लाख कोशिशें की, पर उसने चुप होने का नाम ही नहीं लिया, रोता ही रहा। परेशान होकर बुआ ने उसे धमकी दी -रोना बंद करो, नहीं तो तुम्हें संदूक के भीतर बंद कर दूंगी। आठ दस महीने का बच्चा भला क्या समझेगा उनकी धमकियां। जब उसने रोना बंद नहीं किया तब हेम बुआ ने उसे सही में संदूक के अंदर बैठाया और संपूर्कबंद कर दिया । माँ जब नहा कर आई, तो पूछा -बेटा कहां है ?सो गया क्या ? हाथ में आचार रख चाटते-चाटते हेम बुआ ने अनमयस्क भाव से जवाब दिया -मुझे नहीं पता। यह क्या बात हुई ? तुम्हारी गोद में देकर ही मैं नहाने गई थी। -मां ने परेशान होते हुए कहा। दिमाग पर जोर देते हुए हेम

बुआ ने कहा - हां, पकड़ा तो था मैंने उसे, फिर किसे दिया ? माँ ने परेशान होते हुए पूछा -यह आचार तुम्हें कहां से मिला ?

हां हां याद आया, मैंने उसे संदूक के भीतर बिठा दिया है। अति सहज भाव से हेम बुआ ने कहा। हे भगवान ! कहती हुई मां भागती हुई संदूक के पास गई और उसका ढक्कन उठाया। भीतर देखा तो पसीने से तर बतर छोटा भाई निस्तेज होकर पड़ा हुआ है। उसे संदूक से बाहर निकाल कर पानी की छिटें मारी गयी, पंखा करने पर धीरे-धीरे उसके निस्तेज देह में प्राण आया। दादी ने हेम बुआ को मारने के लिए दौड़ाते हुए गुस्से से कहा - क्या कहा तुमने, वह तेरी बात ना मानकर रो क्यों रहा था ?

उस दिन अगर और थोड़ी सी देर हो जाती, तो संदूक के अंदर भाई की क्या अवस्था होती। जब भी उस संदूक की बात आती, मां यह बात जरूर कहती थी।

दादी से उत्तराधिकारी के रूप में प्राप्त इस संदूक में मां ने क्या रखा होगा ? इस जिज्ञासा से मैंने संदूक का ढक्कन उठाया।

हल्की रोशनी में संदूक के भीतर की चीजें पहले अस्पष्ट सी दिखाई दी। उसमें कुछ पुराने बर्तन और इधर-उधर की वस्तुऐं रखी हुई थी। सबसे जतन से रखी गई थी, पिताजी का हुक्का, उसके स्टैंड के साथ और पिताजी के द्वारा उपयोग में लाई गई कुछ अन्य वस्तुएं। मैंने अपने हाथ बढ़ाकर हुक्के को स्पर्श किया और जैसे ही संदूक बंद कर, पीछे की ओर मुड़ी देखा सामने मां हाथ में दिया लिए खड़ी हुई है। मैं थोड़ा हट गई और उसने संदूक के पास दीया रखकर, प्रणाम किया। कपड़े बदल, हाथ - मुंह धो कर जब मैं आई, तो देखा मां ने मेरे लिए परोसी गई सारी चीजें लाकर मेरे सामने रख दीं। छोटी चाची ने मेरे लिए साग और करेले की चटनी दी। खुशी अपने राजू मामा के कंधे में बैठकर अरीशा पिठा (ओड़िया पनवान) खा रही थी। गांव में वह मेरे पहुंच से बहुत दूर होती थी। मेरी बातों का उस पर ज्यादा असर नहीं होता। यह उसके मामा का साम्राज्य है। यहां उसके मामा की चलती है।

छोटे मछली का बेसर (सरसों पीसकर बनाई गई सब्जी), चुना मछली का खट्टा, साग, तली हुई मछली और उसके साथ बड़ी चूरा, अनन्य स्वाद था इस इन खाद्य में। इस उम्र में भी मां के हाथों में गजब का स्वाद था। खाना खाकर मैं बरामदे में आई और वहां रखे, खाट पर बैठ गई। अचानक दीवार के ऊपर नजरे गई। हाथ उठाकर दीवार के ऊपर एक स्थान पर हाथ से टटोला। यहां पर दादा जी बैठते थे,

दीवार से लगकर। दीवार से टिक कर बैठने से उनके शरीर और सर का तेल लग
-लगकर मिट्टी के दीवार पर एक आकृति सी बन गई थी। कभी-कभी जब दादा वहां
पर नहीं भी बैठे होते, तो भी हमें वहीं पर बैठे हुए प्रतीत होते थे। दीवार में पुताई करने
के बाद भी कुछ दिन बाद वह आकृति फिर से उभर आई थी। मेरे दृष्टि की सीमा रेखा
में अभी भी वह आकृति स्पष्ट रूप से दिखाई दे रही थी। हृदय ने निःश्वास छोड़ते हुए
कहा - आह ! तुम कहां खो गए, दादाजी ?

छोटी चाची आकर मेरे समीप बैठ गई। मैंने कहा -तुम्हें याद है छोटी चाची,
यहां पर दादाजी बैठते थे। वहां पर छोटा भाई। इधर की ओर बड़ा भाई और दादाजी
के पास लगकर उस जगह पर, मैं बैठती थी। समय कितनी शीघ्रता से बीत गया,
बोलो तो ? सब इधर-उधर बिखर गए। कितने ही स्वर्ग सिधार गए।

और उस कुर्सी पर बैठते थे, मालिक। तुम्हारे पिताजी। और वह भी चले
गए। उनके जाने से घर की लक्ष्मी छूट गई। लक्ष्मीवंत पुरुष थे, वे। छोटी चाची ने दोनों
हाथ जोड़कर पिताजी को प्रणाम किया। मेरे पिताजी को, छोटी चाची 'मालिक'
कहकर ही संबोधित करती थी। वे घर के सबसे बड़े जो थे।

तभी साइकिल की घंटी बजाते -बजाते छोटे चाचा कोठार तक पहुंचे। मुझे
देखते ही कहा - कितने समय आई ? सब ठीक-ठाक है तो ?तुम्हारी बिटिया कहां
गई ? इस बार उसे मेरे पास छोड़ जाना। पिछली बार तुमने वादा किया था। तुम्हारी
चाची अब बूढ़ी हो चुकी है। अब किसी काम की नहीं रही। तुम ही बोलो, मेरे जैसा
सुंदर और योग्य दामाद, तुम्हें मुफ्त में कहीं मिलेगा, भला ?कुछ भी दहेज नहीं लूंगा।
अगर तुम कहोगी तो, केवल मंदिर में माला बदल लेने से भी चलेगा। मैंने हंसते हुए
कहा -हां हां, मैंने कब मना किया भला ?

तुम्हारे चाचा आ गए। मछली - वछली लाए होंगे। जाऊं, बाजार से लाये
सामान को रख आऊं - बोलकर छोटी चाची भी, चाचा के पीछे-पीछे चली गई।

मैं खाट के ऊपर बैठकर, पिताजी की कुर्सी को देख रही थी। बचपन में मेरी
दृष्टि में पिताजी की कुर्सी संसार की सबसे बड़ी कुर्सी थी और पिताजी इस दुनिया के
सबसे बड़े आदमी। आज वही कुर्सी खाली पड़ी हुई थी। पिताजी के जीवन काल में
कुर्सी जहां पर रखी हुई थी, इतने वर्षों बाद, आज भी वहीं पर रखी हुई है। राजू ने
अनेक बार उसे हटाने की कोशिश की, मगर मां ने उसे मना किया। कहा - पिताजी
की कुर्सी यथास्थान रहने दो। मेरे जीवित रहने तक वहीं पर रखा रहे। मेरी मृत्यु के

बाद जहां चाहो, वहां ले जाना। बचपन में हम में से कोई भी उसमें बैठने का साहस नहीं करता था। आने जाने वाले बाहर के लोगों की तो बात ही छोड़ो। शायद अभी भी उस पर कोई नहीं बैठता। ऐसा लगता है, आज भी वह कुर्सी पिताजी के इंतजार में पड़ी हुई है। अभी भी ऐसा प्रतित होता है कि पिताजी उस पर बैठे हुए हैं। और यह अनुभव धीरे-धीरे हृदय को छू जाती है।

पिताजी कुछ अलग ही व्यक्तित्व के व्यक्ति थे। सब से हटकर, अलग ही ढंग के।

वे ज्यादा बातचीत नहीं करते थे। जितनी बातों की आवश्यकता होती, नाप नाप-जोक कर उतनी ही बातें कहते। उन्हें जो उचित लगता, वह तुरंत क्रियान्वित कर देते। गांव के लोग उनका आदर और स्नेह करते थे। उनकी शैक्षणिक योग्यता कुछ विशेष नहीं थी। पाठशाला में दिए गए शिक्षा के अनुसार पहाड़े, रामायण, महाभारत, अमरकोश इत्यादि तक ही उनकी शिक्षा सीमित थी। मगर उनकी विचारधारा बहुत व्यापक थी। उनकी रुचि परिमार्जित थी। पिताजी से छोटे भाई यानी, हमारे मछले चाचा हेडमास्टर थे। छोटे चाचा मैट्रिक पास करने में असफल रहे। मगर पिताजी के प्रयासों से ब्लॉक ऑफिस में लिपिक के पद पर आसीन हुए। पिताजी की बहनें भी कुछ-कुछ पढ़ी लिखी थी। उनकी सबसे छोटी बहन यानी हमारी हेम बुआ, हमारे गांव की पहली सातवीं कक्षा पास बेटी थी।

अचानक हेम बुआ की बातें याद हो आई।

दादी मां की दुलारी बेटी थी। बहुत बड़े घर में उनका विवाह हुआ था। खूब धन संपत्ति थी। पक्का घर था। फूफा जी ने मैट्रिक पास नहीं की थी। मगर उनके पिताजी को बेटे के अंग्रेजी ज्ञान पर बड़ा अभियान था।

फूफा जी बहुत ही जिद्दी और क्रोधी प्रकृति के व्यक्ति थे। कभी-कभी क्रोधित हो बुआ के साथ खूब मार-पीट करते थे। एक बार उन्होंने बुआ को ऐसा मारा कि उनके पूरे दांत झड़ गए। बुआ का मुंह फुल कर फुटबॉल बन गया। खाना तक नहीं खा पायी। बहुत कष्ट सहना पड़ा।

खेत में धान काटने का समय था। मजदूर काम कर रहे थे। पिताजी खेत पर ही थे। तभी दामोदर बड़े पिताजी ने आकर खबर दी - सूरिया ने, हेम को ऐसा मार मारा है कि उसके पूरे दांत झड़ गए हैं। बस उनका इतना कहना ही पर्याप्त था।

इतना सुनते ही पिताजी खेतों से होते हुए दौड़ पड़े। उनके साथ-साथ धान

काटने वाले दो मजदूर भी हो लिए। एक ही सांस में, वह सात कोस पार कर गए त
वह औरतों के नहाने का समय था। गांव के पुरुष अपने-अपने खेतों में काम में व्यस्त
थे। उनके आने से बेखबर सुरेंद्र बाबू बरामदे में बैठे अंग्रेजी खबर कागज पढ़ रहे थे।
पिताजी ने बिना किसी बातचीत, सीधे उन्हें गर्दन से पकड़ कर कुर्सी से नीचे घसीट
लाये। आंख- नाक को छोड़कर उन्हें इतना मारा कि उन्हे भागने का मौका भी नहीं
मिला। फूफा जी पंद्रह दिनों तक बिस्तर में पड़े रहे। जी भर कर मार लेने के बाद
पिताजी ने उनसे घमकाते हुये कहा - 'और यदि एक बार भी तुमने मेरी बहन के
शरीर पर उंगली भी लगाई, मैं तुम्हें जिंदा काट दूंगा। भले ही सारा जीवन जेल की
चक्की चलानी पड़े या रस्सी बुनकर बहन को पालना पड़े। समझ में आयी मेरी
बात ? मेरी बात भूलना नहीं। ' इसके बाद से हेम बुआ को मारना तो दूर, उनसे कभी
तेज आवाज में बात भी करने की साहस नहीं रही, उनके ससुराल वालों की।

पिताजी प्रतिदिन भर चार बजे उठते थे। एक घंटा कोठार के एक सिरे से
दूसरे सिरे तक चलते थे। उसके बाद ठीक पांच बजे, जटिया ताऊ यानी परशु भाई
के पिता, उपस्थित होते थे। हमारे घर का काम, खेत का काम और पिताजी का
हुक्का सजाने की जिम्मेदारी उन्हीं की थी । उनके हाथ से तैयार किए गया तंबाकू,
पिताजी की दुर्बलता थी। पिताजी से आयु में बड़े इस व्यक्ति को, हम सभी बहुत
प्यार और सम्मान देते थे। यह पिताजी की तरह ही लगते थे। पिताजी को उनसे
ज्यादा कोई भी नहीं समझ पाया था। जब भी पिताजी के कुर्सी पर बैठ हुक्का पीने का
दृश्य हमारे आंखों के सामने आता, पिताजी के चेहरे के साथ साथ एक और चेहरा
भी उभरता था। वह था जटिया ताऊ का चेहरा। वे एक नाटे, बड़ी-बड़ी आंखों वाले,
कोयले की तरह काले चेहरे वाले, खाली शरीर और घने बिखरे बाल वाले व्यक्ति
थे।

जटिया ताऊ हुक्का तैयार कर पिताजी के हाथ में पाइप पकड़ा देते। कुछ
समय चुपचाप हुक्का पीकर, वें पगडंडी की ओर चले जाते। खड़ाऊ की खटखट की
आवाज सुनाई देती थी। नित्य कर्म समाप्त कर, पिताजी के लौटने के समय हम सभी
बिस्तर से उठ गए होते थे। दादी गोबर पानी डालकरआंगन लिप चुकी होती थी और
पक्षियों के लिए दो मुट्ठी टुकड़े वाले चावल बिखरा देती थी। मां और चाची घर के
काम जल्दी-जल्दी निपटाने में लग जातीथी। जीवन अपने ढर्रें पर धीरे-धीरे चला जा
रहा था।

किंतु एक दिन पिताजी इस ढर्रे से कुछ अलग ही कर गए। हुक्का पीते पीते अचानक पिताजी को छाती में सामान्य दर्द का अनुभव हुआ। जटिया तार ने .पास ही खड़े होकर उनकी छाती को सहलाते हुए, चिंतित हो कहा - लगता है, हवा अटक गई है ? थोड़ा पानी पी लो। और आधे ही घंटे के अंदर सब कुछ समाप्त। इधर हुक्का की आग भी नहीं बुझी थी, कि उधर पिताजी का जीवनदीप बुझ गया।

दाह संस्कार कर ताऊ घर लौटे। पिताजी की चौकी से लिपट - लिपटकर खूब रोए और कहा - तुम इतने शीघ्र चले गए। तुम्हें तो मैं अपने गोद में बड़ा किया था। गोद में बैठ कर कितनी ही कहानी बतायी। तुम्हारे साथ शुरू से परछाई की तरह रहता आया हूं, किंतु तुम मुझे ठक कर चले गए। जब इस घर में तुम ही नहीं रहे तो मैं यहां आकर क्या करूंगा ? आज से मृत्यु पर्यंत, मैं इस घर में पैर भी ना धरूंगा। उस दिन जटिया ताऊ जो हमारे घर से गए, तो फिर कभी अपने वचन तोड कर हमारे घर में कदम नहीं रखा। पिताजी के विछोह में केवल एक माह बाद ही उनकी भी मृत्यु हो गयी।

पिताजी पुराने जमाने के आदमी होकर भी कभी भी ऊँच - निच, जाति - पाति, भेदभाव नहीं माना। पिताजी की बात तो छोड़ो, कभी मेरे दादा- दादी ने भी यह सब नहीं माना। वे सामाजिक रीति रिवाज के अनुसार चलते थे। हम बच्चों पर भी कुछ खास बंधन न था। हमारे गांव में विभिन्न जाति - वर्ण के लोग थे। सभीएक साथ मिल - बांटकर रहते थे। आपसी भाईचारा, मेल मिलाप और आदर सत्कार था। सभी अपनी अपनी सीमा का पालन कर मिलजुल कर रहते थे। मगर कुछ कुसंस्कारी और अंधविश्वासी लोग भी रहते थे, गांव में। ऐसी बात भी नहीं थी की जाति प्रथा, छुआछूत, न्याय अन्याय बिल्कुल भी नहीं था। जटिया ताऊ का, हमारे परिवार के साथ संपर्क भी कई लोगों की आंखों में खटकता था। इस बारे में पीठ पीछे आलोचना भी होती थी। लेकिन पिताजी कहते थे -क्या करूं ?मुझे भले आप लोग समाज निकाला दे दो। लेकिन मैं जटिया भाई को छोड़कर नहीं रह पाउंगा। कदाचित नहीं। भले ही पिताजी, ताऊ को छोड़कर चले गए मगर ताऊ, पिताजी को छोड़कर नहीं रह पाए। और पिताजी के गये एक माह नहीं हुआ था कि पिताजी के बिछोह में तड़प तड़प करउनके प्राण पखेरू हो गए। आज पिताजी नहीं है ना ही ज दिया बड़े पिताजी ही हैं। एक की बात सोचने पर दूसरे का चेहरा अनजाने में ही सामने आ ही जाता है।

घर के अंदर से खुशी के हंसने की आवाज आ रही थी। रह-रह कर मां भी हंस रही थी। छोटी चाची की बातें सुनाई दे रही थी।

यही छोटी चाची एक दिन हमारे घर बहू बनकर आई थी। उस समय मेरी उम्र तीन-चार वर्ष की थी। वह ११ वर्ष की थी। बीच-बीच में अपने मायके को याद कर खूब रोती। बड़े भाई और छोटे भाई उन्हें अपने साथ खेलने को बुलाते थे। वे तीनों घर के पीछे तालाब के बांध में बैठकर, पानी पर पत्थर मारा करते थे और तरह-तरह के खेल खेला करते थे। कभी-कभी तो चाची अपनी पहनी साड़ी को कच्छा मार कर पेड़ पर चढ़ जाती, तो कभी भाई लोगों के साथ तालाब में तैरती। कभी-कभी आंचल में बंधे मुरमुरे खाती होती, तो कभी उसके मुंह में आचार लगा होता। दादी मां उसे रोक कर पूछती, तो कहती - मुझे भूख लगी, तो मैंने खा लिया।

दादी उसे टोकती - यह क्या उद्दंडपना है ? तुम घर की छोटी बहू हो ? घर में तुम्हारे ससुर और जेठ रहते हैं। आस पड़ोस के लोग देखेंगे तो क्या बोलेंगे ?

मां, दादी को समझाते हुए कहती - अभी बच्ची है, जब बड़ी हो जाएगी तब अपने आप समझ जाएगी। दादी गुस्से से बडबडाते हुए कहती - मछली बहू तो जो हुई है। अब यह छोटी भी, अभी से उद्दंडता करने लगी है। आगे चल के क्या गुल खिलाएगी, पता नहीं ? अभी से ढीला छोड़ दिया, तो तुम ही पछताओगी। मां कहती - बड़े होने पर अपने आप समझदार बन जाएगी। आप देखना।

दादी बड़बड़ाते हुये कहती मैं तब तक रहूंगी, तब ना देखूंगी। तू ही भोगेगी। तब तक यह भी हाथ से निकल गई होगी। तब मुझे याद करोगी।

कुछ दिन रहकर, छोटी चाची अपने मायके लौट गई। फिर ३ वर्षों के बाद गौना कर लौटी। चाचा उस समय चौबिस - पच्चीस साल के युवक थे। पढ़ाई में उनका मन नहीं लगता था। मैट्रिक भी पास नहीं कर पाए। तीन-तीन बार परीक्षाएं दीं। पिताजी ने ब्लॉक ऑफिस में कह कर, काम पर लगवा दिया। छोटी चाची थी तो बहुत सरल, मगर पूरी की पूरी गंवार। चाचा, चाची से बहुत डरते थे। अब सोचती हूं तो हंसी आती है।

गर्मियों में हम घर के अंदर नहीं सोते थे। बाहर आंगन में सोते थे। वहां ठंडी हवाएं लगती थी। उस समय तक गांव में इलेक्ट्रिसिटी नहीं आयी थी। मैं दादी के पास चली आती। इसमें मेरा दो स्वार्थ होता - एक तो कहानी सुनाने का, दूसरा दादी द्वारा झेले गए पंखे की हवा का।

अंधेरी रात में कभी-कभी कुछ शब्द होने पर मेरी नींद टूट जाती। ऐसा लगता जैसे कोई धीरे-धीरे, खामोशी से हमारे घर की ओर आ रहा है। ऐसा लगता जैसे कोई भारी कदमों से चलता हुआ, कुछ तलाश कर रहा है। वह चोर है या पवन भूत या घोड़ा भूत यह सोच - सोच कर मेरे हाथ पैर डर के मारे, ठंडे पड़ जाते थे। डरकर मैं दादी को जोर से पकड़ लेती थी। दादी मुझे अपनी ओर खींच कर कहती - सो जाओ, सो जाओ, मैं हवा कर देती हूं। उसका हाथ पंखा दो बार घूमता और फिर स्थिर हो जाता था। भूत की बात सोच कर मेरा शरीर कांप जाता था और अपनी आंखों को जबरदस्ती बंद कर, मैं सोने का प्रयास करती थी।

मैं दादी को थोड़ा हिला देती और कानों के पास जाकर फुसफुसाती - दादी चोर। दादी कहती - चोर नहीं भूत। तू जल्दी से आंखें बंद कर सो जा। किसी को भी कहना नहीं तुमने भूत देखा है। भूत अगर यह बात जान गया तो तुम्हारी गर्दन मरोड़ कर रख देगा। इतना कह कर दादी सो जाती।

बाप रे कल रात से यहां नहीं सोऊंगी मैं। अपने मन ही मन प्राण करती। अगर यहां नहीं सोऊंगी, तो फिर कहां सोऊंगी ? बरामदे में बड़े भाई या छोटे भाई के पास। मगर क्या वे लोग बारी-बारी पंखा झेलेंगे ? मगर वह सबसे पहले मेरी ही बारी लगाएंगे। मैं छोटी हूं इसलिए छोटी के तरफ से बारी आरंभ करेंगे। पचास बार पंखा झेलते - झेलते मेरे हाथों में दर्द हो जाता था और उनकी पारी आने तक वह सो जाते। जितना भी बुलाने पर भी नहीं उठते थे।

मां के पास अंदर कमरे में सोने पर गर्मी से सारा शरीर पसीना - पसीना हो जाएगा। जहां भी जाने से अंत में दादी के पास ही लौट आती थी। प्राय: सभी रात्रि वही घटनाएं होती थी। अर्ध रात्री में मेरी नींद टूट जाती थी। कभी-कभी लगता भूत के हाथ में पिताजी के टॉर्च जैसी कोई चीज है। टॉर्च जला जला कर नीचे के कमरे में भूत किसको खोजना था। भूत का स्पष्ट चेहरा छोटे चाचा की तरह दिखाई देता था। कभी-कभी किसी के चुपचाप रोने की सिसकियां सुनाई देती थी। ऐसा लगता था, जैसे छोटी चाची सिसकियां लेकर रो रही हो।

अनेक वर्ष के बाद जब मैंने कारण जाना, तब तक उनकी बेटी रूपा सात-आठ साल की हो चुकी थी। वह प्रसंग पड़ने मात्र से ही छोटी चाची केवल हंस कर रह जाती थी।

अब और छोटे चाचा को भूत बनने की आवश्यकता नहीं थी। अब छोटी चाची पक्की गृहणी बन चुकी थी, चार बेटे बेटियों की जननी।

गांव में शुरू -शुरू के तीन-चार दिन कैसे बीत गए पता ही नहीं चला।

मां, राजू और छोटी चाची के साथ गपशप करने में ही बड़े मजे से समय कट जाता था। बड़ी चाची थोड़ी अंतर्मुखी स्वभाव की है। लोगों से ज्यादा घुलती मिलती नहीं।

चार बातें करने से, एक बात बोलती है। हमेशा उनका मुंह फुला हुआ होता था, जैसे किसी ने उनका सब कुछ खा लिया हो या सर्वस्व लूट लिया हो। जैसे उस क्षति की किसी भी प्रकार से क्षति - पूर्ति नहीं हो सकती। वह किसी के साथ भी मेल -मिलाप नहीं रखती थी। ना ही, हंस के दो बोल ही बोलती थी। हमेशा अलग - थलग सी रहती थी।

छोटी चाची बातूनी और स्नेही स्त्री है। हम सभी भाई बहनों से बहुत प्यार करती हैं। और आदर सत्कार भी करती हैं। मन में गांठ रखकर किसी चीज को पकड़े, नहीं बैठी रहती। दो बेटे और दो बेटियों की मां थी। हमेशा मुस्कुराती रहती। उनकी बड़ी बेटी थी, रूपा। उसकी कॉलेज छुट्टी हो जाने के बाद वह हमारे साथ आकर बैठ जाती थी। कितनी छोटी थी और अब देखो, देखते ही देखते इस वर्ष स्नातक की परीक्षा देगी। अभी से छोटे चाचा उसके लिए उपयुक्त वर खोजने में लगे है। साल, दो साल के भीतर ही उसका विवाह ठीक कर देंगे। उनका मानना था कि लड़की और घी का ज्यादा दिन घर में रहना, सही नहीं।

खुशी सारा दिन राजू के साथ खुश होकर घूमती रहती। तो कभी-कभी छोटे चाचा की छोटी बेटी झूमू, पड़ोस के चेतन, तो कभी नवधान की छोटी बेटी के साथ खेलती रहती थी। रंग -बिरंगे पतंगे पकड़ती थी। कभी गिरगीट के पीछे भागती फिरती। वह क्यों अपना सिर हिलता है ? तितलियां इतनी सुंदर क्यों होती हैं ? फूलों में सुगंध कहां से आती है ? मंदार फूल, लाल रंग और तगर फूल, सफेद का क्यों ? पत्ते पक कर पीले क्यों हो जाते हैं ?इत्यादि, नाना प्रकार के प्रश्न और उस पर राजू के सहज सरल उत्तर। राजू के साथ खेत में जाकर तरह-तरह की मछलियां पकड़ लाती और उसे कांच के बोतल में रखती। भुवनेश्वर में हमारे पड़ोसी, रथ बाबू के घर उसने एक्वेरियम में रखी रंगीन मछलियां देखी थी। वह हमेशा मुझे एक्वेरियम खरीदने की जिद करती थी।

गड़ीशा, पहड़ा, कऊँ मछलियो को देखकर राजू से पूछती - मामा यह सभी मछलियां इतनी काली और मैली क्यों है ?

राजू तुरंत उत्तर देते हुए कहता -तुम क्या इतना भी नहीं जानती ?यह मछलियां देहाती और अनपढ़ है। इन्हें पाउडर क्रीम के बारे में क्या पता ?इसलिए यह सीधी - सादी, काली और मैली दिखती है। शहर में रहने वाली मछलियां चालक और चतुर होती हैं। अच्छी-अच्छी चीजें खाती हैं। क्रीम पाउडर इत्यादि लगाती हैं। इसलिये सुंदर और चिकनी दिखती हैं। अब मुझे ही देख लो।

मैं कितना काला और गंदा दिखता हूं। मगर तुम्हारी मां शहर में रहती है। क्रीम पाउडर लगाती है। कितनी गोरी है। सच बोल रहा हूं या नहीं ? राजू की बातें सुनकर मैं हंस-हंसकर बेदम हो गई।

उसके दूसरे दिन, मैंने देखा खुशी हाथ में एक मछली पकड़े हुए हैं। वह छट पट हो बार-बार हाथ से छूट जा रही थी। वह बार बार उसे अपने हाथों से उठाती। जमीन पर पाउडर काजल बिंदी इत्यादि सजने का सामान रखा हुआ है। मुझे देखते ही उसने कहा -मां, इसको मैं अपने साथ ले जाऊंगी। तुमको अब एक्वेरियम खरीदने की जरूरत नहीं। देखो तो इसके शरीर में कांटे हैं, पकड़ने से मेरे हाथों में चुप रहे हैं। तुम थोड़ा उसकी आंखों में काजल और पाउडर लगा दोगी।

मैंने हंसते हुए राजू को पुकारा -अरे ओ बदमाश, कहां गया ?मेरी बेटी को झूठ सच बात बताकर नष्ट कर दिया तूने। इधर आ। देहाती मछली को पाउडर काजल लगाकर शहरी बनाना, दुष्ट कहीं के। ले अब इससे तू ही निपट।

राजू उसे तरह-तरह की चीज ला कर देता। कहां-कहां से खोज कर गुंज के बीज, जंगली फल, रंगीन पत्थर इत्यादि। जिन्हें खुशी खूब सहेज कर रखती। भुवनेश्वर जाते समय इन सब को वह अपने साथ ले जाएगी और अपनी सहेलियों को दिखाएंगी। इसे देखकर उसकी सहेलियां आश्चर्यचकित हो जाएंगी।

खुशी को अपनी चीजे समेटते देख, मुझे छोटे भाई के बस्ते की याद हो आई। उसके बस्ते के भीतर कितनी ही प्रकार की चीजें होती। गुंज, इमली के बीज, माचिस की डिबिया, टूटी कंघी, कंचे, चॉकलेट की रंग बिरंगी पन्नियां, ब्लेड, टूटी पेंसिल, खप्पर के टुकड़े, तीन - चार ताश, पुस्तक से काटे गए कुछ चित्र, चॉक से लेकर इत्र की शीशी के ढक्कन तक, न जाने क्या क्या। कभी-कभी खेत से लाल मुंह का चूहा पकड़ लाता और उसे भी बस्ते के भीतर ही रखता। उनको खाने के

लिए मुरमुरे, धान इत्यादि देता । मामा के घर से आई हुई मिठाइयां, दादी मां के बनाये अचार, चुरा कर वह उसके अंदर रखता। इन चीजों के कारण उसके बस्ते में चींटियां भर जाती थी । उसका बस्ता मोटे कपड़े का था, जिसमें आचार का तेल लगा होता था। साल में एक - दो बार दादी उसे खौलते पानी में सोडा डालकर घो दिया करती थी । जो भी चीज छोटे भाई को अच्छी लगती, वह सब अपने बस्ते के अंदर डाल देता था। छोटे भाई को क्या अभी भी उसके बस्ते पकड़ने के दिन याद होंगे ? क्या पता ।

आजकल मां ज्यादा काम नहीं कर पाती है। भीम दादी की बेटी वीणा आकर उसके काम में हाथ बंटा जाती है। मां कहती अबकी बार पिताजी के श्राद्ध में छोटा भाई आया था। मां के राजू के विवाह की बात करने पर, भाई ने कहा - कन्या तलाशकर उन्हें खबर देने पर वह आएंगे।

कौन खोजेगा कन्या ? खुद राजू या बूढ़ी मां ?

उम्र के इस पड़ाव में, मां क्या ही कर पाएगी भला ? मैंने यह बात सुनते ही मां से कहा - बड़े काका, छोटे काका से यह बात क्यों नहीं करती ?पिताजी के बाद उनकी भी कोई जिम्मेदारी बनती है। ऐसे भी कन्या खोजने की जिम्मेदारी, वे ज्यादा अच्छे से निभाएंगे । जो भी हो इस वर्ष राजू का विवाह हो जाना चाहिए। दो महीने के बाद तुम्हारे दामाद लौटेंगे। मैं उनसे भी यह बात करूंगी। शायद उनके रिश्तेदारों में ही कोई अच्छी लड़की मिल जाए। फरवरी और मार्च के महिने में विवाह करने से अच्छा होता। खुशी की परीक्षाएं खत्म हो गई होगी और मैं भी छुट्टी लेकर आ पाऊंगी। ऐसे भी लड़की की शादी, थोड़े ही है, जो झंझट होगा ? सीधी-साधी लड़की हो तो अच्छा। ज्यादा पढ़ाई - लिखाई देखने की जरूरत नहीं। थोड़ा घर का काम -काज जानती हो बस। हमारे आसपास के गांव में ही देखो शायद कोई अच्छी लड़की मिल जाए।

मां ने कहा - तुम्हारी छोटी चाची के भाई के तरफ की एक लड़की है। पिछले साल मैंने उसे शिवरात्रि के मेले में देखा था। देखने में अच्छी है। कामकाज भी जानती है। आठ या नौ कक्षा तक पढ़ाई की है। क्या जाने किसके किस्मत में कौन है ? छोटी चाची से पूछना तो जरा।

कॉलेज की छुट्टी के बाद रूपा ने एक दिन के लिए भी हमारे घर आना नहीं छोड़ा। सहेलियों की तरह इधर-उधर की बातें करती थी। मुझे भी अच्छा लगता था।

ऐसा लगता था, जैसे मैं फिर से अपने कॉलेज के जीवन में लौट आई। उसके नहीं होने पर शायद मुझे इतना अच्छा नहीं लगता।

सुबह तालाब के मेढ़ पर खड़ी होकर, खुशी अपने दांत मांज रही थी। बीच-बीच में तालाब की मछलियां ऊपर आतीं और फिर अंदर चली जातीं थीं। पास ही खड़े राजू से खुशी ने जिद करते हुए कहा -मामा - मामा, आज तुम तालाब से एक बड़ी मछली पकड़ना। इतनी बड़ी जितनी मैंने पहले कभी भी देखी ना हो। अपने छोटे - छोटे हाथों से इशारे करते हुए, खुशी ने कहा - यह देखो इतनी बड़ी। उसके बाद फिर से कहा, मां तो कह रही थी, नाना अपने हाथ से मछलियों को भात खिलाते थे। भूसा और टूटे चावल देते थे, खाने के लिए। लेकिन आप तो उनको खाना नहीं देते ?उनको भूख लग रही होगीआज आप उनको भात खिलाएंगे और मैं देखूंगी।

पास ही मां अपने कपड़े सुखा रही थी। वह बोली - तेरे नाना ने उन्हें पाला था। उनकी बातें, मछलियां मानती थी। प्यार से उनके शरीर से अपने शरीर का घर्षण कर स्नेह प्रदर्शन करती थी। खाने को मांगती थी। तुम्हारे मामा की बातें, वे क्यों समझने लगीं, भला ?

मामा तुमने उन्हें पालतू क्यों नहीं बनाया ? ठीक है, नहीं बनाया तो, नहीं बनाया मगर आज बना लो। चलो तुम और मैं जाकर उन्हें भात खिलाएंगे। नानी, थोड़ा भात देना जरा। मछली को पालतू जो बनाना है। मैं आज तालाब में नहाउंगी। वे मेरे शरीर से, अपना शरीर घिसेंगी ।

मां ने खुशी को समझाते हुए कहा - और क्या वह समय है बिटिया रानी ? अब तो तालाब भी बंटा हुआ ।

खुशी ने मुझसे प्रश्न किया -गांव के बारे में तुमने मुझे इतनी बातें बताई, मगर बंटवारे की बात तो तुमने कभी नहीं कही। यह बंटवारा क्या होता है मां ?

उसकी बातें सुनकर मैं हंसू या रोऊँ म मेरी समझ में नहीं आ रहा था। उसे उत्तर भी क्या देती ?उसे यह कैसे समझाऊं कि तेरी मां को इस बारे में कुछ भी नहीं पता। वह तो मूर्ख है। खुशी के प्रश्न सुनकर जैसे सब कुछ शून्य सा हो गया। मेरी ६ वर्ष की बिटिया मुझसे' बंटवारा क्या है ?' उसका अर्थ क्या होता है ? पूछ रही है। उसे मैं यह बात कैसे समझाऊं कि एक ही मां के पेट से जन्मे, एक ही बिस्तर पर सोए, एक ही आंगन में खेले, एक ही थाली में बैठकर खाए, भाई - बहनों के परवर्तीकाल में कैसे मन, विचार और चेतना सब कुछ अलग हो जाते है। उनके

सोचने का ढंग अलग-अलग हो जाता है। वे स्वयं के लिए अधिक सचेतन हो जाते हैं। घर के किसी एक पर दुख का पहाड़ टूट पड़ा हो, तो दूसरी तरफ, इस बात पर खुशियां मनाई जाती हैं। मन अलग, चूल्हे अलग, जमीन जायदाद, गाय -बैल, पेड़ -पौधे, सभी एक दूसरे से अलग हो जाते हैं।

हमारा परिवार भी एक ऐसा ही संयुक्त परिवार था। दादाजी के तीन बेटे और तीन बेटियां थी। सभी एक साथ मिल जुलकर रहते थे। धीरे-धीरे उनकी तीनों बेटियों की शादियां हो गयीं। वे अपने-अपने ससुराल चली गई। तीनों बेटों की भी शादी हो गई और घर में तीन बहुएं आई। हमारे कोलाहल से सारे घर में हड़कंप मचा रहता था। बड़े चाचा, हाई स्कूल में मास्टर थे। घर से थोड़ी ही दूरी पर उनका स्कूल था। वें प्रतिदिन घर से ही जाना आना करते थे। बड़ी चाची के बच्चे नहीं थे। छोटे चाचा, ब्लॉक ऑफिस में क्लर्क थे। उनके चार बच्चे थे। हमारा परिवार एक खाता - पीता, समृद्ध परिवार था। अच्छी खासी संपत्ति थी। खेतों में धान, तालाब में मछलियां, पेड़ पर नारियल, घर की गाय का दूध, बगीचे की सब्जियां, घर में किसी भी चीज का अभाव नहीं था। अभाव था, तो केवल समझदारी की। बड़ी चाची, बड़े घर की बेटी थी। फिर उनके बाल -बच्चे भी नहीं थे। इसलिए वह हमेशा असंतुष्ट रहा करती थी। हम बच्चों का खेलना - कूदना, खुश रहना, उनको फूटे आंख नहीं भाता था। हमेशा चिड़चिड़ी सी रहती थी। अमृतमय संयुक्त परिवार के सुखी जीवन में उन्होंने सर्वप्रथम जहर घोलना आरंभ किया। जैसे - तैसे चल रहा था। मगर दादा - दादी के जाने के बाद तो जैसे, उन्हें खुली छूट मिल गई। छोटी-छोटी बातों पर घर में अशांति बढ़ने लगी। हम लोगों के खाने -पीने से लेकर हमारे पढ़ने - लिखने तक कोई भी बात उन्हें अच्छी नहीं लगती थी। मां बड़ी जेठानी हो कर भी यह सब कुछ चुपचाप बर्दाश्त करती रही। मगर छोटी चाची चुप नहीं रहती। कभी-कभी वह उनके मुंह पर ही सुना देती थी। फल स्वरुप दोनों के बीच रोज - रोज झगड़ा बढ़ने लगे। पिताजी ने शुरू-शुरू में, उन्हें समझाने की चेष्टा की। सब कुछ तो तुम लोगों का ही है, जो चाहते हो ले लो। मगर यह अशांति किस लिए ? मगर जिस दिन बड़ी चाची ने पिताजी के मुंह पर कह दिया - हम तो केवल दो मनुष्य हैं। कितना खाएंगे ? मगर तुम्हारे तो चार-चार बच्चे हैं। छोटे के भी अभी बच्चों की लाइन लगेगी। सभी के पढ़ाई के खर्चे। धान चावल बेहिसाब बिक्री करते हो। ऊपर से हम लोगों का वेतन भी खर्च होता है। एक के बाद एक शादियां। यह सब हम कब तक बर्दाश्त करते रहेंगे। जब अपना

आदमी ही मेरी बात नहीं सुनता और अपने भाई की हर बात में, स्त्रीयों की तरह हां में हां मिलता हो, तो क्या किया जाए। लेकिन मुझे उनके जैसा समझने की भूल मत करना, बोल देती हूं, हां।

यद्यपि पिताजी जब भी घर के सदस्यों के लिए कपड़े या कोई दूसरी चीज लाते तब दोनों चाचा और चाचियों के लिए कीमती और अच्छी चीजें लाते थे। मेले या बाजार जाने पर दोनों चाचियों को और बच्चों को अधिक हाथ खर्च देते थे। बड़ी चाची के मायके में कोई काम होता, तो हमारे घर से कीमती तोहफे भेजे जाते थे। पिताजी ने गांव के पोस्ट ऑफिस में बड़ी चाची के नाम से एक खाता खुला रखा था। जिसमें बहुत पैसे जमा किए जाते थे। फिर भी बड़ी चाची, पिताजी के अपमान का एक भी मौका नहीं चूकती थी। अब रही बड़े चाचा के वेतन की बात। जब तक अत्यधिक आवश्यकता ना हो तब तक .पिताजी उस पैसे का नाम भी नहीं लेते थे। मांगने के पहले ही, बड़े चाचा पैसे पिताजी के हाथ में रख देते थे।

एक दिन बात हद से आगे बढ़ गई, जब बड़ी चाची घमासान लड़ाई करके एक मजदूर के साथ अपने मायके चली गई। और कह गई, जब तक घर, जमीन और संपत्ति का बंटवारा नहीं हो जाता, वह लौटकर नहीं आएगी। घर में अशांति का वातावरण बना रहा। अंत में पिताजी स्वयं जाकर बड़ी चाची को लेकर आए। उसके बाद घर का नक्शा ही बदल गया। पिताजी ४० एकड़ जमीन में से १० एकड़ जमीन रखकर, बाकी के ३० एकड़ दोनों भाइयों में बराबर-बराबर बांट दिया। इस बंटवारे ने पिताजी को तोड़ कर रख दिया। बंटवारे के बाद से वे एकदम शांत हो गए थे।

इसके बाद से उनके नियमित जीवन में अनियमितता आ गई थी। वे कहीं भी बाहर नहीं जाते थे। किसी के साथ भी दिल खोलकर बातें नहीं करते थे। ऐसा लगता था, जैसे वह पुराने पिताजी नहीं, कोई और ही है। अकेले बैठे हुए चुपचाप शुन्य की ओर ताकते रहते थे। पता नहीं क्या-क्या सोचते रहते थे ?

एक दिन अपनी कुर्सी पर बैठे - बैठे ऊपर की ओर ताक रहे थे। उसके बाद उन्होंने अपनी आंखें बंद नहीं की। उनके हाथ में हुक्के की पाइप और गोद में उनके पान का डिब्बा था। पास ही खड़े, जटिया ताऊ जोरों से चीत्कार कर उठे। पिताजी को हार्ट अटैक आया था। जिससे उनकी मृत्यु हो गई।

पिताजी स्वर्ग सिधार गए। स्कूल से लौटे राजू ने अपनी पुस्तक फेंक दी

और फिर उसने कभी उन्हें हाथ भी नहीं लगाया। आज वही मां का एकमात्र सहारा है। मेरा यह छोटा भाई मेरे जन्म के बहुत दिन बाद पैदा हुआ। उसके ऊपर हम तीन भाई - बहन थे। मां और बच्चा नहीं चाहती थी मगर आज वही अनचाहा संतान ही उनका एकमात्र सहारा बना। मेरे दोनों बुद्धिमान और शिक्षित भाई कुछ पैसे देकर अपने कर्तव्यों से मुक्त हो जाते हैं। उनके मन और हृदय से धीरे-धीरे मां के प्रति स्नेह और कर्तव्य की भावना धूमिल होती जा रही थी। अब उन्हें मां की आवश्यकता ही महसूस नहीं होती थी।

अचानक छपाक की आवाज से मैं चमक पड़ी। राजू ने तालाब में जाल बिछाया था। खुशी तालाब की मेढ़ पर खड़े होकर खुशी से ताली बजा -बजा कर कूद रही थी। पास ही रूपा खड़ी होकर उत्सुकता से यह सब देख रही थी। राजू जाल की रस्सी पकड़ कर धीरे-धीरे किनारे की ओर खींच रहा था। खुशी भी जाल खींचने का अभिनय कर रही थी। एक बड़ी रोहू मछली जाल से बाहर कूद गई। बाप रे ! कितनी बड़ी मछली। एक बार में कई मछलियां जाल में फंसी थी। जाल तालाब के किनारे लाने पर कुछ और मछलियां जाल से बाहर निकल आयीं। अब जाल में कुल दो ही मछलियां रह गई थी। खुशी ने कहा - मां, मां, देखो कितनी बड़ी मछली। खुशी की, खुशी देखते ही बनती थी। एक ही बार में तीन -तीन रोहू और भाकुर मछलियां। एक मछली रखकर बाकी दो मछलियां राजू ने तालाब में छोड़ दी। करीबन तीन-चार किलो की मछली थी। राजू ने खुशी से कहा - बहुत तो मछली - मछली होती हो। लो अब पकड़ो मछली।

खुशी अपने दोनों हाथों से मछली को छूना चाहती थी मगर जैसे ही हाथ लगाती, मछली अपनी पूंछ जोर - जोर से छटकती, तो खुशी डर के मारे पीछे हट जाती थी।

तभी नीचे के कमरे से बड़े चाचा की आवाज सुनाई दी। क्या हुआ ? मैंने उसे कहा था मछली पकड़ने को। घर में क्या कुछ अच्छा नहीं बनेगा ? इतने दिनों के बाद बेटी घर आई है।

शायद बड़ी चाची के कुछ कहने पर, बड़े चाचा उन पर नाराज हो रहे थे। मेरी बात का उल्लेख कर, चाचा बारंबार उन्हें चिल्लाने के लिए मना कर रहे थे। तथापि बड़ी चाची की आवाजें सुनाई दे रही थी। मछली पकड़ने को लेकर ही उनके बीच बहस हो रही थी यह बात समझने में मुझे देर न लगी। खुशी कब से मछली पकड़

कर मामा के साथ चली आई थी। मां परेशान हो थोड़ी दूरी पर खड़ी थी। उसे लग रहा था, कहीं चाची की आवाज मेरे कानों तक तो नहीं पहुंची। मैं मन ही मन खुशी पर नाराज होते हुए रसोई घर की ओर जा रही थी तभी रूपा ने कहा -तुम क्यों परेशान होती हो ? वह तो हमेशा से ही ऐसी ही है। वह स्वयं तो मछली नहीं खाती, तो क्या और कोई भी नहीं खाएगा ? मौके बेमौके एक मछली भी पकड़ने नहीं देती है। तालाब में जाल डालने मात्र से ही पें -पें करना आरंभ कर देती है। लालच भी कम है क्या ? देखना भूत खाएगा, उसकी सारी संपत्ति। चलो आओ, देखते है मछली कटता होगा। कहते हुये रूपा मेरा हाथ पकड़ कर लगभग खींचते हुए रसोई घर की ओर ले गई। आज मछली की सब्जी तुम बनाओगी ना दीदी। बड़ी मां हमेशा तुम्हारे रसोई की बड़ी प्रशंसा करती है। आज सभी एक साथ बैठकर खाएंगे। जानती हो, मुझे, तुम्हें एक बात बतानी है। समझी ना ?

कौन सी बात ?मन की समस्त अशांति को अपने अंदर छुपा कर, मैं सहज भाव से पूछा।

बेंगुली की बात।

कौन बेंगुली ?

लकड़ी की बेंगुली।

कौन सी लकड़ी ?

लकड़ी की ऐसी की तैसी, राजा के लड़के की बात समझी ? और हम दोनों जोर से हंस पड़े।

हमने रसोई घर के बरामदे में देखा की खुशी मछली को पकड़ कर बैठी है। राजू पहसुल लिए बैठा है। बीच-बीच में मछली के पूंछ पटकने पर, डर से खुशी उसके ऊपर से उठ जाती थी। फिर से उसके ऊपर बैठ जाती। उसके पूरे शरीर में मछली का लसलसा द्रव्य लग गया था। मछली को अपने दोनों हाथों से पकड़ कर उठने का प्रयत्न करते समय मछली झटपटाती तब, खुशी डर से उसे छोड़ देती थी।

मछली काटने पर जो खून निकलेगा उसे देखकर शायद खुशी डर जाएगी। यह सोचकर हाथ पैर धोने के बहाने, मैं उसे कुएं के पास ले गई।

कुएं के पास बड़ी चाचा कपड़े धो रही थीमुझे देखकरअपना मुंह नीचे की ओर कर लिया। इस समयगांव आने से पहले जब मन के लिए कपड़े खरीद रही थी तब मुझे दोनों चाचा और चाची की याद आई। मैं दोनों चाचियों के लिए संबलपुरी

साड़ी और दोनों चाचा के लिए पैंट शर्ट का कपड़ा लाई थी। बड़ी चाची की साड़ी देखकर मां ने कहा - उस अमानुष के लिए साड़ी क्यों ला रही थी ?

बड़े चाचा अपने शर्ट पैंट का कपड़ा देखकर खूब खुश हुए, किंतु चाची ने कहा - क्यों बिना मतलब मेरे लिए इतने पैसे खर्च कर रही थी। मैं क्या इतनी मोटी साड़ी पहनती हूं कभी ? मन की बात तो दूर, बड़ी चाची ने मेरी श्रद्धा का भी मुल्य नहीं रखा। मेरा मन दुखित हो गया। साधारणत: देखा जाता है जिनके बाल बच्चे ना हो, उसमें ममता की अधिकता होती है। हीरा चाची की ही बात लो। उनकी भी कोई संतान नहीं थी, किंतु बिल्ली के बच्चे पर भी अपनी ममता बरसाती थी। आस पड़ोस के बच्चों को भी बड़े प्यार से खिलाती। बच्चों की आस में खूब व्रत -उपवास, पूजा-पाठ करती। लेकिन यह बड़ी चाची ऐसी क्यों हो गयी ? शुष्क, नीरस और अविवेकी।

तालाब में तो प्रचुर मात्रा में मछली है। फिर साधारण सी एक मछली के लिए, यह किस प्रकार का व्यवहार है ? एक मछली के लिए इतनी बातें ?फिर मां के मना करने पर भी, राजू प्रतिवर्ष तालाब में मछली के बीज डालता था।

खुशी के हाथ पैर धोकर लाते तक, राजू मछली काट चुका था। मछली के टुकड़ों को वीणा सजा कर रख रही थी। मां ने मुझसे कहा -थोड़ा जाकर छोटी चाची को मना कर दो आज वह रसोई नहीं करेंगी। सभी एक साथ मिलकर खाएंगे। उससे कहना -जल्दी ही अपने घर का काम खत्म करके, खाना बनाने में वीणा का हाथ बंटाने आ जाए। बड़ी बहू तो आमिस नहीं खायेंगी। उसके लिए कोई दूसरी सब्जी बनेगी। उसे भी कहते हुए आना।

सभी अशांति को अपने मन के अंदर रखकर, मैंने सहज भाव में कहा - ठीक है। रूपा ने कहा - बड़ी मां, आज दीदी तरकारी बनाएगी।

मां ने कहा - बिल्कुल नहीं। मेरी बेटी अपने घर से इतने काम करके आई है। यहां मेरे पास कुछ भी काम नहीं करेगी। आज तुम पकाओगी। नहीं तो तुम्हारी मां पकाएगी। मां की बातें सुनकर, मुझे हंसी आ गई। छोटी चाची की कोऊ मछली और बड़े चींटी की बात याद आ गई। मैंने कहा - मां तुम्हें याद है ?छोटे फूफा जी घर आए हुए थे। कोऊ मछली बनी थी। उस सब्जी में एक बड़ी चींटी निकली। मेरी बात सुनकर मां हंस पड़ी।

रूपा ने पूछा -क्या हुआ, बोलो ना ?

मैंने कहा -छोटे फूफा जी घर आए हुए थे। तालाब में जाल डालकर मछली

पकड़ी गई। विभिन्न प्रकार की मछली। मछली के प्रकार के अनुसार, विभिन्न प्रकार की तरकारी परोसी गयी। उस समय हम सभी साथ में ही रहते थे। सभी एक साथ खाने बैठे। अचानक आधा खाना खाकर ही छोटे फूफा जी उठ खड़े हुयें। क्या बात हुई ? कोऊ मछली के झोल में एक चींटी निकली। पता लगाया गया। सब्जी में चींटी आई कैसे ? और वह भी दामाद के खाने में। लगता है तरकारी को ढक कर नहीं रखा था। छोटी चाची ने रुवासा होकर कहा कि उन्होंने तरकारी ढक कर रखी थी। फिर इतनी बड़ी चींटी आई कहां से ?

बड़ी चाचा ने इसका स्पष्टीकरण इस प्रकार दिया कि इसमें उनका कोई भी दोष नहीं है। तालाब के किनारे एक आम का पेड़ है। आम के पेड़ असंख्य चींटियों का घर हैं। उस घर में चींटियां लाखों अंडे देती है। किसी के छेड़ने पर चींटियों के अंडे नीचे गिर पड़े होंगे। अंडों को खाने के लिए जब बड़ी चींटी तालाब गई होगी, तब मछली ने उस चींटी को खा लिया होगा। वही मछली हमारे जाल में फंस गई होगी। जब हमने सब्जी बनाई, तब मछली की सब्जी से बड़ी चींटी निकली। बहुत दिनों तक मछली की तरकारी और चींटी के प्रसंग को लेकर हम खूब हंसे। छोटी चाची को इस बात पर चिढ़ाया करते थे।

हंसते हुए रूपा का हाथ पकड़ कर कहा - आ जरा, चाची को यह बात कह कर आएंगे। मां के द्वारा बताए गए काम को पूरा करने के बाद, रूपा मेरा हाथ पकड़ कर, मुझे अपने सोने वाले कमरे में ले गई।

कहा - बैठो, मैं तुम्हें एक चीज दिखाती हूं।

वह ताजे पर से एक पुस्तक निकाल लाई। उसके अंदर एक लिफाफा था लिफाफा के अंदर कुछ फोटो थे। हो सकता है उसके कॉलेज के मित्रों के फोटो हो। एक फोटो हाथ में पड़कर उसने कहा - देखो यह क्या है ?

हां, देख तो रही हूं। किसका है ?

तुम पहले इसे देखो, उसके बाद बताऊंगी। तुम्हें यह कैसा लग रहा है ?मैंने उसकी आंखों में देखा ?मुझे उसकी आंखों में प्रेम के दो ज्योत दिखे। उसके हाथों से फोटो लेकर मैंने ध्यान से देखा। उसके बाद कहा - ये ना ही मेरे मन को अच्छा लग रहा है, ना ही आंखों को। कहीं से भी ठीक नहीं लग रहा है।

सच में तुम्हें अच्छा नहीं लग रहा है, दीदी ?

कैसे अच्छा लगेगा ? तू ही बोल। तुमसे थोड़ा छोटा होगा। है कि नहीं ? रंग

भी थोड़ा मैला जान पड़ता है। सर पर बाल नहीं है गंजा है। आंखें दोनों तो बिल्कुल भी सही नहीं है। लगता है, थोड़ा भैंगा भी है। कौन है यह? यह अजूबा तुम्हें कहां से मिला?

मेरी आंखों को अविश्वास के नजरों से देखते हुए रूपा ने कहा -वह वैसा बिलकुल भी नहीं है दीदी। तुम झूठ कह रही हो ना? मुझे चिढ़ाने के लिए।

तुम्हें तो वह सब दिखेगा नहीं। प्यार करने से सभी कमियां छुप जाती हैं। देखने का नजरिया अलग हो जाता है ना, इसलिए।

सच बोलो -क्या तुम्हें बिल्कुल भी अच्छा नहीं लगा?

ऊँह, बिल्कुल भी नहीं।

यह शशांक है, मेडिकल के अंतिम वर्ष का छात्र।

उससे क्या हुआ। तुमने तो मुझे तुम दोनों के संबंध के बारे में कुछ भी नहीं बताया। उससे तुम्हारा क्या संबंध है? मतलब यही तुम्हारा शशांक चंद्र चूड़ामणि?

दीदी वह कहता है कि वह मुझसे प्यार करता है।

और तुम? तुम क्या उससे प्यार नहीं करती?

करती हूं दीदी। सच में बहुत अच्छा लड़का है। खूब अच्छा।

यह बात तुमने कैसे जाना कि वह तुगसे प्रेम करता है?

उसके बातचीत और हावभाव के द्वारा।

बाप रे ! देख रही हूं कॉलेज की पढ़ाई के साथ -साथ तुम यह पढ़ाई भी अच्छी तरह पढ़ रही हो।

रूपा ने झूठा गुस्सा दिखाते हुए कहा - देखो, अब तुम मुझसे मजाक मत करो। मां और पिताजी की बात तो तुम जानती हो, वह अभी से मेरे लिए सुयोग्य पात्र खोजने में व्यस्त हैं। अगर मैंने उन्हें शशांक के बारे में कुछ भी कहा, तो वह मुझे मार ही डालेंगे। अगर तुम इस छुट्टी में नहीं आई होती, तो मैं तुम्हें यह सब पत्र के द्वारा बताती। प्लीज, मेरी थोड़ी सहायता कर दो, दीदी। तुम जो कहोगी, वह मैं करूंगी। तेरे पैर दबाऊंगी, मिट्टी में थूक कर उसमें अपनी नाक रगड़ूंगी।

मैंने हंसते हुए कहा -यह सब आरंभ करने से पहले तो मुझे कुछ भी नहीं पूछा था। और अब जब समस्या खड़ी हो गई, तब दीदी का आंचल पकड़ रही हो। अच्छा ठीक है। मगर एक शर्त पर, मैं कुछ कर पाऊंगी। बोलो, करोगी?

एक क्यों, तुम कहोगी तो सौ काम भी करूंगी।

मैंने कहा -तुम एक महीने तक अर्पण के पास रहोगी। तब मैं तुम्हारी बात पर विचार करूंगी।

उसने हंसते हुए कहा - यह भी कोई बात हुई भला। महीना भर क्यों ? सारा जीवन भी यदि उनके साथ रहने बोलोगी तो भी मैं राजी। अर्पण भाई और शशांक में क्या तुलना, भला ? भाई के लिए मैं शशांक को लात भी मार सकती हूं। तुम एक बार अच्छे मन से सोच कर कहना। मैं राजी हू। एकदम राजी।

घोड़ामुँही कहीं की, बहुत बातें करना सीख गई हो।

तभी छोटी चाची ने उसे आवाज लगाई। उसने 'आ रही हूं' कहकर बाहर को जाते समय, मुझे फोटो रखने का इशारा कर गई। लेकिन, मैं वैसी ही बैठी रही।

आंखों के सामने एक चेहरा आ गया। आह ! काश ! उस समय किसी ने मुझे इतनी स्वाधीनता दी होती। आज समय बदल चुका है। हमारे समय में, अपने विषय में कुछ सोचना भी गुनाह था। और कुछ निर्णय लेना तो, हवाओं से लड़ाई की घोषणा करने के जैसा था।

और प्रेम ?

इस शब्द का उच्चारण करना भी निषिद्ध था । बचपन में घटित एक घटना याद हो आई। नीचे मोहल्ले की मधु महापात्र की बेटी जयंती। वह मेरी बुआ की सहेली थी। देखने में एकदम गोरी। देवी के समान चेहरा। उसे देखने मात्र से ही आंखें संतुष्ट हो जाती थी। वह बुआ के साथ हमेशा हमारे घर आती थी।

उन्हीं के मोहल्ले में रहता था, शरद जेना का बेटा कान्हू। वह कोलकाता में किसी बाबू के घर के, पीछे बने कमरे में रहता था। बीच-बीच में घर आता था। तिरछी मांग निकालकर, बड़े सलिके से बाल बनाता था। हमेशा रुचि पूर्ण कपड़े पहनता था। पैर में चप्पल पहनता था। मसालेदार पान खाता था। इत्र लगाकर जब वह गांव की गलियों से गुजरता तो सारी गलियां महक उठतीं थीं।

वह लड़का मधु महापात्र की लड़की, जयंती को भा गया और लड़के को उस लड़की में कुमुदिनी फूल की सुगंध आई। दोनों एक दूसरे के लिए पागल हो गए। उन दोनों की प्रेम कहानी परिवार तक पहुंची और परिवार से, सारे मोहल्ले में फैलते देर न लगी। ब्राह्मण घर की लड़की और नीच जात का लड़का। गांव में हलचल मच गई। घोर कलयुग आ गया है। कोई धर्म नहीं रहा। ब्राह्मण घर की लड़कियां, शुद्र और पठान के घर की बहू बनने लगी। हाय..... हा...य...,

इस गांव में यह क्या बात हुई ?शरद जेना को समाज से बहिष्कृत किया गया। मधु महापात्र और अपनी नज़रें नहीं उठा सके। दोनों परिवारों ने अपने-अपने बेटी बेटा की पहरेदारी की। माता-पिता, भाई -भाभी ने लड़की को ताले में बंद कर दिया। आनन -फानन में वर खोजा गया। लड़की ने शर्म लाज छोड़कर, पिता और भाई के सामने कहा -अगर मेरी शादी कान्हू से नहीं हुई, तो मैं फांसी लगा लूंगी या जहर खाकर मर जाऊंगी। लड़के ने उसे कोलकाता ले जाने की कोशिश की, मगर वह सफल नहीं हुआ। बीच में ही लोगों ने जयंती को पकड़ लिया। ब्राह्मण घर की कलंक, यह मरे तो क्या ? जियें तो क्या ? दूसरे दिन घर के पिछे आम के पेड़ पर उसकी लाश लटकती मिली। सारे शरीर पर मार के निशान थे। उन्होंने उसे खूब मारा और गला दबाकर हत्या कर पीछे आम के पेड़ पर टांग दिया। पुलिस आई, खोजबीन की गई। खूब सारे पैसे देकर, केस को दबा दिया गया। आह बेचारी !

रूपा के आते ही मैं चमक पड़ी।

तुमने अब तक भी नहीं देखा ?

सोच रही हूं - कैसे क्या किया जाए ?मुझे लड़के के घर और उसके पिता के विषय में सब कुछ बताना। मैं मौका देखकर, चाचा जी से बात करूंगी। अच्छा एक और बात बताना जरा, वह हमारी जाति का तो है ना ?

जाति गोत्र इत्यादि की बातें सुनकर रूपा का चेहरा सूख गया।

क्या हुआ ?आजकल जाति, गोत्र इत्यादि कौन देखता है ?सोच समझ कर कोई न कोई उपाय निकालना पड़ेगा। उपाय नहीं निकलने पर, रूपा क्या जीवित रह पायेगी ? अपने शशांक के बिना रूपा अधूरी रह जाएगी। क्यों, सच कहा ना रूपा ?

रूपा छोटे बच्चों की तरह मुझसे लिपट गई।

रसोई तैयार हो चुकी थी। राजू बगीचे से केले के पत्ते काट लाया था। बड़े चाचा, छोटे चाचा और बच्चे, सभी खाने के लिए बैठे। बड़ी चाची नहीं आई। मां स्वयं उन्हे खाना दे आई।

बहुत दिनों बाद हम सभी एक साथ बैठकर खा रहे थे। काश ! आज सभी उपस्थित होते। ऐसा लग रहा था कि सभी मेरे जैसा ही सोच रहे थे।

बड़े चाचा ने कहा - कितने वर्षों के बाद, आज मैंने शांति से खाना खाया। उनकी आवाज रूंवासी सी लग रही थी। छोटे चाचा भी लगता था, वैसा ही कुछ सोच

रहे थे। परिवेश को हल्का करने के लिए राजू ने कहा -आज शाम को खुशी के दावत में आप सभी को निमंत्रण है।

छोटी चाची ने खुशी से पूछा -अपनी दावत में तुम कौन सी तरकारी बनाओगी ?पहले से ही बता दो। हम सभी पेट खाली करके आएंगे और ठूंस - ठूंस कर खाएंगे।

खुशी ने कहा - राजू मामा ने कहा है, केंचुए की रसे वाली तरकारी, घोंघे की भुजिया, और सीप की मसालेदार तरकारी बनेगी। खूब स्वादिष्ट लगेगा। घास का चावल भी बनेगा। एकदम नई- नई चिजें खाने को मिलेंगी। देखते ही लार निकल जाएगा।

उसकी बातें सुनकर सभी हंस पड़े।

मां ने पान बनाया। मां के द्वारा बनाए गए पान, छोटे चाचा बहुत पसंद करते थे। बड़े चाचा पान नहीं खाते थे। बंटवारे के बाद भी बहुत दिन तक मां के पान के डिब्ब में रखे, बने हुए पान चोरी होते थे। आजकल राजू कभी-कभार पान खाता है। मां स्वयं भी पान खाती और उसके लिए भी बनाकर रख देती है।

खाना पीना खत्म हो जाने पर रूपा से कहा -चलो गांव की तरफ जाएंगे। दामोदर ताऊ ने बुलाया था। थोड़ा उनके घर की तरफ हो आते हैं। और लौटते समय थोड़ा जटिया ताऊ के घर होते हुये आएंगे।

खुशी, राजू को छोड़कर कभी भी मेरे साथ नहीं आएगी। इसलिए मां से कहा -गांव की तरफ जा रहे हैं। दामों ताऊ के घर। खुशी जब पूछे तो उससे कह देना।

रूपा का हाथ पकड़ कर, मैं पगडंडी पर उतर आयी।

सर के ऊपर से सूर्य ढला जा रहा था। पेड़ पौधों के अग्र भाग क्रमश: तंबाई रंग से रंग चुके थे।

धूप का तेज कम हो चुका था। मैं और रूपा दो सहेलियों की तरह एक दूसरे से सटकर, गांव की पगडंडियों पर चल रहे थे। इन पगडंडियों के किनारे अनजाने लताओं के फूल, कागजी नींबू के सुगंध से महकता वातावरण, पेड़ों की छांव भरी दुपहरी, अद्भुत लग रहा था ?

बचपन में गांव के सभी घरों में मेरा बेरोक -टोक आना जाना था। अक्सर मैं

कभी दादा, तो कभी पिताजी का हाथ पकड़ कर या कंधे पर बैठकर, मैं उनके साथ जाती। जिस घर में कुछ निर्णय होने का हो या कर्ज के धान अथवा उधारी पैसा का तकादा करने के लिए और कभी-कभी दादाजी रोगियों को देखने जाते, तब मैं भी उनके साथ जाती। दादाजी को कुछ जड़ी बूटियों का ज्ञान था। भरी दुपहरी में दादी के साथ या ढलते शाम में बुआ के साथ मेरा मोहल्ले - मोहल्ले घूमने और नई बहू के खोज का सिलसिला जारी था।

स्कूल जाने के बाद मित्रों के साथ मिलजुल कर बेर, खट्टे संतरे, कैथ, इमली इत्यादि खाने के लिए मोहल्ले -मोहल्ले घूमा करती थी। उस समय सुबह हो, या शाम कोई फर्क नहीं पड़ता था। बड़ी क्लास में जाने के बाद भी मेरा मोहल्ले में घूमना कम नहीं हुआ था। गांव में बूढ़े से लेकर बच्चों तक और बुढ़ी से लेकर नयी ब्याह कर आयी बहु तक सभी मुझे जानते, पहचानते थे।

मैं सबसे ज्यादा जटिया ताऊ के घर जाती थी। उनका घर स्कूल की सीमा से लगा हुआ था। कई पीढ़ियों से हमारे परिवारों की मित्रता चली आ रही थी। मैं जितने समय स्कूल में रहती, उससे कहीं अधिक समय मेरा उनके घर में कटता था। चुंकी मैं पढ़ाई अच्छी करती थी, अत: स्कूल के नियम मेरे ऊपर ज्यादा लागू नहीं होते थे। बड़े पिताजी के बगीचे में कमरक का पेड़ और बारह मासी अमरूद का पेड़ था। ताई पता नहीं कहां -कहां से खोज कर एक मुट्ठी जंगली बेर, सीताफल, लाकर मेरे लिए रखी रहती थी। और कभी-कभी ताई किसी काम से निकलती, तो मैं जिद करके उनके साथ चली जाती थी। कोई -कोई ताई से मजाक करते हुए कहता - धोबी घर की बहू, यह तुम्हारे मोहल्ले में किसकी लड़की है?

मैं जवाब देती - आप नहीं जानती क्या प्रधान घर की नानी ? मैंजटिया धोबी की बेटी हूं। इसके बाद कोई और प्रश्न करने का साहस नहीं करता था।

गांव में किसी के घर भी बच्चे के जन्म पर . या विवाह, या नई बहू के घर से आया हुआ सौगात हो सबको उसकी मेहनत के अनुसार मिठाई बांटी जाती थी। उन मिठाइयो में से मेरा भाग, अलग से रख दिया जाता था। उनके घर जाने से ताई, मुझे बंद दरवाजे के पीछे बुलाकर, मेरी हथेलियां में मिठाई रख देती और धीरे से कहती - यहीं पर खड़ी होकर खा लो।

और जब खाने को कुछ नहीं होता तो मैं गुस्सा होकर कहती - ताई, तुमने कैसे, कुछ भी खाने के लिए नहीं रखा, मेरे लिए ? अब जो भी है दो, मुझे भूख लग

रही है। अगर वह मेरी बातें नहीं सुनती तो उसे मैं पकड़ कर झझकोरे देती और जोर-जोर से चिल्ला कर कहती - मेरे लिए क्या तुम्हारे घर में दो मुट्ठी मुरमुरे भी नहीं है। अगर पखाल है तो वही दे दो। मुझे बहुत जोरों से भूख लगी है। वह शांत खड़ी हो जाती थी। क्या करें ? क्या नहीं ? समझ नहीं पाती थी। मेरी प्यारी बेटी जोर आवाज में बात मत करो। हम गरीब लोग हैं। घर में कुछ भी नहीं है। पतीले में थोड़ा दूध है, पी लो और चुपचाप घर जाओ। मैं और जोर से कहती -तुम क्यों, मुझे लोगों की नजरों से बचाकर खाने को देती हो ?बड़ी मां की आंखें छल -छल हो जाती थी। कहती - बेटी, हम अछूत जाति के हैं। घोबी है। लोग जानने से, कैसी कैसी बाते करेंगे ?

जानते हैं, तो जानने दो। अच्छा ही होगा कि सब जान जाए। मैं भी तो धोबी ही हूं। अबकी बार अगर मुझे छिपकर कुछ खाने को दिया तो मैं सबके सामने कह दूंगी। कह दूंगी, जान जाओ। अपने दोनों हाथ अपनी छाती में रख बड़ी मां मुझे थपथपाते हुए कहती - मेरी पगली ।

नीचे मोहल्ले के भानु ताऊ के बगीचे में एक खट्टे संतरे का पेड़ था। उस पेड़ के लगभग सभी फल मेरे ही पेट में जाता था। उनसे अगर और कोई फल मांगता तो वह कहते -बाप रे ! वह पेड़ तो मैंने मेरी श्री के नाम से प्रसाद चढ़ा दिया है। मुझे क्यों मांग रहे हो ?पेड़ की मालकिन से मांगो। प्रतिदिन आकर पेड़ में लगे फल गिनती है। अगर एक भी कम हो जाए, तो पूछताछ करती है। मुझे क्या छोड़ेगी वह ' ? मेरा जीवन खा लेगी और जो मांगना चाहते हो मांगो, मैं खुशी-खुशी दे दूंगा किंतु उस पेड़ की ओर, देखना भी मत।

किसके बगीचे में कौन-कौन से पेड़ हैं, कौन-कौन से फल हैं, कब उनमें फूल खिलेगा, फल फलेगा और कब पकेगा। कौन सा फल खट्टा और कौन सा मीठा है, सब कुछ की जानकारी थी मेरे पास। माली घर की बड़ी भाभी, हरि सुबुद्धि घर की मंझली चाची, मेरी ताई, मेरे लिए अचार और अमचूर सहेज कर रखतीं थी। स्कूल की पढ़ाई खत्म कर, कॉलेज जाने के बाद भी छुट्टी में घर आने पर, पहले पूरे गांव का एक चक्कर लगाती थी। सभी से उनके हाल-चाल पूछती, उनके दुख सुख सुनती। बसंती दीदी के कोलकाता में रह रहे, पतिदेव को उनकी तरफ से चिट्ठी लिखती। सीता दीदी का बेटा नरिया, हैदराबाद में रहता था। उसके आने के लिए, सीता दीदी के नाम से मनी ऑर्डर भेजती। पूर्णिमा भाभी के मायके, चोरी छिपे चिट्ठी

लिखकर, उसके साथ सास-ससुर द्वारा दिए गए प्रताड़ना की बातें लिखती। रमा की मां कहती - मेरी प्यारी बेटी, जरा मेरे माणिक, बड़दा के पास एक चिट्ठी नहीं लिख दोगी ? कितने दिन हो गए विद्या की बेटी से कह रही हूं, लेकिन वह जरा भी नहीं सुनती। पहले तेरे ताऊ दो चार पंक्तियां लिख दिया करते थे। अब तो उनके आंखों में जाले पड़ गए हैं, उन्हें कुछ दिखता ही नहीं। जरा दो-तीन पंक्तियां लिख दो बेटी। बूढ़े हो गए हैं, इधर-उधर गिरते पड़ते हैं। बेटा कम से कम उनको, अपने पास ले जाकर थोड़ी चिकित्सा करवा लाता। मेरा भले ही ना करें। कमर में इतना दर्द है कि सुबह से उठ भी नहीं पा रही हूं। इस वृद्धावस्था में कितना कष्ट है, वह मैं ही जानती हूं।

लिख दोगी ना बेटी ? बड़ी मां, बड़े ही सहेज कर रखे हुए पोस्टकार्डों में से एक पोस्टकार्ड लेकर आती। उस पोस्टकार्ड को वह अपनी साड़ी के आंचल से पोंछ कर सिर से लगाकर, मेरे हाथ में पकड़ा देती थी। जब तक मेरा चिट्ठी लिखना समाप्त नहीं हो जाता था, तब तक वहीं बैठी, मुझे एकटक देखती रहती थी।

उसके बाद घर के अंदर जाकर एक कटोरी में थोड़ा सा उखड़ा, कुछ मिठाईयां लाकर मेरे सामने रख देती थी। बड़े ही प्यार से कहती -प्यारी बेटी, थोड़ा सा ही दिया है। कितने दिनो से तेरे लिए संभाल कर रखा था, खा ले। मैं उनके बेटे वैद्यनाथ, जो कि सरकारी नौकरी करते है, उन्हें चिट्ठी लिख रही थी।

चिट्ठी लिखने, गप्पे हांकने, हंसी मजाक के साथ-साथ अचार, बेर, कमरक खाने में छुट्टियां बित जातीं थीं। मैं शहर में अपने हॉस्टल लौट आई। पीछे रह जाता था गांव, गांव में रहने वाली दादी, मां, सीता दीदी, बसंती भाभी, चाची और बड़ी मां।

एक बार छुट्टी में आते समय जटिया ताऊ ने कहा- जानती हो बेटी, इस साल तुम्हारी ताई ने किसी को भी एक भी कमरक छूने नहीं दिया। जिसने भी मांगा उससे कहा - नहीं, पहले श्री बिटिया आ जाए और पहला फल वह खा लेने के बाद ही जिसे जितना लेना है, ले जाना। परीक्षा के कारण तुम नहीं आई। पेड़ के सारे फल पक कर नीचे गिर गए। रात को चमगादड़ और दूसरे पक्षियों ने खा लिया लेकिन तुम्हारी ताई ने किसी को भी पेड़ पर हाथ भी लगाने नहीं दिया। इस बार किसी ने भी फल का स्वाद नहीं चखा।

आज ताई, ताऊ, सीता दीदी, माली घर की बड़ी भाभी, कोई भी नहीं है। कहां खो गए इतनी ममतामयी लोग ?

हम दोनों चुपचाप चले आये। रास्ते के दोनों तरफ बांस के सघन पेड़, बीच-

बीच में केवड़े और तरह-तरह के पेड़ थे। रास्ते के दोनों किनारो के पेड़ बीच मेंएक दूसरे की ओर झुक गए थे। ऐसा लग रहा था मानो वह एक दूसरे के प्रति स्नेह प्रदर्शन कर रहे हो। पेड़ों की सघन शाखों के बीच-बीच से सूर्य किरण पृथ्वी पर पड़ रही थी। पगडंडिया सुनी - सुनी सी और निस्तेज लग रही थी।

बीच-बीच में कुछ चिड़ियों की चहचहाहट के अलावे कुछ भी सुनाई नहीं देता था। ऐसा लग रहा था, जैसे अनेक दिनों से गांव कुछ सुना - सुना सा हो गया है। ऐसा लग रहा था कि इस पगडंडी से होकर अनेक दिनों से कोई गुजरा ही नहीं। दूर एक नेवला अपना सर उठाए, मुझे देखते हुए रास्ते के उस पार चला गया।

चलते-चलते गांव के स्कूल के पास, मेरे कदम एकदम से रुक गए। यह क्या, वही हमारा स्कूल है ?जहां हम पढ़ते थे ? बड़ा ही श्री विहीन दिख रहा था, हमारा स्कूल। स्कूल के चारों ओर बाड़ा नहीं था, ना ही बगीचे में तरह-तरह के फूल खिले थे। हमारा स्कूल एक अस्थि पंजर के बने कंकाल वृद्ध के समान दिखाई दे रहा था।

मैंने सुना है, पिताजी के समय हमारे घर में एक दक्षिण के अध्यापक रहा करते थे। उस समय साधारण लोगों के भीतर पढ़ाई के प्रति उतनी जागरूकता नहीं थी। लोगों ने व्यक्तिगत जीवन में या व्यवहारिक जीवन में पढ़ाई की आवश्यकता अनुभव नहीं किया था। गांव के कुछ गिने चुने लोगों के ही बच्चे पढ़ने के लिए आते थे। उस समय पढ़ाई रामायण, महाभारत, पुराण, भागवत, पहाड़े, जोड़ -घटाव, लीलावती सूत्र, मानसांग इत्यादि के भीतर तक सीमित थी। गरीबों को तो दो वक्त का खाना भी नसीब नहीं होता था। तब बच्चों की पढ़ाई की कौन पूछे ?

इसके कुछ दिनों बाद, हमारे गांव में प्राइमरी स्कूल खोला गया। भागवत घर के पास की जमीन में दो कमरों का एक भवन बनाया गया। जिसके लिये सरकारी अनुदान मिला था। गांव के मुखिया के निर्देशन में सभी काम हुए थे। सभी बच्चों को साक्षरता का अधिकार मिले, सरकार द्वारा यह नियम बनाया गया। स्कूल में पढ़ने वाले अध्यापक को वेतन दिया जाता था। भवन निर्माण के बाद पढ़ाई आरंभ हुई। मुफ्त में शिक्षा, धनी हो या गरीब सभी के बच्चे वहां शिक्षा प्राप्त कर सकते थे। तथापि उच्च वर्ग के लोग अपने बच्चों को स्कूल नहीं भेजते थे, क्योंकि स्कूल में धनी - गरीब, जाति अजाति सभी बच्चे एक साथ बैठकर, समान भाव से अध्ययन करते थे। जो कि उनके लिए लज्जा और अपमान की बात थी। जाति को लेकर विभिन्न वर्गो के बिच, गांव में खूब खींचातानी चलती थी। अध्यापक पाठशाला में ही

रहते थे। और अपना खाना स्वयं बनाते थे। कभी-कभी गांव के धनी छात्रों के घर से भोजन आ जाता था। बिना दक्षिणा पढ़ाई नहीं होती, इस मान्यता के साथ कुछ छात्र अध्यापक को चावल-दाल, रूपए- पैसे, गमछा -धोती इत्यादि दे जाते थे।

कभी-कभी कोई दूध, दही और अपने बगीचे की सब्जियां दे जाते थे। निम्न जाति के बच्चों को भी फल - मूल देने की मनाही नहीं थी। अत: स्कूल मास्टर को अपने खाने पर खर्च नहीं करना पड़ता था। बचत फल - मूल, दाल -चावल गठरी में बांध, सरकार से वेतन लेकर महीने में एक बार घर जाते। इस तरह पाठशाला चल रही थी। गांव के अध्यापक, चौकीदार और मुखिया ये पांच लोगों में एक थे। पवन की तरह सभी जगह उनकी पहुंच अबाध गति से थी। गांव में जो भी सभाएं होती, न्याय बैठक होती, वहां इनका आसन पक्का होता। इनका वचन पत्थर की लकीर होती। पाठशाला के बड़े छात्रों को काम पर लगाकर अध्यापक बगीचे में फूल के पेड़ लगवाते, बाड़ बनवाते थे। पाठशाला परिसर स्वच्छ एवं सुंदर था। पाठशाला के सामने से गुजरने पर, लोग थोड़ी देर ठहर कर उसे देखते और कहते वह स्कूल मास्टर की तो दाद देनी पड़ेगी। खाली पड़े मैदान कोकुछ दिनों में कितना सुंदर बना दिया। सरस्वती माता क्या इतने सुंदर पाठशाला को छोड़कर हमारे और तुम्हारे घर जाएगी ? चित्र वाली पुस्तक के चित्रों के जैसे दिखाई देता था, हमारे पाठशाला का बरामदा और बगीचा।

मेरे दोनों चाचाओं ने गांव के पाठशाला में पढ़ने के बाद, गांव से बहुत दूर के एक पाठशाला में, हॉस्टल में रहकर पढ़ाई की थी। जब तक मेरे दोनों भाईयों ने गांव के पाठशाला में प्रवेश लिया तब तक, यह एक अंग्रेजी माध्यम विद्यालय में परिवर्तित हो चुका था। बच्चों को पढ़ाने के लिए तीन शिक्षकों की नियुक्ति की गयी थी। प्राथमिक पाठशाला का कच्चा घर पक्के भवन में परिवर्तित हो चुका था। जमीन पक्की, दीवारे ईंट की और छत एजबेस्टस का। समय पानी की धार की तरह बहे जा रहा था। वर्ष के ऊपर वर्ष बीतते जा रहे थे। जमीन में किए गए प्लास्टर उखड़ गए थे और विकृत दिखाई दे रहा था। दीवारों से रेत और सीमेंट झर रहे थे। खिड़की के दरवाजों पर दीमक लगकर, वे टूट गए थे। अध्यापक के कुर्सी की टांगें टूट गई थी। कभी-कभी पाठशाला के कमरे और अध्यापक के कुर्सियों की मरम्मत की जाती थी। पाठशाला ऐसे ही चल रहा था और वैसे ही चल रही थी, बच्चों की पढ़ाई।

समय बदल रहा था । गांव में पाठशाला बनने के बाद कुछ लोग कष्ट से

चलकर अपने बच्चों को पढ़ने के लिए भेजते थे। उस समय गांव में एक नया जागरण सा चल पड़ा था। लोग अपने बच्चों को यह सोचकर स्कूल भेजते कि उनका बच्चा दो अक्षर सीखे, जाने और बुद्धिमान बने और पांच लोगों के बीच गर्व से खड़ा हो सके। कोई सोचता बच्चा पढ़ाई करेगा और सरकारी नौकरी कर ढेरों पैसा कमा कर लायेगा। उनकी दृष्टि में शिक्षा का उद्देश्य अर्थ अर्जन ही बन गया था। पढ़ाई, नौकरी, रोजगार इसी नियम के अंदर कुछ लोगों ने शिक्षा को बांध दिया।

लेकिन नौकरी तो गांव में थी नहीं। इसके लिए गांव छोड़कर दूर स्थानों पर जाना पड़ता। कई बच्चे उच्च शिक्षा के लिए शहर जाते और साथ ही साथ नौकरी भी करते थे। गांव और शहर के बीच यही बच्चे सेतु का काम करते थे। फल स्वरुप स्वाधीन भारत के ग्रामीण सभ्यता, संस्कृति और चाल - चलन पर क्रमश: शहर की छाप पड़ने लगी।

शहरी जीवन के भीतर नाना प्रकार के सुविधा के सुयोग थे। साफ स्वच्छ परिवेश, पक्के घर, शौचालय, स्नानागार, पीने के लिए साफ पानी .यातायात की सुविधाएं, पक्की सड़कें, पाठशाला, महाविद्यालय, सिनेमा घर, खेल के मैदान, चिकित्सालय, दुकान - बाजार, बिजली प्रकाश और भी कितनी ही चीजें। आवागमन के लिए गाड़ी, मोटर, रिक्शा, साइकिल। बच्चों के पढ़ने के लिए अच्छी पाठशाला, महाविद्यालय, मनोरंजन के लिए सिनेमा घर, क्लब, लाइब्रेरी अखबार, रेडियो इत्यादि। फलस्वरूप नौकरी इत्यादि के लिए शहर आए हुए लोग, धीरे-धीरे गांव से मुंह फेर लेते थे। आजीविका की दुहाई दे, शहरी सभ्यता के माया जाल में फंसे, गांव के बेटे, गांव और गांव में छोड़कर आए, अपने अति प्रिय लोगों को भूलने लगे। गांव में रह गए माता-पिता और अयोग्य भाई जैसे कुछ मनुष्य। अपने परिवार के साथ किराए के घर में रह रहे, मनुष्य शहर में अपना स्थाई निवास बनाने का सोचने लगा। कौन जाए उस अपरिष्कार गांव में, कीचड़-पानी मच्छर-मक्खी, रोग-व्याधि के घर में, अभाव - असुविधा से भरपूर लगभग नर्क तुल्य स्थान में ? शहर में जमीन खोजी गई, जिसके लिए अर्थ की आवश्यकता पड़ने पर, गांव में अपने जमीन बाड़ी तक बेचने की मानसिकता देखी गई। वृद्ध माता-पिता ने विकल होकर समझाया, बेटा वह तो विदेश है। वहां गांव, मां-बाप को छोड़कर तुम नौकरी करने गए। लेकिन घर बनाने की क्या आवश्यकता ?यह हमारा गांव है। यहां के सभी लोग अपने हैं। सुविधा - असुविधा पड़ने पर आधी रात में भी, एक पुकार पर लोग आकर खड़े हो जाते हैं।

दुख पड़ने पर कितने ही कंधे मिल जाते हैं, सस टिका कर रोने के लिए। वहां शहर में ऐसा अपना कौन मिलेगा भला ?

मूर्ख लोगों ने गांव में सारा जीवन बिता दिया। इनको शहर के बारे में क्या पता ? इनको कौन समझाए ?मां के आंसू और पिता की दयनिय स्थिति को अनदेखा कर, घर का नक्शा तैयार होता था। मानो ईंट -पत्थरों के घरों में रहते-रहते, गांव के बेटे का हृदय भी पत्थर हो गया था। खेत और जमीन को गिरवी रख आधे दिन उपवास रहकर उसको पढ़ाने वाले पिता या पिता समान, बड़े भाई की पुकार उस तक नहीं पहुंचती। आंखों से दिखाई ना देने के कारण दादी का गिरना पड़ना या उसकी याद में दिन- रात मां का रोना भी, उसे पिघला नहीं पाया। गांव से सुख की तलाश में शहर आने और शहर की माया जाल में पागल हो जाने वाले यह लोग, गांव में कुछ आयोजन होने पर, शादी ब्याह, उपनयन संस्कार, दाह संस्कार और त्योहारों इत्यादि में भूले भटके ही कभी-कभार गांव आया करते थे। दो-चार दिन मेहमानों के जैसे रहकर, झूठी दिलासा और आशाएं देकर, फिर लौट जाते अपने शहर के महल रूपी घरों में। शहर के चकाचौंध और विलासिता भरी जिंदगी की भूल भुलैया में, वह मां का लाड़, पिता का स्नेह भरा स्पर्श और छोटे भाई बहन की स्नेह से भरी छलछलाती आंखों को भी भूल जाता था।

गांव से काम के तलाश में शहर आए लोगों, मजदूर, बढ़ई, मिस्त्री, धोबी, नाई, व्यापारी इत्यादि तरह-तरह के लोगों से एक-एक शहर बस गया है। कारण था, गांव से शहर नौकरी करने जो लोग आए हुए थे, उन्हें अपने दैनिक जीवन के कार्यों के लिए लोगों की आवश्यकता पड़ी जैसे घर बनाने वाले, कपड़े धोने वाले, रसोईघर का काम करने वाले, रास्ता घाट साफ करने वाले इत्यादि। गांव से लोग शहर की ओर दौड़े, आसानी से पैसा कमाने, रोजगार करने, और एक स्तरीय जीवन जीने के लिए। गांव में खेत खलियानों और टूटे घर की पहरेदारी करते रह जाते बूढ़े बाप, आंखों से लाचार मां और बिन ब्याही अधेड़ बहन। स्वच्छ परिवेश छोड़कर मिट्टी कीचड़ से भरे, टूटे खिड़कियों वाले, पानी रिसते दीवारों वाले घर को लौटाने की उनकी इच्छा नहीं ।

मेरे गांव की तरह और भी असंख्य गांव की यही कहानी है।

गांव अब खाली हो गया है। यहां रहता है, केवल भूख, कीचड़, अंधेरी रातें, श्वास रोग से पीड़ित मनुष्य की लहराती खांसी की आवाज, वात रोग से पीड़ित मां,

लकवाग्रस्त बाप, बेकार युवा, कुछ बदमाश लड़के, कुछ पढ़े लिखे बेरोजगार युवक, अविवाहित अधेड़ लड़कियां।

फिर समय बदलने लगा।

बंदरों के उधम मचाने से पाठशाला की एजबेस्टस की चादर छेदमय हो चुकी थी। बारिश की दिनों में कक्षाओं में पानी भर जाता था। जमीन में किए गए सीमेंट के प्लास्टर उखड़ जाते थे। योजनाएं बनती, सरकार द्वारा पैसा प्रदान किया जाता, रजिस्टर में स्कूल मरामती के कॉलम भरे जाते, मध्यान भोजन पकाए जाते थे।

भोजन के समय कुछ अति गरीब बच्चे बर्तन .पकड़ कर उपस्थित हो जाते थे। कागजों में छात्रों की संख्या आशातीत भाव से बढ़ रही थी। अध्यापक गण, दाल-चावल, अपने थैलों में भरकर अपने अपने घर ले जाते थे। कभी-कभी तो मध्यान भोजन के लिए राशन लेने गया अध्यापक आधे रास्ते में ही आधा राशन ठिकाने लगा आता। गांव के सम्मानित लोग, वार्ड मेंबर और अन्य नेता गण, गांव के विकास के लिए आए पैसे आपस में बांट लेते। बच्चों तक मुफ्त की शिक्षा पहुंच जाती थी और साक्षरों की संख्या में वृद्धि होती जाती थी। और इस तरह देश प्रगति पथ पर अग्रसर होता चला गया।

गांव भर के आवारा गाय - बैल स्कूल के बरामदे में बैठे जुगाली करते रहते थे। स्कूल के चारों ओर चारदीवारी नहीं थी, न ही था फूलों भरा वह बगीचा। पाठशाला में आवश्यकता से अधिक अध्यापक और अध्यापिकाएं थी। वहां पढ़ाई के अलावे हर काम होता था। ठंड के दिनों में स्वेटर बनाये जाते। हंसी-मजाक मजाक सब। सिनेमा, टीवी, सीरियल के विषय में आलोचना भी होती। चपरासी कालखंड समाप्त होने का घंटा बजाता। बच्चे इधर-उधर घूमते फिरते। स्कूल में पड़ी, उनकी पुस्तकों के पृष्ठ पवन देव पलटते।

मैं स्कूल के सामने खड़ी होकर मन ही मन कहती - कभी चित्रोंवाली पुस्तक के चित्र की तरह, यहां पर एक आदर्श स्कूल था। उस स्कूल के अध्यापक नारायण मास्टर थे । पान से रंगे हुए दांत, हंसता हुआ चेहरा, एक भी पाठ छूट जाने से गालों पर पड़े पंजे के लाल निशान। बदमाश और शैतान बच्चों को उनकी बेत सीधा करती थी। इस स्कूल में मैंने भी पढ़ाई की थी।

बीच-बीच में अचानक ही निरीक्षण करने जांच अधिकारी धमक पड़ते।

वार्षिक परीक्षा फल और अन्य क्षेत्रों में छात्र - छात्राओं की योग्यता देखकर, वह बहुत खुश होते।

जांच अधिकारियों की बात याद आते ही, मुझे हंसी आने लगी।

कितना सुनहरा और मासूम था, वह किशोरावस्था। स्कूल में जांच अधिकारी आने के २ दिन पहले ही गदाधर सर प्रत्येक कक्षा में घूम-घूम कर कहते - बच्चों ऊपर से अधिकारी आने वाले हैं। पता नहीं कहां-कहां से खोद- खोद कर प्रश्न पूछे ? सभी पाठ अच्छे से कंठस्थ कर लेना। पूछने पर ठीक-ठाक उत्तर देना। पूरी पुस्तक पढ़कर याद कर लेना। पूछने मात्र से ही धड़ाधड़ उत्तर कह देना।

हमारे अंदर एक भय घर कर जाता था। एक तो गदाधर मास्टर, उसके ऊपर अधिकारी, बाप रे। उनके ऊपर और कोई बड़ा अधिकारी हो सकता है। यह बात हम उस आयु में सोच भी नहीं पाए थे। उन दिनों स्कूल में उथल-पुथल मची होती। सारे स्कूल की सफाई होती थी। पाठशाला के अंदर बाहर सभी जगह से जाले साफ किए जाते थे। सभी बच्चों को नाखून काटकर, साफ कपड़े पहन कर आने को कहा जाता था। जांच अधिकारी के आने वाले दिन जैसे सभी बच्चे उपस्थित हो, वैसे निर्देश दिए जाते थे। बड़ी कक्षाओं के छात्र-छात्राओं को अनुशासन का दायित्व दिया जाता था।

निर्दिष्ट दिन पर हम सभी समय से पहले ही अपने कॉपी पुस्तक व्यवस्थित रूप से बस्ते में रख, पाठशाला के लिए निकल पढ़ते थे। पढ़ाई में कमजोर बच्चों का उस दिन सर दर्द, पेट दर्द, ज्वर इत्यादि होता था। प्रार्थना समाप्त होने पर, कुछ बड़े कक्षा के छात्र घूम-घूम कर, हमारे नख, दांत और कपड़े इत्यादि का निरीक्षण करते थे। उपस्थिति रजिस्टर से नाम पुकारे जाते थे और जो बच्चा अनुपस्थित रहता, उसे बुलाने के लिए कुछ छात्रों को भेजा जाता। उसके बाद हम अपनी- अपनी कक्षाओं में जाते और अच्छे बच्चों की तरह अनुशासित रूप से बिना शोर शराबा किये, पढ़ाई करने में ध्यान देते थे। बीच-बीच में कोई लघु शंका के बहाने अथवा थूकने के बहाने उठकर बाहर को जाता और लौटने पर .जांच अधिकारी के संपर्क में सूचना देता था।

रिले साइकिल में बैठकर, हाथ में घड़ी, घुटने तक शर्ट और साफ सुथरी धोती पहनकर, किसी के स्कूल के मुख्य प्रवेश द्वार के पास साइकिल से उतरने मात्र से ही गदाधर मास्टर और नारायण मास्टर दौड़ पड़े। हम लोगों

के बीच फुसफुसाहट होने लगी। देखो जांच अधिकारी आ गए। हम अत्यंत भद्र भाव से बैठे, स्वयं को संयमित कर, स्लेट अथवा कागज के ऊपर पहाड़ा पढ़ने लगते।

प्रत्येक छोटी कक्षाओं में, दो बड़ी कक्षाओं के छात्र निगरानी करने के लिये नियुक्त होते थे।

गांव के लोगों की तरफ से आए हुए नींबू और चीनी से शरबत तैयार किया जाता था। पुरुषोत्तम मिठाई वाले के पास से लाये मिठाई, गुलगुले इत्यादि एक प्लेट में सजा कर परोसे जाते थे। कुछ समय ऑफिस में बैठने के बाद जांच अधिकारी गदाधर मास्टर के साथ कक्षाओं के निरीक्षण के लिए बाहर आते थे। ऑफिस से लग कर बने हुए कमरे में पंचम श्रेणी के बच्चे पढ़ते थे। उसके पास ही चतुर्थ श्रेणी की कक्षा थी। और एक रूम को दो भाग करके द्वितिय और तृतीय कक्षा के बच्चे बैठते थे। और सबसे अंत में प्रथम श्रेणी के बच्चे बैठते थे।

जांच अधिकारी सारी कक्षाओं में घूमते हुय अंत में हमारी कक्षा में पहुंचे। हम सभी ने एक साथ खड़े होकर 'जय हिंद' किया। मेज के पास कुर्सी रखते हुए गदाधर मास्टर ने कहा - सर, यहाँ बैठिये।

कुर्सी की एक टांग टूटी हुई थी। उस जगह पर बांस का एक टुकड़ा कीलों के द्वारा जोड़ दिया गया था। कुर्सी को खींचकर लाने पर वह पैर थोड़ा टेढा हो गया और कुर्सी थोड़ा टेढा लगने लगा। अगर और कोई समय होता तो हम सभी हंस कर लोटपोट हो जाते। जांच अधिकारी ने उस ओर से अपनी नजर हटाकर, पहले बेंच में बैठी दुर्गा की वर्णमाला किताब उठा ली।

जांच अधिकारी बोले - क्यों बच्चों पढ़ाई तो अच्छे से कर रहे हो ना ?

कोरस गायक की तरह, हम सभी ने एक ही स्वर में कहा - जी सर।

उन्होंने कहा- मैं कुछ प्रश्न पूछूं, तो उत्तर दे पाओगे ना ?

जी सर।

वर्णमाला की पृष्ठ के ऊपर अपनी दृष्टि दौड़ते हुए जांच अधिकारी ने कहा - जिसे भी उत्तर पता होगा, वह अपने हाथ ऊपर करना। मैं जिससे पूछूं वही उत्तर देगा। समझे तो ? फिर कहा -कमल का अर्थ क्या होता है ?

कितनों ने तुरंत ही हाथ ऊपर किया और कुछ एक दूसरे का मुंह ताकने लगे। कल, नल, अनल तो हमने किताबों में पढ़ा था। मगर इसका क्या अर्थ है ?पढ़ते

समय तो नारायण सर ने ऐसा कुछ नहीं बताया था। हाथ उठाये भरत को जांच अधिकारी ने इशारा करते हुए कहा -तुम बोलो।

वह खड़ा हुआ।

तुम्हारा नाम क्या है ?

अं….. ऊं……… मे… रा नाम …भ.. अं.. र.. त प ढ़ी आ …..री।

ओ भरत अच्छा-अच्छा। बताओ तो बेटा कमल का क्या अर्थ होता है ?

क….म…ल का मतलब ..एं …भरत ने अपना हाथ रगड़ा ….।

ठीक है बैठो। दूसरी बच्ची की और इशारा करते हुए उन्होंने पूछा -तुम्हारा नाम क्या है ?

सेवती अपने फ्रॉक का डोर पकड़े हुए खड़ी हुई और कहा मेरा नाम सेवती परमाणिक है। मेरे पिताजी का नाम श्री मंगली परमाणिक है। पाठशाला के पास ही मेरा घर है। पोस्ट सखिनी… जामादेइपुर…।

ठीक है, ठीक है, पर तुमने कमल का अर्थ तो कहा नहीं।

सेवती ने अपने फ्रॉक की डोरी को मुंह में डालकर चबाना आरंभ किया और झूलते झूलते कहा -हमारे मंगला मंदिर में जो पूजा करता है, उसका नाम कमल पुजारी है।

उस डोर को मुंह से बाहर करो - धमकाते हुए जांच अधिकारी ने कहा।

सेवती ने आंखें मल कर रोना आरंभ किया।

गदाधर सर ने उसे आंखें दिखा कर बैठने का इशारा किया और जांच अधिकारी की नजरें बचाकर बाहर खिड़की की ओर इशारा किया। कुछ बच्चों ने सर उठाकर खिड़की के बाहर देखने की कोशिश की। आखिर खिड़की के बाहर क्या है ?खेल का मैदान, कुआ, बरगद का पेड़, तालाब, तालाब में तैरते वनमाली दादा जी के बतख। और कमल का अर्थ….. ? खिड़की के बाहर जाते बच्चों को देखकर उस समय ऐसा अनुभव हो रहा था जैसे खिड़की के बाहर कमल का अर्थ खड़ा हुआ हो।

मधु ने चंचलता पूर्वक अपना सर उठाकर, खिड़की से बाहर देखा। सच में जैसे वही अकेली ही गदाधर कर के इशारों को समझ पाई हो।

तुरंत ही उसने कहा -सर मैं जवाब दूं।

अच्छा बोलो।

कमल का अर्थ होता है -महादेव का सांड।

जांच अधिकारी हंसने लगे और खिड़की के पास जाकर, बाहर की ओर देखा। बाहर मैदान में सांड घास चर रहा था। मैदान के एक तरफ, एक बहुत बड़ा तालाब था। तालाब में हंस तैर रहे थे और असंख्य कमल खिले हुए थे।

जांच अधिकारी खुश होते हुए बोले - वाह !यह तो बहुत सुंदर तालाब है। खिड़की के पास से लौटते हुए कहा -ठीक है बच्चों। अच्छे से पढ़ाई करो और अच्छे इंसान बनो। तुम्हारे सर तुम्हें कमल का अर्थ समझा देंगे।

जांच अधिकारी पाठशाला के कागजात इत्यदि देखकर लौट गए।

उनके जाने के बाद पाठशाला का दृश्य ऐसा था -

गदाधर सर ने हाथ में बेंत पकड़कर कक्षा में प्रवेश किया। मेज पर जोर से बेंत का प्रहारकर कहा -अरे गधों ! कमल का मतलब महादेव का सांड होता है ना ?तुम गधी लड़की यही समझी। छीं छीं मेरा सर शर्म से झुका दिया। और तुम सेवती परमाणिक, तुम्हारे पिता का नाम मंगुली परमाणीक, तुम्हारे दादा का नाम......। तुम्हारे चौदह पीढ़ी परमाणिक ......। अरे मूर्ख कमल का अर्थ मंदिर में पूजा करने वाले पंडित का नाम होता है ? सभी घुटनों के बल बैठ जाओ। याद कर लो कमल, कमल का अर्थ पदम होता है। मैंने क्या कहा ?

कमल का अर्थ 'पदम' सर -हमने जोर से कहा।

घुटनों के बल खड़े सुभद्रा ने मुझसे फुसफुसा कर पूछा - पदम का अर्थ हमारे तालाब में खिलने वाला पदम फुल तो ?

मैंने कहा - हां, हो सकता है।

कमल का अर्थ नहीं आता था इसलिए घुटनों के बल खड़े होकर हमारा घुटना दर्द करने लगा। फिर भी बचपन कितना अच्छा था। सरल और निष्पाप बचपन।

इसी निम्न और प्राथमिक स्कूल से पढ़कर कितने ही सूर्यकांत, चंद्रकांत, निधियां, बुढ़िया, शेखर, रवि, शंकर प्रताप पास होकर गांव से शहर गए थे।

मगर उनमें से कितने वापस लौटे ?कितनों ने लौट कर गांव की उन्नति में हाथ बंटाया ?गांव के सुख-दुख में अच्छे -बुरे में कमर कसकर मदद करने बाहर निकले। छात्रवृत्ति परीक्षा में पूरे जिले में प्रथम आए शंकर को एक दिन नारायण मास्टर ने पूछा - बेटा तुम बड़े होकर क्या करोगे शंकर ने कहा -डॉक्टर बनूंगा। गरीब लोगों की सेवा करूंगा। दुखी - दरिद्रों की मुफ्त में चिकित्सा करूंगा।

शंकर सच में बड़ा होकर डॉक्टर बना। परंतु कभी भी गांव जाकर किसी भी रोगी से, उसका हाल-चाल पूछा क्या, कि तारु दवाई खाने के बाद कैसा लग रहा है ? चिंता मत करो, तुम जल्दी ही ठीक हो जाओगे। रोग ग्रस्त मनुष्य के कांपते हाथों में दवाई देने के लिए शंकर के पास आज समय कहां है ?कृषि वैज्ञानिक बन जाने के बाद प्रताप ने कभी, एक दिन भी खेत में खड़े होकर गांव के किसानों को सलाह दी कि उन्नत खेती कैसे की जाती है ?आशा आश्वासन के साथ माता-पिता को गांव में छोड़ निशिकांत गोई का एकमात्र पुत्र कभी, उनके बुढ़ापे का सहारा बने गांव आया क्या ? जर्जर कांपते बूढ़े पिताजी को कभी छाती से लगाकर कहा क्या - पिताजी, चिंता मत करो, मैं हूं ना, मेरा हाथ पकड़ो। अंतत: पिताजी ही उसके पास कुछ बातें करने गए। लेकिन उसके पास पिताजी से बात करने का समय नहीं था। टूटे हृदय के टुकड़े बटोर निशिकांत गोई, गांव लौट आए।

टूटते जा रहे हैं रिश्ते, टूटते जा रहे हैं मिट्टी के घर, टूटते जा रहे हैं संयुक्त परिवार। हो सकता है, कुछ दिनो के बाद लोग उंगली दिखाकर कहें -देखो वहां पर तीन पीढियां का संयुक्त परिवार रहता था। ऐसे लोग भी थे, जो घूम घूम कर सभी के अंदर खुशियां बांटते थे। गांव के प्रत्येक घर के दरवाजे खुले रहते थे। सभी बहुत अंतरंग थे और आपस में बहुत अपनापन था। वे स्वयं की परेशानी भूल, दुख - कष्ट भूलकर, घर, गांव और मनुष्य को संवारते थे। घिस -घिसकर मानवता को चमकाते थे। और हृदय से प्रेम बांटते थे। उन्हें पता नहीं था कौन अपना है और कौन पराया। खुशी और आनंद से सब का घर आंगन महक रहा था।

हमारे ही घर की बात ले लो - मेरे पिताजी के, हम चार बेटा - बेटी थे।

दो बेटे विदेश में व्यापार कर पैसा कमाने गए हैं, जो गये है। जिनकी प्रतिक्षा में मां अभी तक बैठी है कि सोना चांदी हीरा मोती लेकर उसके बेटे एक दिन गांव लौट आएंगे। घर भरा पूरा लगेगा। रसोई घर में दिन रात चूल्हा जलता होगा। बच्चों के कोलाहल से घर कांप उठेगा लेकिन उसके बेटे विदेश में ही अटक कर रह गए। पता नहीं, कैसी माया जाल है ?कैसा सम्मोहन है ?कैसी जादूगरी है ? जिसने उसे सब कुछ भुला दिया। मां की ममतामयी गोद, उसकी मिठी लोरी, हृदय को पिघला देने वाले, उसके आंख के गर्म आंसू ?

हमारे घर के जैसे ही पृथ्वी के अनेक घरों का हाल होगा। सभी के घर एक ही प्रकार के दृश्य अभिनीत किये जा रहे होंगे।

अपने-अपने चिंता में मग्न, हम दोनों आगे पीछे होकर चुपचाप रास्ते पर चले जा रहे थे। अचानक रूपा खड़ी हो गई। मेरे भावनाओं के डोर उलझ पड़े। उसने मेरे हाथ को खींचते हुए मुझे कुछ दिखलाया। हम गांव के पाठशाला के पीछे वाले मैदान और एक तरफ खड़े बरगद के पेड़ के आसपास खड़े थे। मैंने रूपा के इशारे की ओर, बरगद के पेड़ के नीचे देखा।

वहां पर एक लड़का और एक लड़की खड़े थे। वह एक दूसरे के बातों में इतने मग्न थे कि हम वहां पर खड़े हैं, इस बात का भी होश उन्हें नहीं था। बात करते-करते अचानक उस लड़के ने लड़की के कंधे से ओढनी खींच ली। कृत्रिम क्रोध से लड़की ने हाथ बढ़ाकर, जब ओढनी मांगी, तब लड़के ने ओढ़नी हाथ से ऊपर कर दिया। वाह ! गांव में भी खुल्लम - खुल्ला चल रहा है, सिनेमा का दृश्य। मैंने रूपा की ओर देखा। उसने भी मुझे अपने प्रेमी की फोटो दिखाई है। हो सकता है शहर में रूपा अपने प्रेमी के साथ, जो सब करती हो, गांव में यह लड़की वही सब कर रही है। केवल परिवेश ही भिन्न है, मगर चरित्र समान है।

मन ही मन सोचा -सब कुछ बदल गया। लोग भी बदल गए। पता नहीं क्यों ? मैं नहीं बदल पाई। दादी के संरक्षण में पली-बढ़ी हुई नातिन, मां की आज्ञाकारी बेटी होकर रह गई।

गांव के लिए, गांव में रह रहे लोगों के लिए, हमेशा दौड़ती - फिरती थी। एक दिन छुट्टी मिली नहीं की गांव आने का मन होता। हमेशा रात के अंधेरे में गांव के जुगनू, चांदनी रात की बातें, अंतिम रात्रि में चांद के डूब जाने पर गांव के चेहरे की बात, गांव के घर की महक को, याद कर अधीर होती रही। दिन के उजाले में कष्ट पाया। क्यों ? क्यों ?

रूपा का हाथ पकड़ कर धीरे से कहा -चल घर को लौट चलें और कहीं जाने की इक्छा नहीं हो रही है।

रूपा ने भी धीरे से कहा - जानती हो, वह किसकी लड़की है ?गणनाथ दादा के बड़े बेटे की लड़की है वह। पांडिचेरी में रहकर पढ़ाई करती थी। अभी ६ महीने हुए हैं, गांव लौटी है। गांव के सरपंच है, ऊपर से महाजनी का कारोबार है। राजनीति में भी बहुत ऊपर तक पहुंच है। इधर बेटी पूरे गांव में तहलका मचा रही है। और वह लड़का, नीचे मोहल्ले के रामदास का बेटा है, जो मैट्रिक तक पास नहीं कर पाया है। पारादीप में ठेकेदारी करता है। लड़का खूब पैसा कमाता है। उसके पिता ने अभी दो

बीघा जमीन खरीदी है। सड़क के ऊपर पक्का घर बनवा रहा है। बीच-बीच में लड़का गांव आता है। और गांव में यह सब नाटक चल रहा है।

मैंने, पीछे मुड़कर चलना आरंभ कर दिया।

गणनाथ दादा गांव के सबसे धनी और सम्मानित, उच्च कोटि के ब्राह्मण थे। अचलाचल संपत्ति के मालिक थे। उनके घर के बच्चे पाठशाला में दूसरे बच्चों से अलग बैठते थे। पाठशाला में उनके लिए अलग से व्यवस्था होती थी। घर लौटने पर उनके बच्चों के कपड़े धोए जाते थे। बस्ती और पुस्तक -कॉपी पर गंगाजल छिड़के जाते थे। उनके कुंए या तालाब से जन सामान्य को पानी लेने की मनाही थी। जिस रास्ते में गणनाथ दादा चलते, उस रास्ते से उनके अलावे कोई जाए, यह वे बर्दाश्त नहीं कर पाते थे। एक बार उनके खेतों में काम करने वाला हरि गोछायत, उनके बरामदे तक चला गया तो, उसे कान पड़कर उठक- बैठक करवाया गया, ऐसा लोग बताते हैं।

इस कुलीन ब्राह्मण घर की नातिन बावरी लड़के के साथ स्वांग रचा रही है, वह भी दिन दहाड़े, खुले मैदान में, सबके सामने।

चुपचाप मैं घर लौट रही थी। मेरी छाती के अंदर, मेरी सांस फूली जा रही थी।

आगे मोड पर अचानक गदाधर सर मिल गए। उनके ही हाथ से मेरा विद्या आरंभ संस्कार किया गया था। मैंने उनके पैर छुए। उन्होंने मुझे नहीं पहचाना। कुछ देर तक मुझे ध्यान से देखने के बाद उनके चेहरे में चमक आई। बुढ़ापे ने उन्हें कमजोर कर दिया था। आंखें कमजोर हो चुकी थी।

बिटिया कब आना हुआ ?अच्छे से है, ना ? बच्चे कितने हैं ? दामाद क्या करते हैं ? बड़े ही आग्रह के साथ, इतने सारे प्रश्न, एक साथ पूछ डाले। उनकी सभी बातों का उत्तर देने के बाद, मैंने पूछा -आप कैसे हैं सर ? आजकल क्या करते हैं ?

८ वर्ष हो गए सेवानिवृत हुए। अभी तक पेंशन का कोई ठिकाना नहीं। दौड़- दौड़ कर थक गया। अब कहीं जाने-आने का मन नहीं करता। शरीर भी साथ नहीं दे रहा है। ४ साल हो गए उसको गए। आंख में अच्छे से दिखाई नहीं देता। रात को तो बिल्कुल ही दिखाई नहीं देता। मेरा बड़ा बेटा तुझे याद है। तुम्हें क्या बतलाऊं ?अब वह घर नहीं आता। जब तक उसकी मां थी, कभी-कभार आ जाता था। तीन चार वर्ष हो गए, घर में पैर भी नहीं रखा है। कोलकाता से उसने जो बंगाली लड़की लाई

थी, कुछ दिन हुए वह एक ट्रक ड्राइवर के साथ भाग गई। लोग बता रहे थे आजकल दिन रात शराब के नशे में धुत्त रहता है।

उससे छोटे बेटे को स्नातक पास करने पर भी, जब नौकरी नहीं मिली, तो राजनीति करने लगा है। साथ में गुंडागर्दी भी करता है। मारधाड़, फौजदारी इत्यादि सभी बदमाशी में सबसे पहले उसका नाम आता है। और मैं कर ही क्या सकता हूं। यही सब बचा था देखना, इस बुढौती में। अचानक ही मेरे मुंह से निकल गया और माणिक, सर की लड़की जो मेरे साथ ही पढ़ती थी।

तुम्हें याद है माणिक ? उस अभागिनी के बारे में क्या बताऊं ? दामाद के मन मुताबिक दहेज नहीं दे पाया था। ससुराल की यंत्रणा नहीं सह पाई और कनेर पीसकर पी लिया। पेट में ७ महीने का बच्चा था। कंधे में पड़े मैले गमछे से उन्होंने अपनी आंखें पोंछी।

कभी यही गदाधर सर हाथ में हमेशा बेंत पकड़े चलते थे। उन्होंने कितने ही बच्चों को इंसान बनाया। लेकिन अपने स्वयं के एक भी बच्चे को योग्य नहीं बना पाये। यह भाग्य की विडंबना नहीं, तो और क्या है।

सूर्यास्त होने को था। सर को जाने की जल्दी थी क्योंकि गांव के रास्ते उबड-खाबड थे, ऊपर से अंधेरा होने से बहुत मुश्किल होती थी। फिर अंधेरे में उन्हें कुछ भी दिखाई नहीं देता था। मैंने सर के पैर छुए। मेरे सर पर उन्होंने अपना हाथ रखकर आशीर्वाद दिया। उसके बाद एक गहरी निःश्वास लेकर वे चले गये।

निःशब्द पगडंडियों पर चलते-चलते हम घर को लौट आए। मां ने पूछा - ताऊ के घर सब ठीक है ना ? बहुएं क्या कह रहीं थीं ? रूपा ने कहा -दीदी वहाँ गई ही कहां ? पाठशाला के पास के बरगद के पेड़ के नीचे,

ब्राम्हण घर की बेटी डॉली और रामदास के लड़के सुदामा, को देखकर दीदी के तो होश ही उड़ गए और कहा चल घर लौटते हैं। लौटते समय रास्ते में गदाधर मास्टर से भेंट हुई थी।

दोपहर को खाना खा लेने के बाद खुशी, राजू के साथ कहीं घूमने गई थी। हमारे वापस आने तक, वह लौट कर नहीं आई थी। पूछने पर मां ने कहा - भूत तालाब, केवड़े के जंगल में सियार का घर, खेतों में केकड़े द्वारा बनाए गए गड्ढे, बरगद के पेड़ में रहने वाले ब्रह्मराक्षस को देखने के लिए गई है, तुम्हारी बेटी। और यह लड़का भी कुछ कम है, क्या ? और तुम्हारा भी कोई काम नहीं था, जो उसे

इधर-उधर की कहानियां सुनाती हो। तुम्हारी लड़की ने मेरा भी दिमाग कम नहीं खाया है। बाप रे !पता नहीं कैसे संभालती हो इस लड़की और उसकी बातों को ?

छोटी चाची के बुलाने पर रूपा अपने घर चली गई। मैं बरामदे में पड़े खाट के ऊपर बैठ गई। संध्या दीप देने के लिए मां बांती बना रही थी। साड़ी के आंचल को अपने गले से लपेट न जाने क्या-क्या बोले जा रही थी ?कौन से मंत्र पढ़ रही थी ?क्या आशीर्वाद मांग रही थी ?तुलसी के नीचे दीप रख, आंचल से आंखों को ढक कर घर के अंदर चली गई।

दुर्गा पूजा आरंभ हो गया था। जब हम छोटे थे, तो केवल सुजनपुर में ही दुर्गा पूजा होती थी। सुजनपुर में दादी का मायका था। आठ - दस किलोमीटर का रास्ता था। कभी-कभी बैलगाड़ी में, तो कभी-कभी पैदल ही हम दुर्गा पूजा देखने के लिए जाया करते थे। दादी के मायके में केवल एक विधवा बुढ़ी और उसका गुंगा बेटा गोविंद और उसका परिवार रहता था ।

दुर्गा पूजा के समय कभी-कभी गोविंद नाना, स्वयं आकर दादी को अपने साथ ले जाते थे। मैं और छोटा भाई .दादी के साथ जाते थे। कभी-कभी बिना बुलावे के भी दादी वहाँ जाती थी। छोटा भाई और मैं भी दादी के साथ जाते थे। वहां पर गोविंद नाना के बेटा -बेटी यदू और पदमा भी हमारे साथ शामिल होते थे। लगातार चार दिन हम दुकानें घूमते, आइसक्रीम खाते, झूला झूलते और पूजा छुटी का खूब आनंद उठाते थे।

तब बाजार में आइसक्रीम नया-नया ही आया था। छोटे भाई ने एक आइसक्रीम खाकर, दूसरा आइसक्रीम अपने तकिए के नीचे छुपा कर रख दिया था, बाद में खाएगा सोचकर। नींद टूटी, उठकर देखा तो आइसक्रीम पिघल कर, पूरा तकिया गीला हो चुका था। और तकिये के नीचे केवल आइसक्रीम की डंडी ही रह गई थी। आइसक्रीम की डंडी को देख - देख कर खूब रोया।

शाम को पेट भर खाकर गोविंद नाना के घर से चटाई लेकर, दुर्गा मंडप के पास हम बैठ जाते थे। रात में पाला (पारंपरिक लोक भजन) और जात्रा (लोक नाटक) होता था। जिस दिन कोई अच्छा नाटक होने वाला होता, उस दिन दादी और उनकी भाभी, जात्रा देखने पहुंच जाती थी। उस दिन हम पहले से ही सबसे आगे चटाई बिछाकर जगह संरक्षित कर लेते थे। शाम से ही इधर से उधर होते रहते थे। यात्रा में अभिनय करने वाले अभिनेताओं को सजते - संवरते देखते और जैसे ही नाटक

आरंभ होने का समय आता, पता नहीं कैसे नींद आ जाती थी। पैर लंबे किए हुए, दादी के पैरों पर सर रखकर सोते हुए, मैं कहती - जैसे ही नाटक आरंभ हो, मुझे उठा देना। मेरे बाद छोटा भाई, उसके पास गोविंद नाना की बेटी पदमा, और यदु भी सो पड़ते थे। पहले गाने बजाए जाते थे, फिर संगीत बजता था, उसके बाद नाटक आरंभ होता था। सबसे पहले राजा आते थे, फिर सेनापति और मंत्री के बीच घमासान युद्ध होता था। नृत्य के साथ दर्द भरे गीत सुनाई देते थे। दादी मुझे हिला-हिला कर उठाती और कहती। अरे उठो, देखो, नाच शुरू हो गया है। अंत में चिढ़ कर बोलती - घर पर तो सोना हैं नहीं, यहां मंडप आए हैं, सोने के लिए ।

नाटक दूसरे दिन सुबह समाप्त होता था। पूरी रात सो कर बड़ी मुश्किल से सुबह हम उठते थे। चटाई उठाते हुए दादी कहती -नाटक देखने के लिए आए थे या सोने के लिए ?अगली बार अगर मेरे साथ नाटक देखने आओगे तो, देखना।

उस समय गांव में बिजली की सुविधा नहीं थी। मंच के चारों ओर पेट्रोमैक्स लाइट जलाई जाती थी। जो की बीच-बीच में हवा चलने पर बुझ जाती थी या जोरों से जलने लगती थी और उसका घुंआ चारों ओर फैल जाता था। चटाई पर बैठकर नाटक देखने का अनुभव लेकर हम घर लौट आते थे। नाटक ना देख पाने का हम लोगों को थोड़ा भी मलाल नहीं होता था। आज इतने परिवर्तनों के बाद, वैसा सहज, सरल और दिव्य अनुभव कहां है ?

आजकल हमारे गांव के दूसरे तरफ के गांव मानपुर में भी दुर्गा पूजा होती है। वर्तमान में मानपुर एक बड़े बाजार के रूप में उभरा है। वहां पर पाठशाला, कन्या उच्च विद्यालय, महाविद्यालय, सिनेमा हॉल और दैनिक बाजार भी है। वहां पर सरकारी स्वीकृति प्राप्त दारू की दुकान, आदर्श हिंदू होटल, नादिर मियां की मटन दुकान, अमर साहू का अंडा दुकान, मोहन जेना का फोटो स्टूडियो, श्रीदेवी ब्यूटी पार्लर, गदा भाई पान दुकान, न्यू कट सैलून, नव कुमार टीवी रेडियो दुकान और भी कितनी ही चीजें हैं। ऐसा कि इस ग्रामीण बाजार में ऐसी कोई भी चीज नहीं है, जो ना मिलती हो ।

चंदा मांग कर, कोलकाता से मिस्त्री बुलाकर, एक महीने पहले से ही दुर्गा मंडप की तैयारी आरंभ हो जाती है। सभी जगह दूसरे से अच्छा मंडप बनाने की प्रतियोगिता चलती है। मानपुर दुर्गा पूजा के ठाठ-बाट देखकर, बोलांग गांव के लोगों ने भी कुछ वर्षों से दुर्गा पूजा आरंभ कर दिया है। उनके रास्ते से होते हुए जो भी वहां

से गुजरता उन से, बाजार के छोटे - बड़े व्यापारियों से जबरदस्ती चंदा वसूल कर पूजा के नाम पर मौज मस्ती की जाती है। अगर कोई विरोध करता या चंदा नहीं देता, तब तो उसकी अवस्था देखने लायक कर देते थे। हर जगह केवल राजनीति और गुंडागर्दी। किससे कहें? किससे न्याय मांगने जाय?

गांव के आधे पढ़े लिखे दुकानदार क्रिकेट मैच से लेकर विश्व सुंदरी प्रतियोगिता की बात, स्टॉक एक्सचेंज से लेकर इंटरनेट तक, सब प्रकार की आलोचना करने में सक्षम है। पहले गांव में कबड्डी खेला जाता था और अब क्रिकेट मैच। खेल-खेल में बात फौजदारी और कोर्ट - कचहरी तक पहुंच जाती हैं।

राजू एक बार बता रहा था, कि दो वर्ष पहले मानपुर युवक संघ की तरफ से आसपास के प्रयास बीस गांव के कुछ चुनिंदा दलों के बीच क्रिकेट मैच का आयोजन किया गया था। फाइनल में पहुंचे दो दलों के बीच, किसी बात को लेकर वाद विवाद हो गया। वाद - विवाद बढ़ते -बढ़ते मारपीट में बदल गया और मारपीट इतना बढ़ा कि दोनों दलों के समर्थक मैदान के ऊपर आकर मारपीट करने लगे। इस लड़ाई में कई खिलाड़ियों को चोट आई और कई दर्शक भी घायल हुए। दोनों गांव के बीच खूब खींचा तानी होने लगी और यह झगड़ा आज तक बरकरार है। पुलिस केस भी चल रहा है। बीच-बीच में कुछ समझदार लोग, इस लड़ाई का समाधान करने की कोशिश करते हैं लेकिन फिर से कोई ना कोई घटना घट ही जाती है।

दोनों गांव के लोग आमने-सामने आने से बचते हैं। जमीन जायदाद के मामले में झगड़े की बात मैंने सुनी थी। राजनीति को लेकर भी आपसी झगड़े होते रहते थे। लेकिन, भाईचारा और सौहार्द को बढ़ावा देने वाले माध्यम 'खेल' को लेकर भी अब गांव में लड़ाई- झगड़े होना आम बात हो गयी है।

दूसरी तरफ पढ़ाई - लिखाई का महत्व, क्रमश: कम होता जा रहा था। राजू कह रहा था, मानपुर कॉलेज में ?१००० देने पर, परीक्षा में आने वाले प्रश्न पत्र परीक्षा के एक दिन पहले मिल जाते हैं। अध्यापक पैसे लेकर उत्तर तक बता देते हैं। परीक्षा में नकल करना तो आम बात हो गयी है। और अगर कोई विरोध करता, तो मार खाना तो अवश्यंभावी बात है। ऐसे भी पढ़ाई करके कौन सी नौकरी मिलती है? जो पढ़ाई करके कोई बड़ा काम कर लेंगे। घर-घर में शिक्षित युवक बेकार बैठे हैं।

घर में काम करने के लिए दो मजदूर आए थे। ५० रुपये उनकी मजबूरी थी। जब उनके घर खर्च की बात पूछी, तो उनमें से एक ने कहा-घर के अन्य खर्चों

के साथ दस रुपये तो केवल सिनेमा देखने में चले जाते है। झोपड़ी हो या पक्के मकान सभी के छत पर, एंटीना जरूर दिखाई देता है। घर में दिन - रात टीवी चलता रहता है। छोटे-छोटे बच्चे भी अमिताभ बच्चन और आमिर खान को पहचानते हैं और क्रिकेट खिलाड़ी सचिन तेंदुलकर को भी। किंतु महात्मा गांधी कौन है ?पूछने पर बच्चा पलट कर कहता -केवल इतना बता दो कि कौन से फिल्म उन्होंने रोल किया था ? तो सही जवाब बता दूंगा।

राष्ट्र के भविष्य के उत्तराधिकारी से इससे अधिक और क्या आशा की जा सकती है। पिछले दिन की बात मुझे याद हो आई। हमारे पड़ोस के नवघन की बेटी के साथ खुशी खेल रही थी। खाने का समय हो गया था। इसलिए मैं उसे लेने गई। बरामदे के पास रसोई के ढलान में डॉली के पिताजी दोनों घुटनों के बीच मुंह दबाए बैठे हुए थे। उनके सामने नमक दानी और पानी रखा हुआ था। शायद वह नहाने के बाद भोजन करने बैठे थे। मैंने खुशी को बुलाया, मगर वह खेल छोड़कर आना नहीं चाहती थी। मैं वहीं खड़ी होकर उसके खेल के खत्म होने का इंतजार करने लगी ।

बहु जो भी बनाया है थोड़ा, परोस दो। भूख लगने लगी है। पखाल हो या भात - ताऊ जी ने कहा। तभी घर के भीतर से एक जोरों की आवाज आई -और थोड़ा रुक नहीं सकते। देख नही रहे, इतना अच्छा सीरियल आ रहा है। आदमी आराम से कुछ देख भी नहीं सकता। जब देखो खाना बनाओ, खाना परोसो और खाना खाओ।

मैंने देखा ७० से अधिक आयु के बूढ़े ताऊजी ने थरथराते हाथों से लोटा पकड़ कर, गिलास में पानी डाला और घट - घटकर पी लिया। फिर जमीन का सहारा लेकर उठ पड़े। कंधे से सरकते गमछे को बाएं हाथ में लेकर, धीरे-धीरे बरामदे में आकर, खाट के ऊपर बैठ गए। मेरे मुंह से अनायास ही निकल पड़ा -हे भगवान ! हम, यह किस युग में आ गए हैं ? क्या गलत है, क्या सही ? ७० - ८० वर्ष का वृद्ध ससुर, दोपहर के खाने की प्रतीक्षा कर करके अंत में केवल पानी पीकर खाने के स्थान से उठ पड़ा। क्या ट हमारे संस्कार, हमारी संस्कृति, हमारी परंपरा टीवी सीरीयल में बदल गये है ?

शहरी जीवन के जिस सभ्यता के अंदर, हमारा दम घुट रहा है। उसी सभ्यता, उसी संस्कृति और उसी खोखले आदर्श के पीछे आज सारा गांव पागल है। खेत- खलियान खाली पड़े हैं। खेती- बाड़ी करने का किसी को मन नहीं है। मेहनत करने की किसी की मनोवृत्ति ही नहीं रही है। घर के शिक्षित अथवा अशिक्षित बेकार

बच्चे चाय दुकान के सामने बैठकर ताश खेल रहे हैं या टीवी देख रहे हैं। खेल, सिनेमा, राजनीति तथा आलोचना कर रहे हैं। इतना पढ़ लिख कर खेत में जाकर अपने पैर कीचड़ में गंदे क्यों करें ? घर वालों ने उसे इतना पढ़ाया क्यों ? क्या खेत में काम करने के लिए ?

अभी हमारे गांव के तीन दिशाओं में सिंचाई योजना बनाई गई है। कम समय में फसल तैयार होने वाली धान की खेती की जा रही है। फसलों पर खाद और औषधि के प्रयोग किये जा रहे हैं। जिनकी जमीन के पास यह योजना है, वे लोग साल में दो-तीन बार फसल उगा रहे हैं। जिसकी जमीन नहीं, उसका कुछ नहीं। वे दूसरे की जमीन पर भागीदारी की खेती कर सकते हैं।

मुझे अभी भी याद है - उस समय मैं खूब छोटी थी। जब पहले पहल धान की खेती हमारे गांव में की गई। उस समय किसी ने भी अपनी रुचि नहीं दिखलाई। साल में एक बार धान की खेती होती थी। धान के किस्म के अनुसार किसी से अच्छे चावल, तो किसी से मुर्रा, तो किसी से लाई, तो किसी से महीन चावल की खेती, वर्ष में एक बार की जाती थी। खेती मौसम के अनुसार की जाती थी। उसी से ही एक साल का अनाज मिल जाता था। उसी से विवाह, उपनयन संस्कार, तीज त्योहार, खरीदारी और बाकी सारी सुविधाएं उपलब्ध हो जाती थी। रासायनिक खाद के प्रयोग और कीटनाशक दवाइयां से लोग अनभिज्ञ थे। घर में पाली गोधन के गोबर और अन्य पेड़ पत्तों से जो खाद बनाया जाता था। उसी का प्रयोग खेतों में करते थे। उन्नत प्रणाली के धान की खेती और दवाइयों का प्रयोग, खूब कम समय में अधिकाधिक मात्रा में फसल की प्राप्ति के लिए जरूरी था। धीरे-धीरे कुछ लोग इसका प्रयोग करने लगे।

खेती के साथ-साथ एक और नई घटना घटित हुई।

खेतों में रसायन पडने से खेतों का पानी भी विषाक्त हो गया। जिसे पीकर गांव के गाय बैल मरने लगे। लोमड़ी, कुत्ते और कुछ पक्षी भी मरने लगे। लड़ाई करके पूनिया जेना के बड़े बेटे ने एक बोतल कीटनाशक पीकर आत्महत्या कर ली। गांव की कितनी ही बहुएं और बेटियां मरी और उन्हे उठाकर डॉक्टरख़ाने ले जाया गया। इन रसायनों की विषाक्त सुगंध हवाओं में भी फैल गई थी।

लोग इस तरह की रासायनिक फसल का प्रयोग स्वयं न करके दुकानों में बेच दिया करते थे। गरीब लोग इन रासायनिक धान को कम कीमत में खरीद कर व्यवहार करने लगे। धनी वर्ग के कुछ लोग इस चावल को अपने बरामदे में भी

रखना उचित नहीं समझते थे। उनका मानना था कि इससे, उनके घर की लक्ष्मी चली जाएगी। त्योहारों की बात तो छोड़िए यह अनाज हमारे घर में भी स्थान नहीं पा सका। किंतु धीरे-धीरे ऐसा भी समय आया की मौसम के अनुरूप धान की फसल क्रमश: गौढ़ होती चली गयी और यह कम समय में उत्पन्न धान का फसल, प्रमुख हो गया।

मुझे याद है, मेरी दादी, मां या चाची मिट्टी के हंडी में तालाब के पानी से चावल पकातीं थीं। लकड़ी, पैरा, गोबर के कंडे और सूखे पत्तों से चूल्हा जलाया जाता था। मिट्टी के तवे पर चकुली या चितऊँ पिठा (ओड़िशा का एक पारंपरिक पकवान) बनाया जाता था। उस की महक ही कुछ और थी। उन पकवानों का स्वाद अनन्य था। जब से गृहस्थी संभाली है, अब तक मैंने उस भात के समान सुगंधित और उस तरकारी की तरह स्वाद खाना कभी नहीं खाया है। अब तो सभी प्रकार के फसलों में खाद और रसायन डाले जा रहे हैं। चावल और सब्जी के रूप में हम नीला जहर खा रहे हैं। मुझे लगता है, आजकल जितने प्रकार के रोग व्याधि हो रहे हैं, सब का मूल कारण है - वर्तमानमें प्रयोग किए जाने वाले खाद्य और विभिन्न प्रकार के प्रदूषण।

भोर में उठते ही दादी, बाल्टी- बाल्टी भरकर गोबर पानी घर के चारों ओर छिड़क कर झाड़ू लगाती थी। उसके बाद मुट्ठी दो मुट्ठी चावल आंगन में बिखरा देती थी पक्षियों के लिए। आज गांव के आसमान पर कौवे .नहीं उड़ते और ना ही सेमल के पेड़ पर तोते ही दिखाई देते हैं। अब आंगन में कबूतर भी नहीं घूमते। राजकीय अंदाज में अब काली चिड़िया, गाय के पीठ पर सवार होकर कीड़े मकोड़े नहीं खाती और ना ही रात होने पर सियार की आवाजें ही सुनाई देती है। बचपन में बिलाव की आवाज सुनकर, मैं डर से दादी की गोद में छिप जाती थी। प्रत्येक पहर मे बन बिलाव आवाज देकर गांव के लोगों को समय बताता था। देखो यह रात का प्रथम प्रहर है और अब द्वितीय प्रहर।

थोड़ा कुछ खाओगी, क्या ?

मैं चमक पड़ी। मां मेरे पास खड़े होकर मुझसे खाने के लिए पूछ रही थी।

चिला बना दूं, तुम्हारे खाने के लिए ?या झाल मुढ़ी बना दूं ?

कहते ही नाक के पास से कच्चे सरसों के तेल, प्याज, मूंगफली, नारियल के टुकड़े, हरी मिर्च का सुगंध तैर गया। ठीक है, अभी मुरमुरे ही बना दो। रात के खाने में चिला खाऊंगी।

शाम से लाइट नहीं थी।

दुर्गा पूजा के चमक - धमक में, कहीं कुछ बड़ा हादसा हो गया था। बरामदे में लालटेन जल रही थी। मैं खाट से उतरकर नीचे कोठार में आ गयी। सर के ऊपर आसमान में सितारे झीलमिल कर रहे थे। चारदिवारी के पास पिताजी के द्वारा लगाए गए, अर्जुन और देवदार पेड़ के पत्तों के बीच से चांदनी और सितारों की स्पष्ट रोशनी जमीन पर झर रही थी। ऐसा लग रहा था मानो, जमीन पर अरबी भाषा में किसी ने कुछ लिख दिया हो। बीच-बीच में चांद सफेद बादलों के पीछे छिप जाता था। रसोई घर की दीवारों पर अशोक वृक्ष की परछाई पड़ रही थी। हवाओं के झोंकों से हिलती उसकी शाखाएं और प्रशाखाएं जैसे आपस में कोई गुप्त बातें कर रही थी। पता नहीं क्यों ? मैं एक अनकही सी वेदना से कष्ट पा रही थी, जिससे मेरा दम घुटा जा रहा था।

सुबह रूपा के बुलाने पर मेरी नींद टूटी।

ए दीदी !आज अष्टमी है। दुर्गा अष्टमी का व्रत नहीं करोगी ? .रूपा ने पूछा। मैंने अंगड़ाइयां लेते हुए कहा -नहीं रे, तुम्हारे जीजा जी ने मना किया है, व्रत उपवास करने के लिए। उपवास कर, मेरे इस सुंदर शरीर को कष्ट देना नहीं चाहते।

मैंने पूछा -खुशी किधर गई ?

रूपा ने कहा -चूहे के बच्चे को दूध पिला रही है ।

पिछली रात को ही राजू उसके लिए दो लाल-लाल चूहे के बच्चे लाया था। उनकी आंखें भी नहीं खुली थी। झाड़ियां के अंदर पत्तों के ऊपर, जंगली चूहे ने बच्चा दिया था। उन्हीं को खुशी के लिए, उठा लाया था।

बचपन में हम भाई बहन धान काटने के समय धान के बोझ के नीचे से, ऐसे ही छोटे-छोटे चूहे के बच्चे पकड़ लाते थे। दो-तीन दिन हम उसके पीछे ही लगे रहते थे। छोटे से हांडी के अंदर कपड़ा बिछाकर उनके लिए घर बनाते थे। मुर्रा, भात, दूध, धान और नारियल के खोपड़ी में पानी देते थे। इतनी सावधानी बरतने के बाद भी चूहे के बच्चे एक - दो दिन के भीतर मर जाते थे। उनके मरने के एक-दो दिन तक बहुत दुख होता था। मगर जैसे ही परशु भाई हम लोगों से इससे भी अच्छे चूहे के बच्चे लाने का वादा करते, हम अपना दुख भूल जाते थे। उसके बाद धीरे-धीरे हम लोग चूहे के बच्चे की बात भूल जाते थे।

आलस तोड़ते हुए मैं उठी। बगीचे की ओर से मां की आवाज़ सुनाई दे रही

थी। शायद, खुशी से बात कर रही थी। मैं कुएं की ओर गई तो देखा खुशी, दुखी मन से वहां पर बैठी हुई है। राजू उसे सांत्वना दे रहा था। कल दो चूहों के बच्चों में से एक बच्चा मर गया था। उस पर लाल चीटियां लग गई थी। मेरी बेटी दूसरे चूहे के बच्चे को उठाकर, एक नारियल के खोपड़ी में उसके लिए बिस्तर बिछा रही थी। मां परेशान होकर राजू पर गुस्सा हो रही थी कि वह क्यों इतने छोटे और दुर्बल बच्चों को घर लेकर आया ?

राजू ने कहा -यह छोटे-छोटे चूहे के बच्चे बिल्कुल भी अच्छे नहीं हैं। उन्हें खिलाओ, पिलाओ और बड़ा करो। फिर उसकी गंदगी भी साफ करो अबकी बार एक बड़ा चूहा ला कर दूंगा। तुम उसे भुवनेश्वर, अपने घर ले जाना। वह तुम्हारी बात मानेगा। तुम जो बोलोगी वही करेगा।

खुशी को अपनी मां की बातों पर पूरा विश्वास था, मगर उसका चेहरा बहुत दुखी दिखाई दे रहा था। जैसे ही उसने मुझे देखा उसका चेहरा रोने - रोने जैसा हो गया। मां देखो, कैसे इन दुष्ट चीटियों ने इसे काट लिया और वह मर गया। यह चीटियां बहुत बदमाश है। तुम उन्हें मारो। मैंने उसके सर को सहलाते हुए कहा -तुम्हारे मामा ने कहा तो है, तुम्हारे लिए एक बड़ा चूहा पकड़ कर लायेंगे। हम उसे अपने साथ ले जाएंगे। उसे खाने के लिए चना, मक्का, मटर, धान सब कुछ देंगे। वह तुम्हारी बात मानेगा। तुम्हारे साथ पाठशाला भी जाएगा। तुम उसे अपने स्कूल बैग में भरकर ले जाना। बहुत मजा आएगा। उसका ध्यान बांटने के लिए, मैंने फिर से कहा -कल, मामा के साथ कहां-कहां घूमने गई थी ?तुमने क्या-क्या देख, जरा मुझे बताना ?

जानती हो मां कल हम भूत तालाब की ओर गए थे। वहां पर ताल पेड़ के ऊपर अपने बच्चों के साथ रहने वाली चिड़िया के घोंसले देखें। उनके एक मंजिल, दो मंजिल और तीन मंजिल वाले भी घर हैं। इश्‌ कितने सुंदर। और क्या-क्या देखा, मामा तुम ही बताओ ना ?

अर्जुन पेड़ पर लटके चमगादड़, बरगद पेड़ का ब्रह्मराक्षस, पूजा की छुट्टियों में अपने मां के घर गया था। अगली बार जब छुट्टी में खुशी गांव आएगी, तब उससे मिलेगी।

मैंने हंसते हुए कहा - अरे ए !झूठे कहीं के। मेरी बेटी को बेवकूफ बना रहा है ?

तुम्हें किसने कहा था, ऐसी कहानी बताने को ?मां जैसी कहानी सुनाने में,

लड़की तो उससे भी दो कदम आगे। कहानी बताते समय तो बहुत मजा आ रहा था, अब मैं तुम्हारी कहानी के पात्रों को कहां-कहां से खोज कर लाऊं। वे सब वास्तव में थे, तो?

खुशी फिर कहीं ना चल दे, यह सोचकर मैं जानबूझकर चुप रही। राजू बोला और जो सब बाकी है, तुम्हारा मामा तुम्हें दिखलाएगा।

चूहे के बच्चे का दुख भूल कर अबकी बार खुशी ने मां को पकड़ा -नानी, नानाजी बाजार से लौटते समय जिस भूतनी को लाए थे, वह कैसे मछली साफ करती थी? झाड़ू लगाती थी?आपके सभी काम में सहायता करती थी आज मुझे वह सब बात बताना।

ठीक है, ठीक है, तुम नानी और नातिन गपशप करते रहो। मैं चली मंजन करने। नहाने के बाद, चिला खाकर मोहल्ले में घूमने जाऊँगी।

तभी छोटी चाची ने पुकारा -बिटिया जल्दी से दांत साफ करके, नहा लो। गरम-गरम इडली बन कर निकला है। आ के गरम-गरम खा लेना।

जब तक, मैं नहा कर आयी, छोटी चाची ने तरह-तरह के पकवान परोस दिए थे। रूपा पता नहीं कहां से चली आई और आकर मेरे पास बैठ गई।

मैंने कहा - क्यों रे?अब अष्टमी का उपवास नहीं करना है। पकवान देखते ही मुंह में पानी आ गया। लोभी कहीं की।

मैं क्या उपवास नहीं करती? मगर मां ने मना कर दिया।

झूठी कहीं की, तुमसे जीता नहीं जा सकता। अब क्या, तुझे अच्छा दूल्हा मिल पायेगा?

इडली, खाते-खाते मैंने देखा -एक दुबली पतली स्री, हवा से हिलते डुलते पत्तों की तरह, हमारे बगीचे में घुसी चली आ रही है। उसने मुझे देखते ही कहा -अरे ! आश्चर्य, तुम कब आई? अगर बता दिया होता, तो मैं पहले ही आ गई होती।

मैं उसे देखते ही रही। जैसे कोई अपरिचित ने भूल से, मुझे और कोई समझकर, पुकारा हो।

मैंने धीरे से रूपा से पूछा -यह कौन है?

रूपा ने फुसफुसाते हुए कहा - मागुणी ताऊ की बहु है।

कैसी दिख रही थी ?मैं अपने आंखों पर विश्वास नहीं कर पाई। मुझसे एक या दो वर्ष ही बड़ी होगी। चेहरे की हड्डियां उभर आई हैं। उसके हाथ दो बांस की तरह

दिखाई दे रहे थे। चमड़े के नीचे नसों के जाल दिखाई दे रहे थे। पूरे शरीर में केवल हड्डियां ही हड्डियां दिखाई दे रही थी, जैसे मेरे सामने हिलता-डुलता कंकाल खड़ा हो। सही में चंपा भाभी का कंकाल ही मेरे सामने खड़ा हुआ था।

कभी हरिया भाई की सुंदर पत्नी थी, चंपा भाभी। हमारे बगीचे से फूल लेने आई थी। अष्टमी पूजा के लिए देवी के पास प्रसाद जो भिजवाना है।

जब मैं पांचवी कक्षा में पढ़ती थी, तब यह लड़की हमारे गांव बहू होकर आई थी। बारह-तेरह वर्ष की कुमुदिनी फूलों के चेहरे वाली लड़की। मागुणी ताऊ की बड़ी बहू। जब हम बहू देखने गए, तब उसके गोल-मटोल चेहरे को देखते ही रह गए, टोना करने वाली दृष्टि से। हंसने पर उसके गालों पर पड़ते गड्ढे, उसकी सुंदरता में चार चांद लगाते थे। आह! कितनी सुंदर बहू। उसे देखकर हमारा मन ताई जी के दिए हुए, मिठाई से भी मीठा हो जाता था।

धीरे-धीरे यह नयी बहू, पुरानी हो गई। चेहरा पहले से और ज्यादा सुंदर हो गया। चंपा भाभी के बच्चे भी हुए। छुट्टी होने पर, मैं कभी-कभी उनसे मिलने, उनके घर जाया करती थी।

मुझे देखकर वह बहुत खुश होती थी। जल्दी अपने सारे काम खत्म कर, सज धज कर मेरे पास आकर बैठ जाती थी। कितना सम्मान, कितनी बातें और गपशप का सिलसिला चल पड़ता था। उनके मायके गांव के निकट ही समुद्र था। पाइन के जंगल, पान की खेती, सुपारी और नारियल के पेड़ से शुरू होकर, बात उनके घर की बिल्ली पर समाप्त होती थी।

कभी-कभी, भाभी मुझे अपने हाथ के बने हुए रुमाल या अपने हाथ से कढ़ाई किए हुए, तकिये के खोल तथा ताल पत्र से तैयार की गई चटाई दिखाती थी। रुमाल में वह तरह-तरह के फूल काढ़ती, तकिए के खोल पर 'स्वीट ड्रीम्स' या 'फॉरगेट मी नॉट' जैसी बातें भी कढ़ाई कर लिखती। तरह-तरह के आसन बनाना उसे आता था। रुमाल में फूलों वाली कढ़ाई कर उसने मुझे उपहार में दिया था। कहती थी - किसी को रुमाल उपहार में देने पर संबंध खराब होते हैं। इसलिए रुमाल के बदले मैंने उसे बारह आने दिया था। जब मैं पढ़ने शहर आयी, तो वह बहुत दुखी हुई। बहुत दिनों तक हमारे बीच चिट्ठियों का आदान-प्रदान चलता रहा। जब भी छुट्टियों में घर आई, तब उससे मिलने जरूर जाती। अपने कॉलेज की बातें, दोस्तों की बातें उसे बताती। मेरी पढ़ाई खत्म होते-होते, विवाह भी हो गया। ज्यादा गांव

आना नहीं हो पता था, इसलिए उनसे भेंट भी नहीं हो पाती थी। पिताजी के श्राद्ध के समय सुना -हरिया भाई की मृत्यु की खबर। खेतों में हल चलाते समय सांप ने काट लिया और उससे ही उनकी मृत्यु हो गई। उस समय भाभी के तीन-तीन बच्चे थे और सभी छोटे-छोटे थे।

मारुणी ताऊ के और भी दो बेटे थे। एक कोलकाता में किसी बाबू के बगीचे में काम करता था। घर में फूटी कौड़ी भी नहीं देता था। ना ही सुख-दुख में कभी घर ही आता था। वहां पर किसी बंगाली स्त्री को रखा था, ऐसा लोग कहते थे। छोटा बेटा कुछ काम नहीं करता था। अनेक बार मैट्रिक परीक्षा में बैठने पर भी पास नहीं कर पाया। ताई बहुत वर्ष पहले ही मर चुकी थी। ताऊ के पास थोड़ी बहुत जमीन थी। दो कमरे बनवा कर हरिया भाई अपना घर संसार अच्छे से चला रहे थे। कोई अभाव न था। मगर उनके मरने के बाद घर का नक्शा ही बदल गया।

घर का एकमात्र कमाऊ पुत्र के न रहने पर, हमेशा अभाव बना रहता था। आवारा घूमता हुआ देवर भी, भाभी को बातें सुनाने लगा। घर में उसे अकेले पाकर, हाथ लगाने से भी पीछे नहीं हटा। विवाह के समय, जो देवर छोटा बच्चा था। जिसने ठीक से चलना भी नहीं सीखा था वह आज देह की भूख क्या होती है, जान गया था। मां के समान बड़ी भाभी की कमजोरी का फायदा उठाने लगा था। वृद्ध पिता के सामने बिना लोक लाज के अभद्र बातें कह देता था। यह सब सुनकर भी ताऊजी चुप रहते। इतना बड़ा हष्ट पुष्ट बेटा, एक बात कहने पर दस जवाब देता। उसे, क्या ही बोले ? कितने शर्म की बात थी। जवान देवर मारपीट करने में भी संकोच नहीं करता। बात-बात पर हाथ उठाता था।

अंत में घर के एक कोने में चटाई बिछाकर तीनों बच्चों को गोद में लेकर, आधा पेट खाकर, दिन काटे मगर अपना सर नहीं झुकाया। ताऊ जी ने उसे एक मुट्ठी चावल भी नहीं दिया। उल्टा गांव वालों के सामने उसके चरित्र पर उंगलियां उठाई। और चरित्रहीन, कुलटा कहकर बदनाम किया।

भाभी घर घर जाकर काम करने लगी। किसी का मुर्रा फोड़ती, तो किसी के घर गोबर साफ करती। थोड़ा बड़ा होने पर बड़ा बेटा भी मजदूरी करने लगा। और दो बेटे में से एक अष्टम श्रेणी में, दूसरा चतुर्थ श्रेणी में था। अल्पायु में विधवा चंपा भाभी ने बड़ी ही मुश्किलों और संघर्षों से अपने बच्चों और अपना पेट पाल रही थी।

हम दोनों चुपचाप बैठे रहे। किसी के भी मुंह से एक शब्द नहीं निकला। इस

अनंत चुप्पी के अंदर ही भाभी के दुख यातना और प्रत्येक दीर्घ श्वास मेरे भीतर संक्रमित हो रहा था। ऐसा लग रहा था जैसे मेरे मस्तिष्क की सभी नसें फटी जा रही थी। भाभी खड़ी हो गई। मेरे दोनों हाथों को जोर से पकड़ कर कहा -मेरी कुटिया में एक बार जरूर आना, श्री। मैं तुम्हारी प्रतीक्षा करूंगी। चांडाली के घर, लक्ष्मी देवी के पैर पड़ने से, मैं धन्य हो जाऊँगी।

ऐसा मत कहो भाभी, मैं जरूर आऊंगी।

मां ने कुछ इडली और थोड़ा चावल बांधकर भाभी के हाथ में देते हुए कहा - ले जाओ बहू। तुम अगर नहीं भी आती तो भी, मैं राजू के हाथ बच्चों के लिये इडली जरूर भेजती। दुखी मत हो भगवान चाहेंगे तो सब कुछ सही हो जाएगा। किसी के भी सभी दिन सामान नहीं होते।

मां की यह बात सुनकर, मैं चमक पड़ी। यह किसके वाक्य थे ?यह किसकी आवाज थी ? दादी ?

दादी साक्षात मेरे सामने आकर खड़ी हो गई। उसके पीछे हासिल बुढ़ी, ठेला संथाल, पचा कंडरा की मां, ठकरा बुढ़ी और भी कितने ही चरित्र। समाज के असहाय गरीब कमजोर और दुखी मनुष्य हैं, यह लोग। इन लोगों का दुख - सुख, अभाव, असुविधा दादी मन लगाकर, बहुत आग्रह के साथ सुनती थी। समय-समय पर उनकी सहायता भी करती थी। किसी को भी वह घर से खाली हाथ, भूखे- प्यासे नहीं जाने देती थी। इनके लिए वह टूटे चावल, मुरमुरे, पुराने कपड़े, गमछे तथा चटाई सहेज कर रखती थी। इनके अलावा भी दूर गांव से आए भिखारी कोई चारदिवारी के बाहर से ही भीख मांगता, तो कोई बरामदे तक आ जाता था। और तो कोई - कोई बरामदे के ऊपर तक आ जाते और कहते -मां एक मुट्ठी चावल मिलेगा। कभी-कभी ऐसा लगता कि यह आवाज, केवल दादी को ही सुनाई देती थी। जो भी काम कर रही हो, छोड़कर दौड़ी चली आती। उसे ही पता था - कौन किस गांव का है, कौन निराश्रय विधवा है, और किसके बेटे -बहू ने अवहेलना कर वृद्ध काल में घर से बाहर कर भीख मांगने को मजबूर कर दिया है।

हमारे चौड़े बरामदे को पार करने के बाद एक दरवाजे के कोने में एक मिट्टी की हंडी टंगी रहती थी। जिसके अंदर चावल रखा होता था। उसमें एक कटोरी रखी होती थी। जिसे दादी मां सभी भिखारी के झोले में एक-एक कटोरी चावल देती थी। कोई थोड़ा मुरमुरा मांगता, तो कोई पखाल की आस लिए बैठा रहता। दादी

किसी को भी निराश होकर, घर से लौटने नहीं देती थी। वह गरीबों का पेट पहचानती थी। .

दूर गांव से एक लंगड़ा बूढ़ा आता था। उसके साथ उसकी सात -आठ वर्ष की नातिन आती थी। वैसे ही एक केवट की पत्नी भी आती थी। मछली और सूखी मछली बेचने के साथ - साथ मांग कर कुछ चावल और मुरमुरे ले जाती थी। एक मुसलमान बुढ़ी हासिली भी आती थी। हम बच्चे उसे नानी का कर बुलाते थे।

वह तरह-तरह के साग लेकर आती थी। कांदा साग, कड़वा साग, कच्चे आम, खट्टे जंगली फल, बेर इत्यादि लेकर आती थी। जैसे ही घर के अंदर घुसती हम सभी चील की तरह उसकी तरफ दौड़ पड़ते थे। उस बेचारी बुढ़ी को परेशान कर देते थे और उसकी टोकरी में खाने की चीजें ढूंढने लगते थे। जो भी मिलता नि:संकोच खा लेते थे। जब दादी की नजर हम पर पड़ती तब हमारी शामत आती थी। हमें नहा कर कपड़े बदलने पड़ते थे। दादी कहती - वे पठान लोग हैं। उनको छूने से सारा शरीर अपवित्र हो जाता है। बहुत दिनों तक मैं दादी की यह बातें समझ नहीं पाती थी।

तपती दुपहरी में बुढ़ी पखाल खाकर हमारे ढेकी कमरे में अपनी साड़ी बिछाकर सो जाती थी। हम भाई बहन उसके पीछे पड़े रहते। बुढ़ी अपने गले में चांदी का हसिया (अर्ध चंद्राकार चपटा आभूषण)पहने रहती थी। उसके गले का यह द्वितिया के चांद सा हासिया मेरे लिए आकर्षक का केंद्र था। उसने अपने कानों में दस से बारह बलियां पहनी हुई थी। उन बालियों में विभिन्न रंगों की मोतियां गुथी हुई थी। मैं उसके कान की बालियों के मोती गिना करती थी। जैसे ही दादी के कदमों की आहट सुनती, मैं झट से बुढ़ी से दूर जा बैठती थी।

धूप ढल जाने पर बुढ़ी उठती थी। दादी उसके आंचल में थोड़े चावल, कुछ टूटे हुए चावल, और एक कटोरी मुरमुरे डाल देती थी। हासिली बुढ़ी अपनी टोकनी सर पर उठा बगीचे से होते हुए चली जाती थी। मैं उसे पीछे से बुलाकर कहती - नानी अगली बार मेरे लिए सीताफल और बेर लाना। तुम्हारे जैसी बालियां भी लाना।

सिर हिलाते हुए वह थोड़ा हंस देती थी और पगडंडी पर उतरकर धीरे-धीरे आंखों से ओझल हो जाती थी।

संथाल गांव से कभी-कभी ठेला संथाल आता था।

गले तक हंडिया पीकर आता था। दादी को देखते ही दंडवत हो जाता था।

लाख कहने पर भी नहीं उठाता था। उठने पर भी थोड़ी-थोड़ी देर में प्रणाम करता रहता था। उसके दोनों पैरों में फाइलेरिया था। तथा उसमें गोल-गोल आलू के समान मस्से निकले होते थे। वह अपने इतने भारी पैर लेकर कैसे चलता होगा, इस बात से मुझे बहुत चिंता होती थी।

हम उसे गीत सुनाने को कहते और नाचने की जिद करते थे। बुढ़ा हंस देता और अपनी लकड़ी पड़कर ठक-ठक करके पैरों को आगे पीछे करते हुए नाचने लगता था। कभी सीधे-सीधे, तो कभी झुक झुक कर नाचता था। गाने की एक ही पंक्ति को बार-बार दोहराता था। उसका लंबा शरीर मोटे-मोटे पर चमकीला काला रंग और उसके चेहरे का विचित्र मानचित्र देखकर हम हंसते-हंसते लोटपोट हो जाते थे। लेकिन वह बड़े ही आग्रह से आगे पीछे झूम - झूम कर नाचता और पसीने से तर -बतर हो जाता था। दादी बाहर निकल कर डांटती - आहा ! बूढ़े आदमी के साथ मजाक क्यों कर रहे हो ? नचा - नचा . कर बेचारे को बहाल कर दिया। अरे ओ, उतना ही रहने दो और नाचने की आवश्यकता नहीं। लो थोड़े मुरमुरे खा लो और कुछ पिठा भी कहते हुए, दादी ने थोड़े मुरमुरे और पिठा उसके गमछे में डाल दिये। बूढ़ा मिट्टी में ही दंडवत हो जाता और हाथ जोड़ते हुए उठकर चला जाता था।

फिर आती थी, पचा की मां।

जब पचा तीन चार वर्ष का था। तभी पेड़ से खिसक कर उसके पिता की मृत्यु हो गई थी। एक घर को छोड़कर, उसके पास कोई जमीन जायदाद नहीं था। बेचारी विधवा स्त्री, दूसरों के घर काम कर अपना और अपने बेटे का भरण पोषण करती थी। भात से निकले मांड पी कर दिन कटती थी। बीच-बीच में हमारे घर चावल साफ करने या घर लिपने पोंछने आती थी। यद्यपि पोचा आठ - नौ वर्ष का हो गया था, फिर भी उसकी मां उसे गोद में उठाकर चलती थी। पचा चमगादड़ के बच्चे की तरह अपनी मां के गले में हाथ बांधकर उसकी छाती से लगा रहता था।

गर्मियों में खजूर पकने पर पचा की मां रोज हमारे घर पके हुए खजूर लेकर आती थी। उसके बगीचे में सात -आठ खजूर के पेड़ थे। अगर वह नहीं भी आ पाती तो पचा के हाथों खजूर भिजवाती थी। वह जिस दिन आता, हम उसके साथ खूब मस्ती करते थे। लगभग दस - बारह वर्ष का होते तक पचा नंगा घूमा करता था। अगर उसकी मां पहनने के लिए गमछा देती, तो वह उसे खोलकर अपने कंधे पर लटका लेता था, नहीं तो ओढ़ लेता था। हमारे घर अकेले आने से वह डरता था।

हमारा कुत्ता चीमा, उसको देखकर बिल्कुल बर्दाश्त नहीं कर पाता था और भौंक - भौंक कर थक जाता था।

उसके पीछे ही पड़ जाता था। वह जब भी हमारे घर आता गमछा पहन कर ही आता था। जब दादी उसे कुछ खाने को देती तो अपना गमछा उतार कर जमीन पर बिछा देता था। एक बार पचा को नंगा देखकर चीमा ने उसे खूब दौड़ाया। जब वह नहीं दौड़ पता, तो जमीन पर बैठ जाता और गमछे में बंधा चावल चीमा के सामने रखकर कहता - लो, पूरे चावल ले जाओ। तुम्हारे ही घर का चावल है। मेरे पास और कुछ भी नहीं है। यह गमछा भी ले जाओ, लेकिन मुझे छोड़ दो।

नंगा होकर पचा जमीन पर बैठा रहता था और उसके सामने गमछे में बंधा चावल रखा रहता था। चीमा उसके सामने अपने चारों पैर फैलाए पेट के बल सोया रहता था। अगर बच्चा थोड़ी भी हलचल करने की कोशिश करता तो चीमा भोंकते हुए खड़ा हो जाता था। सुबह से पचा वैसे ही बैठा हुआ है और उसकी पहरेदारी करते बैठा है चीमा। हम हंस-हंसकर लोटपोट हो जाते थे। दादी जब नहा धोकर तुलसी में पानी देने आई, तब उन्होंने यह दृश्य देखा। उन्होंने आकर चीमा को दो थप्पड़ मारे, तब कहीं जाकर चीमा ने पचा का पीछा छोड़ा। दादी ने हमें भी खूब डांटा।

हमारे यहां आने वालों में और एक था - ठाकरा बुढ़ा। उसे हम दादी का समाचार पत्र कहते थे। पास के गांव का था। छोटे कद काठी का, काले रंग के चेहरे वाला आदमी। उसके सर पर एक भी बाल नहीं था। पूरा का पूरा टकला था। चार बेटों का घर था। जब तक स्वयं कमा खा रहा था, तब तक सब ठीक-ठाक था। उसे बीच-बीच में वात ज्वर होता था। आधे से अधिक दिन वह कमाने नहीं जा पता था। ज्वर से कांपता बिस्तर पर पड़ा रहता था। उसकी पत्नी बहुत पहले ही स्वर्ग सिधार गई थी। बेटे पूछते नहीं थे। ऐसे में बूढ़े के पास लास्ट शर्म छोड़कर भीख मांगने के अलावा कोई रास्ता नहीं बचा। सारे गांव की खबर बूढ़े के जीभ के अग्रभाग पर रखी होती थी। जिस दिन वह हमारे घर आता, दादी उसके पास आराम से बैठकर पूरे गांव की खोज खबर लेती थी। शाम होने पर वह दो सेर चावल, मुरमुरे और बीड़ी पीने के लिए पैसे लेकर विदा होता था।

बीच-बीच में कभी दलाई घर की नई बहु घर आती थी। हमेशा उसके सर पर पल्लू रहता था। घुंघट के ऊपर से उसके नाक का लौंग चमकता रहता था।

वह आने से बांस के बने बाड़े के पास ही खड़ी रहती थी। कभी दरवाजा

खोलकर अंदर नहीं आती थी। जब उस पर किसी की नजर पड़ती तब उसके आने की खबर दादी तक पहुंचती थी। दादी उसे झिड़कते हुये कहती -अरे बिटिया जब इतनी दूर तक आई तो अहाते के बाहर क्यों खड़ी हो ?तुम्हें किसी ने अंदर आने के लिए मना किया है क्या ? आओ, आओ अंदर आ जाओ। बांस के बने दरवाजे को हटाकर धीरे से अंदर आ जाती थी। अंदर बाएं तरफ गौशाला के बरामदे में आते हुए वह कहती- दो दिन से आने का सोच रही थी, लेकिन घर की हालत ऐसी थी कि एक मिनट भी छोड़कर आना संभव नहीं हो पा रहा था। अब आपसे क्या छुपाऊं ?गांव वाले विचार करने के लिए बातचीत कर रहे हैं। अब तो कोई भी घर नहीं आता। मैं बहु जो ठहरी, कैसे जाऊं ?आप थोड़ा सुविधा देखकर आ जाएगी क्या ?उसकी आंखों से अविरल आंसुओं की बरसात होती रही। मैं मन ही मन सोचती शायद उसके पास खाने के लिए कुछ भी नहीं इसलिए भात या मुरमुरे खाने के लिए मांग रही है।

ठीक है, ठीक है, पहले रोना बंद करो। मैं कल जाऊंगी। आज तुम जाओ। थोड़े से चावल के टुकड़े पड़े हैं और थोड़ा मुरमुरा लेती जाओ।

दलाई घर की बहू थोड़ा साचावल और मुरमुरा लेकर चली गई। दादीलंबी सांस लेकर कह रही थी आह बेचारी कितने बड़े घर की बेटी है मगर उसके भाग्य में नियति ने यह क्या लिख दिया है ?

बहुत दिन पहले मां से दिल्ली घर बहू की कहानी सुनी थी। जदू दलाई का बेटा था रघु। जादू दलाई कोलकाता के एक छोटे से कारखाने में काम करता था। ६ महीने या साल में एक बार घर आता था। कोलकाता में बहुत पैसे मिलते थे। घर द्वारखेतको लेकर मां बेटा गांव में रहते थे। एक दिन खबर आई जादू दलाई राम के नीचे आकर मर गया। उसके बाद रघु कोलकाता गया। उसकी मां गांव मेंअकेली रह गई। बेटा बीच-बीच में घर आता था। पंद्रह - बीस दिन रहकर फिर से कोलकाता लौट जाता था। एक बार जब रघु गांव आया तब उसकी धूमधाम से शादीकर दी गई। बहु बड़े घर की बेटी थी। उसका पिता खूब धनी व्यक्ति होने के साथ-साथ गांव का मुखिया भी था।

विवाह के बाद कुछ दिन रहकर, रघु कोलकाता लौट गया। गांव में रह गए सास और बहू। बीच-बीच में रघु गांव आता था। लेकिन कुछ दिनों से ना ही उसकी चिट्ठी आई, ना ही रघु ही आया। कोई खबर नहीं मिली। किसी ने कहा -रघु ने

कोलकाता में एक और स्त्री रख ली, तो किसी ने कहा रघु कोलकाता में भीख मांगते हुए घूम रहा है। उसे कुष्ठ रोग हो गया है। इसीलिए लज्जावश वह गांव नहीं आ रहा है।

विधवा मां, बेटे को खबर दे दे कर चिंता में मर गई, मगर वह नहीं आया। बहु को मायके ले जाने के लिए उसके पिता और भाई अनेक बार गांव आए मगर खाली हाथ लौट गए। बहू ने कहा -अगर मैं चली गई और वह वापस आ गए तो ?घर पर अकेली नई बहू, रघु के प्रतिक्षा में पड़ी रही।

सच में एक दिन शाम के अंधेरे में बहू ने देखा घर के बाहर एक आदमी खड़ा हुआ है। वह था, कुष्ठ रोग से ग्रसित यदु दलई का बेटा, रघु दलई। बहू ने चिमनी की रोशनी में उसका मुंह देखा। उसकी उंगलियां गल चुकी थी। पूरे शरीर पर मवाद और रक्त से भरे घांव थे। अपने आंसुओं को रोक कर बहू ने अपने पति परमेश्वर की खूब सेवा की बिना किसी घृणा भाव के।

हमारे घर दलई बुढ़ी का आना जाना था, जिससे बहू मेरी दादी को धर्म मां मानती थी। धीरे-धीरे पूरे गांव में यह बात फैल गई की रघु कुष्ठ रोग लेकर कोलकाता से गांव लौट आया है। उसे गांव और जाति से अलग कर दिया गया। बिना किसी प्रतिरोध, बिना किसी अपराध के, बहू गांव वालों का आदेश सर आंखों पर रखकर, पति की सेवा में लगी रही। दादी गांव वालों की बातों पर ध्यान न देते हुए, उस असहाय बहू की सहायता करती रही और ढाल बनकर उसके सामने खड़ी रही। बीच-बीच में उसे देखने उसके घर जाती और कुछ सामान भी दे आती थी। एक बार ऐसा हुआ कि ग्राम पंचायत में दादी की बात उठी। गणनाथ नाना जी इस बात पर आ गए कि हमारे घर को भी अलग समाज निकाला दे दिया जाए। दादी दौड़ते हुए पंचों के पास गई और कहा -यह गांव है या शमशान और तुम सब गिद्ध। खबरदार !अगर यह विषय पंचायत में उठाया। मैं चुप नहीं रहूंगी। तुम लोग संभाल पाओगे तो ?विचार स्थल में निरवता छा गई। दादी अलग ही व्यक्तित्व की थी।

अंततः रघु दलाई मर गया और उसकी पत्नी ने आत्महत्या कर ली। आह.......। मेरे दीर्घ श्वांस लेने से निकली वायु, वायुमंडल में मिल गई। बरामदे में आते ही मां ने कहा -इतनी देर से यहां पर अकेली ही बैठी हो ? मैंने सोचा -तुम छोटी चाची के घर की तरफ चल दी होगी, शायद ?तबीयत अच्छी नहीं लग रही क्या ? मैं जानती हूं, मैंने मना भी किया था, मगर तुम मेरी बात सुनती कब हो ? तालाब में नहा

लिया, उसी से ठंड लग गयी। अब मैं क्या करूं ? राजू.. ओ राजू... देखना जरा, चंद्र मोहन है क्या ? दीदी के लिए जरा दवाई ले आना।

मैंने चिढ़ते हुए कहा -क्यों बेकार में हल्ला कर रही हो ?

चंपा बहू की बात सुनकर बहुत बुरा लगा। बेचारी ने इतनी कम उम्र में कितने दुख और कष्ट सहे। उसे नहीं देखती, तो शायद विश्वास भी नहीं कर पाती।

उसकी बात छोड़ो। अब धर्म - वर्म कुछ भी नहीं रहा। श्याम प्रधान की अस्सी वर्षीय बूढ़ी मां की बात सुनकर, तुम अपने सर पर हाथ मरोगी। सभी अपने-अपने रास्ते चले गए। सारे सुख सुविधाओं का उपभोग कर लिया। सभी अपने-अपने स्वार्थ में डूबे हुए किसी को किसी के बारे में सोचने की फुर्सत ही नहीं थी।

श्याम प्रधान की कमजोर बूढ़ी मां के आंखों के सामने, कुछ ही दिनों के अंतराल में बेटा-बहू दोनों मर गए। केवल एक लंगडी नातिन ही रह गयी थी। दो-तीन बकरी और कुछ मुर्गियां पालकर वह दुख - सुख से अपना और अपनी नातिन का पेट पालती थी। वार्ड मेंबर ने उसे बहला-फुसला कर कहा -मैं तुम्हारा सरकारी भत्ता करवा दूंगा। सरकार तुम्हें हर महीने पैसे देगी, लेकिन कुछ पाने के लिए कुछ देना पड़ता है। तुम अपनी एक बकरी मुझे दे दो।

बुढ़िया को विधवा भत्ता दिलाने की बात कह कर, उसने, उसकी एक स्वस्थ बकरी लेकर, मोहल्ले के कुछ लड़कों के साथ दावत उड़ाई। बुढ़िया बीच-बीच में जाकर भत्ते के बारे में पूछती - बेटा मैं तो और उठ बैठ भी नहीं पा रही हूं। जितना भी पैसा हो, मुझे कुछ दे दो। पता नहीं भत्ता कब मिले ?

अरे नानी !तुम्हारा पैसा कब का आ चुका है। मगर रास्ते में कहीं अटक गया है। सरकार की बात है, हमारे तुम्हारे बस की बात थोड़े ना है ?अगली बार जाकर भत्ता बाबू से बात करूंगा। खबर मिलते ही तुम्हें जाकर स्वयं बताऊंगा। आज तुम जाओ ।

चार सप्ताह बीत जाने पर बुढ़ी फिर से वार्ड मेंबर के घर हाजिर हो गई और कहा- देखो बेटा, जब सरकारी पैसा आएगा तब तुम ले लेना, लेकिन अभी घर चलाने के लिये, तुम मुझे कुछ पैसे दे दो।

अगड़ी फिर से इधर-उधर की बातेंकर बुढ़िया को वापस भेज दिया। अब बिना पैसों के बुढ़िया का घर चलना दुबर हो गया। ऊपर से नातिन बुखार में पड़ी है। उठते - बैठते बुढ़िया अगड़ी के घर जाती और अपने पैसे मांगती। अगड़ी ने उसे गाली

देकर वापस कर दिया। बदले में बुढ़िया भी खूब सारी गलियां और अभिशाप देकर वापस आ गई। दूसरे दिन बुढ़िया फिर से गई। पैसे मांगने पर उसे रास्ते में घसीट कर खूब मारा, उस राक्षस ने। किसी ने भी इसमे विरोध में अपना मुंह नहीं खोला। क्योंकि वह राजनीतिक नेता था। ज्वर में पड़ी हुई, उसकी नातिन मर गई। उस दिन से बुढ़िया का दिमाग खराब हो गया है। रातदिन घर के सामने बैठकर रोती रहती है और अभद्र भाषा में गालियां देती रहती है।

और क्या बोलूं? क्या केवल श्याम की मां ही उनके अत्याचारों की शिकार थी? बिरजू नायक अपने घर में पड़ा पड़ा मर गया। जब उसका शरीर सड गया, तब उसकी गंध से लोगों ने जाना। जब तक बेटे आए, तब तक चार दिन बीत चुके थे। घर के अंदर बाहर चारों तरफ कीड़े रेंग रहे थे। क्या यही जीवन है। बेटी ?

घर के अंदर से वीणा के बुलाने पर, मां जल्दी-जल्दी घर के अंदर चली गई। मैं बरामदे में खाट पर बैठी, कितनी ही बातें सोचती रही।

भत्ता करवाने के बदले में वार्ड मेंबर अगड़ी पनियारी ने बुढ़िया की बकरी निगल ली और बिरजू नायक की दयनीय मृत्यु की बात सुनकर, मेरा मन दुख से भर जाने के साथ-साथ अचानक एक बात याद आई, जिससे मेरे अंतर्मन से हंसी की लहर दौड़ पड़ी। और वह गले तक आते-आते धीमी पड़ गई। मैं मन ही मन हंसने लगी।

एक बार हम सभी भाई-बहन एक साथ गर्मी की छुट्टियों में गांव आए थे। गांव आने पर छोटे भाई के पैर जमीन पर नहीं थे। वह कभी ड्रामा करता, तो कभी अपने दोस्तों के साथ पिकनिक मानता। एक बार उसने और उसके दोस्तों ने भोज के लिए दामोदर नाना को कैसे परेशान किया, यह बात मुझे याद हो आई।

परीड़ा मोहल्ले के दामोदर नाना अधेड़ उम्र के व्यक्ति थे। उनके दो बेटे थे जिनमें से एक घर जमाई होकर किसी दूसरे गांव में रहता था और दूसरा गांव में ही रहता था। मगर बूढ़े से अलग रहता था।

बूढ़ा बहुत कंजूस था। ब्याज में पैसे लगाकर महाजनी के कारोबार से अच्छे पैसे कमा लेता था। इसके अलावे भी बूढ़े की एक और कमजोरी थी। बूढ़े के पीठ पीछे गांव के लोग बातें करते थे कि शाम होने पर बूढ़ा सपेरों की बस्ती या कभी मछुआरों की बस्ती में जाया करता था। जाति-अजाति कुछ भी नहीं मानता था।

बूढ़े की इस कमजोरी के बारे में गांव के लड़कों को पता था। छोटे भाई ने

अपने दोस्तों के साथ मिलकर प्लान किया कि वह भोजी करेंगे, वह भी दामोदर बूढ़े के पैसों से। कार्तिक 'वेज घर' नौटंकी पार्टी में लड़की का अभिनय करता था। सज धज कर साड़ी पहन कर वह एकदम महारानियों के जैसा दिखता था। तय किया गया कि कार्तिकेय अपनी भूमिका निभाएगा। निखिल दलाल की भूमिका निभाएगा। उसने दामोदर बूढ़े के पास जाकर कहा -नाना जी, कोलकाता से मानपुर एक बढ़िया माल आया है, अगर आप कहें तो व्यवस्था करूं। कानों कान किसी को खबर नहीं होगी। आधे पैसे पहले और आधे पैसे काम होने के बाद देना होगा। दामोदर बूढ़े और निखिल के बीच सभी बातें तय हो गई। प्रधान घर के पिछले बगीचे में रात के ठीक दो बजे उस सुंदरी से बूढ़े नाना की मुलाकात होगी। बड़े ही कष्ट से दामोदर नाना ने निखिल के हाथ में २५ रुपए रख दिए। उन्ही पैसों से मुर्गी खरीदी गई।

दामोदर बुढ़ा दिन के दो बजे से ही बेचैन होने लगा। बार-बार निखिल से पूछता रहता। और इस तरफ लड़के, अपनी भोज की तैयारी में व्यस्त थे। कार्तिक सज -धज कर साड़ी पहन कर शाम को बगीचे में बूढ़े के साथ साक्षात्कार के लिए तैयार था। कार्तिक को बूढ़े के चंगुल से बचाने के लिए और दो लड़के झाड़ियां के पीछे छिपकर बैठे थे। तय हुआ जैसे ही कार्तिक बूढ़े से बकाया पैसे वसूल कर लेगा, वह दोनों झाड़ियां से निकलकर सामने आ जाएंगे। लोगों के डर से बूढ़ा भाग जाएगा और अगर बुढ़ा नहीं भी गया, तो कार्तिक भाग जाएगा। योजना के अनुसार सब ठीक-ठाक चल रहा था। निखिल के कहने पर बुढ़ा बगीचे में हाजिर हो गया। मिलते ही अचानक बूढ़े ने कार्तिक के ऊपर आक्रमण कर दिया। इस अप्रत्याशित आक्रमण के लिए कार्तिक बिल्कुल भी तैयार नहीं था। इस तरफ बूढ़े ने बाकी के पैसे भी नहीं दिए थे। कार्तिक की चित्कार सुनकर झाड़ियों में छिपे लड़के बाहर निकल आए। घबराहट में दामोदर नाना कुछ समझ नहीं पाए और भागने लगे, तभी एक पत्थर से टकराकर सर के बल पड़े। सर तो फटा ही फटा, साथ ही अर्धनग्न अवस्था में घर ले जाये गए। अनेक दिनों तक बिस्तर में पड़े रहे। गांव में इस बात का बहुत दिनों तक मजाक बनाया गया।

आज दामोदर नाना नहीं है। ना ही वह जमाना है, जिसमें लोग खुशी-खुशी भोज करते थे। आजकल दूसरों को धकेल कर, दूसरे के साथ विश्वासघात करने और लूटने की मानसिकता ने घर कर लिया है। चाहे वह गरीब स्त्री हो या रोजी करने वाला मजदूर। मन एकदम भी अच्छा नहीं लग रहा था। रूपा के साथ बात करने की

इच्छा हुई। कहां गई, यह रूपा ? मैं उनके घर जाने के लिए खाट से उतर कर खड़ी हुई।

अभी रूपा क्या कर रही होगी ?

छोटी चाची के कामों में मदद कर रही होगी ? या हाथ में कटोरी भर अचार पड़कर चाट रही होगी ? या कहानियों की किताब पढ़ रही होगी। या फिर कहानियों की किताब के बीच शशांक की फोटो रखकर देख रही होगी ? या बैठकर भविष्य के सुनहरे सपने देख रही होगी ? छोटी चाची से पूछा - चाची, रूपा कहां गई ?अपने कमरे में पढ़ाई कर रही है। - चाची ने कहा।

मैं धीरे-धीरे बिना आवाज किए, उसके कमरे में गई। एकाग्र भाव से बैठे-बैठे रूपा कुछ लिख रही थी। मैं चुपचाप उसके पीछे जाकर खड़ी हो गई। मगर उसका ध्यान नहीं टूटा। अचानक से उसके कंधे पर हाथ रखने से वह चमक पड़ी। क्या चल रहा है ? प्रिय शशांक आहा ! रूपा ने जल्दी से चिट्ठी पलट दी।

दिखाओ, दिखाओ और क्या लिखा है ?दिखाओ ना। प्रिय शशांक, तुम्हारे बिना मेरा जीवन व्यर्थ है।

तुमने तो कुछ किया नहीं। पिताजी मेरी शादी और कहीं कर देंगे। सच कह रही हूं, देखना, जहर खाकर मर जाऊँगी। तुझे ही उसका पाप लगेगा, इतना समझ लेना।

क्यों रे, तुमने तो दो ही दिन पहले मुझे यह बात कही। और इन दो दिनों के अंदर मैंने, कुछ नहीं किया, कह कर अधमरी सी हुए जा रही है। इन दो दिनों में तुझे इतनी तकलीफ हो गई ?

जाके पैर न फटी बिवाई, वो क्या जाने पीर पराई। तुमने तो कभी प्रेम किया नहीं। तुम मेरे दुख को क्या जानो ?

प्रेम न करने पर भी प्रेम क्या चीज है, क्या मुझे नहीं पता है ? अब तुम ही मेरे सामने खड़ी हो। और तुम्हारी अवस्था मैं अपनी दोनों आंखों से देख रही हूं। प्रेम को पाना बड़ी कठिन चीज है। तलवार की धार पर चलना पड़ता है। आदम और हव्वा से शुरू होकर, इतना लंबा रास्ता तय करके, अभी वह रूपा और शशांक शेखर प्रेम चुड़ामणी के पास पहुंचा है। पृथ्वी में सबसे ज्यादा लिखी गई हैं, प्रेम कहानियाँ, प्रेम की अवस्था, प्रेम की संज्ञा, स्वरूप और प्रकार भेद के संपर्क में। मैं सब समझ पा रही हूं।

तुम मेरा ऐसा मजाक उड़ाओगी अगर मैं यह जानती, तो तुमसे कभी भी अपनी बातें नहीं कहती।

अरे ए ! तुम ऐसा कैसे सोच सकती हो कि मैंने तुम्हारे बारे में कुछ नहीं सोचा ? सुनो मैंने एक बात सोची है, तुम्हें कैसा लगेगा पता नहीं। मैं चाचा जी के साथ बातचीत करूंगी बोलूंगी मेरे एक पहचान के मित्र हैं। उनका बेटा डॉक्टर है। वे अपने बेटे के लिए केवल एक अच्छी कन्या खोज रहे है। अपनी रूपा के लिए बात चलाऊं क्या ? वह क्या बोलते हैं पहले उनकी मानसिकता जान लूं, उसके बाद जाति - पाति की बात सामने लाऊंगी। अभी से जाति - पाति की बात कह कर बिना कारण, काम बिगाड़ने का मेरा मन नहीं है।

वाह ! मैंने तुम्हें यूं ही अपना गुरु नहीं माना है।

इस काम में क्या शशांक मेरा साथ देंगे ? यदि चाचा जी राजी हुए, तब उनके घर से प्रस्ताव आएगा। मैं थोड़ा देखभाल कर जाति की बात करूंगी। चलेगा तो ? रूपा सुंदरी, स्वर्ग की परी।

तुम्हारे जितना बुद्धिमान और कोई है भला ? पिताजी तुम्हारी बात जरूर मानेंगे। बस इतना कर दो मेरे लिए।

तथास्तु। काम बन गया, इतना जान। इसी खुशी में चलो कहीं घूमने चलते हैं। नहीं तो किसी पेड़ के छाये में बैठते हैं। और अगर वह भी नहीं, तो चलो, गांव में इधर - उधर घूमते ।

अभी जाएंगे या शाम को ? थोड़ा चिट्ठी पूरा कर लेती। - रूपा ने कहा।

और चिट्ठी की आवश्यकता नहीं। सीधे विवाह। तुम उसे, और एक भी चिट्ठी नहीं लिखोगी।

बेचारा मर जाएगा। चिट्ठी नहीं मिलने से सीधे घर जाकर पहुंचेगा। यही उसने मुझसे कहा है।

ठीक है। आने दो। मैं, हूं। अच्छा ही होगा, एक ही साथ में बहुत सारे काम बन जाएंगे।

नहीं नहीं पिताजी झमेला करेंगे।

जानती हो प्रेम करने से आदमी निडर होता है। तुम इतनी डरपोक क्यों हो ? अभी ही तो तुम कह रही थी अगर वह ना मिला तो जहर खाकर मर जाओगी। अच्छा बताओ तो, मरना एक साहसिक काम है या पलायन का अंतिम अस्त्र। एक

बार जान लो, जो डरता है, वह कभी भी स्वयं मृत्युवरण नहीं कर सकता। मेरे ऊपर भरोसा रखो, सब ठीक हो जाएगा। रात को लिखना..... अभी चल।

कहां ?

नायब तालाब की तरफ।

अब वहां पर क्या है ?

बहुत से खजूर के पेड़, नारियल के जंगल, ताल पेड़ की तीन बहने, कैथ, बेर, बांस के जंगल, केवड़े की झाड़ियां कोचिला और सहाड़ा के वृक्ष, नीम और अर्जुन के पेड़, सेमल के पेड़ का वेताल, बरगद के पेड़ पर झूलता हुआ ब्रह्मराक्षस और बहुत बड़ा जलकुंभी से भरा हुआ नायाब तालाब और उसके भीतर सो रहा यक्ष, सोना -चांदी, रुपए भरे हुए पीतल की हांडी। और क्या चाहिए तुम्हें ?

धत्, दीदी तुम्हारे दिमाग में अभी तक दादी की वह सभी बातें हैं ?

क्या इनके बिना जिंदा रहा जा सकता है, रूपा ?मेरी उम्र से, आधी है तुम्हारी उम्र। तुम जो देख रही हो, उससे कुछ अधिक ही मैंने देखा है, और पाया भी है। गांव के साथ तुम्हारे संपर्क और मेरे संपर्क में बहुत अंतर है। मेरे अनुभव से तुम्हारे अनुभव अलग है। अभी भी मैं अपने पिछले दिनों को खोजती हूं। उन दिनों के लोगों को याद करती हूं। जटिया ताऊ के बगीचे के कमरक, अमरूद तोड़ने का अभी भी मन करता है। परशु भाई से कहानी सुनने के लिए अभी भी मन मचलता है। बड़े भाई का प्यार, छोटे भाई की शैतानी, अभी भी मुझे याद आती हैं। बहुत कष्ट होता है।

हालांकि सब कुछ कितनी जल्दी बदल गया।

ठीक है बाबा, चलो।

सड़क से पगडंडी निकल कर, हमारे घर के सामने से गोल घूमते हुए, नायब के बगीचे के पास तक पहुंचता था। रेत से भरा रास्ता था। रास्ते के दोनों ओर बांस की झाड़ियां, बीच-बीच में बेगुनिया, सहाड़ा और हिजूल के वृक्ष थे। पगडंडी छायेदार थी। सुबह, दोपहर या शाम एक ही जैसा लगता था। सूर्य किरणें जमीन पर नहीं पड़ती थी । कहीं-कहीं सूर्य की किरणें पतली धार के मानिंद दिखाई देती थी और जमीन पर नजर डालो तो अदृश्य हो जाती थी। पगडंडी अंधेरा - अंधेरा और छायादार था। उस पर चलते समय ठंड लगती थी। हम दोनों उसी रास्ते से चलकर, नायाब के बगीचे की ओर जा रहे थे।

ब्रिटिश शासन के समय, एक नायाब थे। अकलन क्षमता और प्रचुर संपत्ति

का मालिक था। उन्हीं की जमीन थी यह। पांच छड़ एकड़ में फैला था, उनका घर। इस जमीन में उन्होंने सात कमरों का आलीशान बंगला बनवाया था। घर में खूब नौकर जाकर थे। नायाब खूब अत्याचारी था। अंत में ऐसा हुआ कि उसका पूरा खानदान बर्बाद हो गया उसका और उसका पूरा वंश नाश हो गया। अकूत संपत्ति जमा करने के बाद भी उसने मृत्यु का वरण किया। उसकी विधवा पत्नी कुछ दिनो तक घर जमीन - जायदाद, सोना - चांदी की रखवाली करती रही। घर में अकूत संपत्ति थी, मगर उसका उपभोग करने वाला कोई न था ? मिट्टी के अंदर कितनी संपत्ति उसने दबा रखी थी, जिसका कोई हिसाब न था। पूरा घर भूत कोठी बनकर रह गया था। घर में अकेली रह रही, उसकी विधवा भी एक दिन चल बसी। बुढ़िया के मरने के बाद, लोगों ने दोनों हाथों से संपत्ति लूटी और यक्ष बन गए। धीरे-धीरे सात कमरों का यह आलीशान बंगला खंडहर में बदल गया और रह गई, टूटी हुई कुछ दीवारें। जिस पर बिल्लियों और सांपों ने अपना घर बना लिया था। एक दिन नायाब बूढ़े के दूर के रिश्ते के एक भांजे ने घर बिक्री की बात की, तो मेरे दादाजी ने घर के साथ-साथ सारी ज़मीनें भी खरीद ली। निरवंशी जमीन थी, सब वैसा ही पड़ा रहा। हमारे पास तो घर और खेत पहले से ही थे। सोचा, खेती बाड़ी करने पर भविष्य में बच्चे ताड़ और नारियल खाएंगे। दीर्घकाल तक वैसे ही तिरस्कृत पड़े रहने के बाद, अंतत: दादा के, बड़े भाई के हिस्से में नायब बगीचा आया।

बाद में उनके बड़े लड़के गौरी ताऊ ने थोड़ी सी जगह की सफाई कर अपना घर बनाया था। लेकिन इसका प्रमुख हिस्सा बिना उपयोग के ही खाली पड़ा रहता था। हमारे बचपन, किशोर और आधे यौवन की जितनी भी रोमांचक घटनाएं हुई, सभी इसी नायाब के बगीचे में ही घटी। उसका बरगद का पेड़, सेमल का पेड़, ताल और नारियल के जंगल और यक्ष निवास तालाब को लेकर कितनी ही कहानी है। जिसका कोई हिसाब नहीं है।

कोई -कोई कहता था - भोर अंधेरे में शौच के लिए गए, कुछ लोग पानी लेने जब नायाब के तालाब गए, तो क्या देखते हैं - अंधेरे में तालाब के बिचो- बिच एक बहुत बड़ा घड़ा है। मगर इंसानों के पैरों की आहट सुनते ही वह घड़ा तालाब में डूब गया।

आषाढ़ में पहली बारिश होने के बाद जब बारिश रुक जाती है, तब तालाब की मछलियां ताजे पानी में सांस लेने ऊपर की ओर आती है। ऐसे समय में कुछ लोग

मछली चोरी के इरादे से गए, तो उन्होंने क्या देखा कि तालाब से नाले के जरिए पानी के साथ चांदी के सिक्के भी बहते हुए आ रहे हैं। ऐसा लग रहा था जैसे चांदी के सिक्के खुशी से पानी में खेल रहे हो। वह बेचारा मछली क्या पकड़ता, डर के मारे अपना जाल वहीं छोड़कर भाग आया।

कुछ लोगों का कहना था कि अंधेरी रातों में जब चारों ओर सुनसान हो जाता है, तब कुछ अजीब अजीब आवाजें सुनाई देतीं है। उसके बाद घुंघरूओं की आवाज आती है। घड़े में भर . भर कर सोने - चांदी, हंडियों में भरे सिक्के और परात -परात भर रुपए, पंक्ति में खड़े होकर छम छम नाचते हुए बाहर घूमने जाते हैं। एक मोटा जंजीर उनके गले में बंधा होता है। एक मोटा, काला, लंबी मूछ वाला आदमी उनकी रखवाली करते आगे -आगे चलता है। उसके कंधे में एक मोटा बांस का डंडा और हाथ में एक जलती हुई लालटेन पकड़ा होता है। उसकी आंखें चकरी की तरह गोल-गोल घूमती है। वह बीच-बीच में जोरों की दहाड़ मारता है। उसके पीछे एक पंक्ति में घड़े, हांडी, परात और अंत में एक बहुत बड़ा मुर्गा खड़ा होता है। उसके सर पर एक बहुत बड़ा जटा था। वह अपना सीना तान बड़ी ठाट - बाठ से इधर-उधर देख रहा था और अभिमान के साथ चल रहा था। यह अकूत संपत्ति पाने के लिए नायाब ने इस मूर्गे की बलि चढ़ाई थी। अब वह उसकी इस अकूत संपत्ति का रखवाला बना हुआ है। अगर किसी के आने की आहट होती, तो ये सारे घड़े जो लुढ़क - लुढ़क कर चल रहे थे, अचानक ही गायब हो जाते थे और उन सब के पानी में गिरने की आवाज सुनाई देती थी। दादी कहती थी -इस आत्मा ने कितनों की बलि ली थी, इसका कोई हिसाब नहीं। कितने तो पागल ही हो गए थे।

केवल नायाब तालाब, के सोने चांदी की ही कहानियां नहीं गढ़ी गई थी, बल्कि नायाब के बगीचे में खड़े पेड़ - पौधों की भी असंख्य कहानियां रची गई थी।

घर के किनारे कोने में एक बड़ा सा बरगद का पेड़ था। उसकी जड़े लंबी होकर जमीन के एक बहुत बड़े हिस्से तक फैल गई थी। उस बरगद के पेड़ में एक ब्रह्मराक्षस रहता था। रात की बात तो छोड़ो, वह दिन दहाड़े भी बरगद की नई शाखाओं पर अपने पैर फैला कर बैठा रहता था। उसके डर से कोई बरगद के पेड़ की सीमा को भी स्पर्श करने का साहस नहीं करता था। नायब तालाब के मेड़ पर एक सेमल का पेड़ था। उसके बगीचे में विभिन्न प्रकार की लताएं और इधर-उधर के पेड़ उग आए थे। उसके पास ही एक बहुत बड़ा दीमक का बांबी था। सेमल के

पेड़ पर बेताल रहता था और कैथ के पेड़ पर पिशाच। और बांस के झुंड में अनेक बांस के भूत रहते थे। और भी कितने ही प्रकार के भूत थे। धूसर धूमा, महाचंडी, रिंगेई, मिगेई, बाबना, ढिंकिया, चकिया, बाघरा। रात में तो ये सभी मन इच्छा विचरण करते ही थे, दोपहर में भी निर्भय होकर सभा बुलाते थे।

बहुत दिनों तक यह नायब की हवेली परित्यक्त होकर पड़ी रही। बाद में गौरी ताऊ ने इसके एक भाग में घर बनाया। मगर यह प्रमुख कोठी से दूरी पर था। अत: मछुआरे मोहल्ले के लोग, नायाब के तालाब में निर्भय होकर जाल डालते और तालाब के किनारो से कांदा और मदरंगा साग तोड़ कर मस्ती से पखाल खाते थे। कैथ तोड़कर चटनी बनाते थे। चोरी से मछली पकड़ कर, गरमागरम भात के साथ खाते थे। बांस की झाड़ियों में बने मधुमक्खी के छत्ते तोड़ ले जाते थे। ताड, बेर और खजूर तोड़ लेते थे। नारियल के पेड़ से नारियल तोड़ते थे। गौरी ताऊ के पिता, नायब के बगीचे के सामने की कुछ जगह में घर और कोठार बनाकर काम चलाते थे। पीछे के बगीचे में कभी कभार ही जाते थे। देखा जाए तो उस बगीचे का उपयोग, नीचे मोहल्ले के हरिजन, मछुआरे और बावरी लोग ही करते थे ।

अंधेरी रात में मछली पकड़ते, भोर में ताल और नारियल तोड़ने जाते थे। सबसे आश्चर्य करने वाली बात यह थी कि समाज के इन तथाकथित निम्न वर्ग के लोगों को ना ही ब्रह्मराक्षस खाता था, न ही जादू टोने से कोई खून की उल्टी कराकर मारता था। एक बार एक पगली, बकरी के बच्चे को बचाने के लिए तालाब में कूद गई थी। मगर फिर लौट भी आई। उसका तो कुछ भी बुरा नहीं हुआ।

गौरी ताऊ के बड़े बेटे शंकर ने नायब के बगीचे की जमीन के कुछ भाग की सफाई कर उसमें खेती-बड़ी करने की कोशिश की थी। अनावश्यक पेड़ पौधे काट कर साफ कर दिये थे। बरसों से खाली पड़े, उस जमीन को चारों ओर से बाड़ा बनाकर घेर दिया था। साफ सफाई होने के बाद, हम वहां घूमने जाया करते थे। वहां से बेर, इमली, आम, खजूर और बेल इकट्ठे किया करते थे। छोटे भाई मंगल के साथ केतकी के झाड़ियां के नीचे जाल बिछाकर पक्षी पकड़ा करते थे। मुलायम बांस की झाड़ियां से, बांस काट कर तीर बनाया करते थे। आम की नई शाखों में बैठकर रमजान मियां के बस का कंडक्टर बनने का साहस किया। हमने दूर से ही खड़े होकर सेमल पेड़ के वेताल और बरगद के पेड़ में झूला झूलने वाले ब्रह्मराक्षस का काल्पनिक चेहरा खोज लिया। इन सब के बावजूद नायब तालाब के उस मटमैले

पानी में, मैं एक बार भी पैर डालने का साहस नहीं जुटा पायी। मुझे ऐसा लगता था, जैसे सच में उस तालाब के अंदर एक विराट जंतु छिपकर बैठा होगा। और मैं जैसे ही उस पानी में पैर डालूंगी वह मुझे अंदर की ओर खींच कर ले जाएगा।

एक बार शंकर ने शहर से पानी सुखाने का मशीन लाया। लोगों ने कहा - नायाब तालाब, क्या कोई साधारण तालाब है, जो मशीन से उसका पानी सूख जाएगा ?मिशन चलाया गया और हम किनारे खड़े अचंभित होकर उसे देखते रहे ...कि कब तालाब का पानी सुखेगा। और तालाब के अंदर से निकलेगा यक्ष का सुरम्य उवास। घड़ा - घड़ा भर कर सोना, कौड़ी और उनके बड़े-बड़े मूंछों वाला चौकीदार और भी कितनी ही चीजें। एक पूरे दिन मशीन चलाने के बाद शाम को अचानक बारिश हो गई। अनेक दिनों तक बारिश लगी रही। लोगों ने कहा - अब शांति मिली तो ? नायाब तालाब वह भी कभी सुखेगा भला ? यह तो असंभव बात है। यह क्या कोई ऐसा -वैसा साधारण तालाब थोड़े ही है ?

धीरे धीरे समय बदल रहा था। और साथ-साथ हम सब भी बड़े हो रहे थे। हमारा बचपन, किशोर और आधे यौवन का साथी उस नायब बगीचे का चेहरा भी बदल रहा था। अनेक प्रकार के पेड़ -पौधों, वृक्ष -लताओं से समृद्ध नायब बगीचा क्रमश: श्रीहीन हो चला था। गौरी ताऊ के सभी बेटे अपने भरण पोषण के लिए दूर शहरों में नौकरी कर रहे थे। गांव में केवल अखिल ही रहता था। वही जमीन जायदाद की देखरेख करता था।

उनके बांस से बने दरवाजे को हटाते समय मैंने रूपा से कहा -यही से नायब बगीचे की सीमा आरंभ होती है। आगे क्या-क्या है ? यह सब मैं दादी और मां से सुना है। मैंने अपनी आंखों से जो भी देखा था, वही आज, मैं तुम्हें बताऊंगी।

रूपा ने कहा - तुम क्या आंखों देखा हाल बताओगी ?

मैंने कहा - हां।

हम अखिल के घर और कोठार को पार करते हुए पीछे की ओर चले आए। वहां पर अखिल की पत्नी, कपड़े सुखा रही थी। हमें देखते ही उसने घर के अंदर बुलाया, तो मैंने कहा - पखाल परोस कर रखो। बगीचे से घूम कर लौटने के बाद, मजे से खायेंगे।

तालाब के मेड़ पर चढ़ते समय, मैंने कहा - यहां तक नायाब का घर फैला हुआ था।

टूटे हुए दीवारों के अवशेष मैंने अपने बचपन में देखे हैं। एक खाली स्थान की ओर इशाराकर, मैंने कहा -जानती हो यहां पर एक आम का पेड़ था। आम तो आम उसकी पत्तियां भी बहुत सुगंधित थीं। एक आम खाने से ही पूरा पेट भर जाता था। हमने इस आम का नाम ही मधुआम रख दिया था। उसके आसपास और भी कितने ही आम के पेड़ थे। उनके गुणधर्म को देखते हुए उन्हें नाम दिया गया था। कोई लहसुन की तरह महकता था, तो कोई गोरी सुंदरी की तरह दिखता था। कोई आम कच्चे में ही स्वादिष्ट लगते थे, तो उसको नाम दिया गया कच्चा स्वादी, तो किसी पेड़ के आम इतने खट्टे कि उसे बंदर भी नहीं छूता था। वह देखो, वहां जो जगह देख रही हो ना, वहां पास -पास तीन ताड के पेड़ लगे हुए थे।

एक में खूब बड़े-बड़े और काले रंग के, मीठे फल लगते थे। दूसरे में सफेद और काले रंग के थोड़े कड़वे फल लगते थे और तीसरा जो वह उन दोनों पेड़ों के बीच में है, फल लगते ही नहीं थे। हम उन्हें तीन बहनें कहते थे। उनसे थोड़ी ही दूर पर था एक खजूर का पेड़, जिसमें अंगूठे जितने मोटे और छोटे बीज वाले फल लगते थे। इतने मीठे की एक खाने से ही मन भर जाता था। पास ही था एक साहाड़ा पेड़, एकदम हरा - भरा और गोल - मटोल। उस पेड़ पर हमेशा कबूतर बैठते थे, ठीक हमारे हाथ के पहुंच के पास ही। हम कभी-कभी उनके अंडों को हाथ में रखते थे।

दूसरी तरफ उस बांस के झूंड के पास, एक बेंत का जंगल था। गर्मियों में गुच्छे में बेंत के फल लगते थे। तुमने बेंत के फल खाए हैं ? हालांकि अब बेंत के पेड़ ही कहां है, जो उनके फल खाओगी ?

तालाब के पूर्व की तरफ के मेंढ़ के पास आस-पास दो कैथ के पेड़ थे। जिनमें से एक विशाल और ऊंचा था और दूसरा छोटा मगर हरा भरा था। बड़े पेड़ में बड़े-बड़े कैथ लगते थे और छोटे पेड़ में छोटे-छोटे। बचपन में इन पेड़ों के नीचे आधी धूप और आधी छांव में बैठकर घर से लाये नमक मिर्च मे लगाकर कैथ खाते थे। लेकिन अब खोजने से भी कैथ का फल देखने नहीं मिलता। और किसके बगीचे में कैथ का पेड़ है, बताओ तो ?

रूपा ने पूछा -और क्या-क्या खाया था ?

खजूर तो जो जितना खाए पर्याप्त मात्रा में मिलता था। एक बेर का भी पेड़ था। उसके अलावे भी कटीले बेर, आंवला, कुसुम और कितने ही प्रकार के खट्टे मीठे तथा नमक जैसा नमकीन पेड़ भी था। कभी खाया है और भी कितने ही प्रकार

के बेर के पेड़ थे। आज मुझे उनके नाम भी याद नहीं आ रहे हैं। उस उम्र में वह सब कितना स्वादिष्ट लगता था। थोड़े से फल के लिये सारे गांव का चक्कर लगाती थी। आज तो कोई मांगने पर एक नींबू भी नहीं देगा। तुम्हारे और मेरे समय में कितना फर्क है, देख रही हो ना, रूपा सुंदरी। मुंह से बात निकली नहीं कि सामने चीज हाजिर। फल मीठा और उसे देने वाले मनुष्य की भावनाएं भी मीठी। दोनों मिलकर और भी अधिक मीठे हो जाते थे। पूरे शहद के समान।

तालाब के पश्चिम दिशा की और वह जो नारियल का पेड़ दिखाई दे रहा है, ठीक उसके बाएं तरफ मेढ़ के नीचे केवल केवड़े के जंगल, बांस के झुरमुट के बीचो बीच खड़ा था, एक सेमल का पेड़। उस पेड़ में एक वेताल वास करता था। समझी तो.... ? वेताल....।

हां, टीवी में देखा है। विक्रम और वेताल सीरियल में राजा विक्रमादित्य का आधा जीवन वेताल को कंधे में लटका कर बीत गया था। दीदी, तुमने क्या सच में बेताल देखा है ?

देखा तो नहीं, मगर अनुभव किया है।

वह कहां गया ?

एक दिन वज्रपात में पेड़ के साथ वह वेताल भी मर गया।

और क्या-क्या था ?

उत्तर पश्चिम कोने में.....वहां पर एक विशाल बरगद का पेड़ था। अभी जो छोटा सा पेड़ देख रही हो, वह केवल उसका एक भाग मात्र ही है। उस पेड़ में ब्रह्मराक्षस रहता था।

सच में था ?

हां, दादी कहती थी।

तुम विश्वास करती हो, इन सब बातों पर ?

हां, खूब करती थी। मेरे समय में बेंत का बेर, कैथ, जंगली बेर, नमकीन बेर था। तुम्हारे समय में नहीं है। फिर दादी के समय में बेताल, यक्ष, भूत, ब्रह्मराक्षस का होना, कौन सी अनहोनी बात हो गयी ?

बदलते समय के साथ यह सभी खो गए। जैसे समय के साथ मनुष्य, पेड़-पौधे, स्नेह, आदर, अपनापन इत्यादि खो गया। नायाब जमीन के दक्षिण दिशा में बड़े-बड़े अर्जुन, नीम, काजू, आम, बेल इत्यादि के बहुत सारे पेड़ थे। रास्ते के पास एक

अऊ का पेड़ था। उसमें खूब बड़े-बड़े फल लगते थे। अत्यधिक मीठा और पक जाने से अत्यधिक सुगंधित। कुछ दिनों बाद वह पेड़ अपने आप मर गया। और थोड़ी दूर पर एक करंज का पेड़ था, जो रास्ते पर झुक गया था। इसी पेड़ की झुकी हुई डाली पर उद्धव जेना की विधवा बेटी अम्मी ने फांसी लगा ली थी। उसे भवानी कंपाउंडर ने नर्स बनाने का प्रलोभन देकर शहर ले गया था। शहर में दो रात रहकर उम्मी वापस गांव लौट आई थी। वह सरकारी चिट्ठी के प्रतीक्षा में थी। लेकिन कोई चिट्ठी नहीं आई.....पता चला वह गर्भवती है। दूसरे दिन सुबह लोगों ने देखा बेचारी लड़की ने बदनामी के डर से अपने साड़ी को गले में बांधकर, फांसी लगा ली थी। करंज पेड़ की झुकी हुई डाली, उसके शरीर के वजन से थोड़ी और झुक गई थी।

क्या किसी ने कुछ भी नहीं कहा ?

कौन क्या रहेगा ? कहां, उद्धव जेना की बेटी और कहां भवानी कंपाउंड। जिसके हाथ में ताकत होती है, वही जीतता है। साधारण मनुष्य लहूलुहान होता है, उसकी छाती फटती है, और वह कष्ट पाता है।

और नायाब तालाब.... ? ? ?

दादी कहती थी -नायाब के मर जाने के बाद जैसे उसकी सारी संपत्ति में जान आ गई थी और वे सभी यक्ष के अगुवाई में, तालाब के अंदर चले गए थे। तालाब के अंदर बहुत गहराई तक कीचड़ था। कीचड़ के नीचे गहराई में यक्ष का महल था। उस महल के अंदर मटको में भर भर कर सोना, चांदी, रूपए -पैसे रखे हुये थे। कभी-कभी उसका मन करता तो वह दान भी करता था।

तुमको भी कुछ दिया था क्या ?

कभी दादी के साथ, कभी छोटी बुआ के साथ, तो कभी छोटे भाई के साथ यहां पर आकर खड़ी होती थी। और मन ही मन कहती - दादी कहती है, तुमने बहुत सारे लोगों को रूपए - पैसे दिए हैं। पूर्ण भाई भी कहता है। मुझे भी थोड़े रुपए दे दो। मैं उन रूपयों से चनाचूर खाऊंगी। उस समय हम लोगों का सपनो की सीमा रेखा ही एक रुपए होती थी।

रूपा ने पूछा -मिलता था ?

मुझे कैसे मिलता ? मैं क्या सत्यवती थी, जो मुझे देता ? मैं तो एक नंबर की झूठी थी।

क्या, दादी मां जानती थी कि तुम झूठ बोलती हो ?

अरे केवल उन्हीं से तो बोलती थी। वह बेचारी मेरी बातों को सच भी मान लेती थी।

तुम भी तो उनकी सारी बातों पर आंख मूंद कर विश्वास कर लेती थी।

सभी बातों पर नहीं। कुछ-कुछ बातें बड़े होने पर मैं समझ चुकी थी। हो सकता है मेरे बचपन के लिए वही सही रहा हो। जैसे पेड़ पौधों के चलने वाली बात।

पेड़ों की चलने वाली बात ?अब यह क्या है ?

मृत्यु पर्यंत दादी मां को यह विश्वास था कि रात में जब सभी सो जाते हैं, तब पेड़ पौधे इधर से उधर चलते हैं। खाना खाकर, पानी पीकर, सुबह होते ही अपनी - अपनी जगह में पुन: खड़े हो जाते हैं। जब तक अकाल नहीं आई थी, तब तक मेरा भी यही सोचना था। इसलिए एक बेंत पड़कर मैं हमारे आंगन के हर सिंगार और मंदार के पेड़ों को मारती थी। जिससे मार का दर्द न सह पाकर, वह चल पड़े और वृक्ष कैसे चलते हैं, यह मैं अपनी आंखो से देख सकूं। मारते- मारते मेरे हाथ थक जाते थे। पेड़ के पत्ते, शाखाएं टूट कर बिखर जाते थे।

दादी कहती -दिन में लोगों के सामने, वह १ इंच भी नहीं हटेंगे।

मैं गुस्सा होकर कहती -और क्या रात में चलेंगे ?

तुम जानती नहीं, उन्हें अभिशाप मिला है। जब कोई नहीं देख रहा होगा, तभी वह चल पाएंगे। -दादी मुझे समझाते हुए कहती।

दादी के पास दालान में सोकर अनेक रात मैंने वृक्षों के चलने की प्रतीक्षा की है। मगर देखते देखते कब आंखें लग जाती और मेरा वृक्षों को चलते देखना रह जाता था।

थोड़े बड़े होने पर मैंने छुप-छुप कर देखना चाहा। अनेक रातों को जागकर, मैं केवल वृक्षों के चलने के बारे में सोचा करती थी और उत्सुकता के साथ बाहर खड़े वृक्षों को ताकती रहती थी।

सुबह चीढ़ते हुए जब दादी से कहा, तो उसने सहज भाव से समझाया -तुम उसे छुप कर देख रही हो, यह बात वृक्ष जान पाते हैं। वृक्ष सर्वज्ञ होते हैं।

दादी के परलोक सिधारने के कितने दिनों के बाद जाकर मुझे विस्वास हुआ कि वृक्ष चल नहीं सकते। ना दिन में, ना ही, रात में।

क्या तुम इतनी मूर्ख थी, दीदी ?

हाँ, रे।

नायब का बगीचा, सुनसान पड़ा था। तालाब जलकुंभियों से भर गया था। तालाब प्राय: लुप्त प्राय हो गया था। उसके आसपास के पेड़, लोग काट कर ले गए थे। कहीं - कहीं एकाध सुखे से पेड़ नजर आ रहे थे। ऐसा लग रहा था जैसे उन्हें वर्षों से पानी की एक बूंद भी ना मिली हो। छोटे-मोटे बांस के झुरमुट और कुछ झाड़ियां, कुछ इधर-उधर के कुछ जंगली पेड़। नायब का बगीचा, जंगली लताओं से भर गया था और कुछ लोगों ने उसे शौचालय बना रखा था। पांच-सात एकड़ में फैले, इस विस्तृत क्षेत्र का कुछ अंश गौरी ताऊ के बेटे बेच चुके थे।

रूपा और मैं नायब बगीचे की कहानियों से निकलकर वापस लौट आए। नायब बगीचा मेरे स्मृति का एक दीर्घ अध्याय था।

रूपा और मैं जब वापस आए, तो छोटी चाची खाना बना कर हमारी प्रतीक्षा कर रही थी। उनके घर खाना खाते तक प्राय दो बज चुके थे। घर लौटने पर देखा की मां जमीन पर अपना आंचल बिछाकर कमर सीधी कर रही है। मैं भी जाकर उसके बगल से सो गई।

उसने घबराकर कहा -अरे !उठो -उठो, नीचे सोओगी तो तबीयत खराब हो जाएगी। मैंने उसे अपने पास खींचते हुए कहा -होने दो। तुम भी तो सोई हो।

बहुत अच्छा लगा। मैंने मां की पीठ, कंधे, हाथ और सर को जरा सहला दिया। और उसके गालों पर एक स्नेह भरा चुंबन लिया। जैसे बच्चों की नाक खींचते हैं वैसे ही उसकी नाक खींच दी। उसके सर को सीने पर रखकर थोड़ा दबा कर पकड़ लिया। जैसे वह मेरी मां नहीं, मेरी छोटी बेटी हो। मुझे और मां को आपस में लिपटा देख, खुशी खिलखिला कर हंसने लगी।

अरे देखो, तुम्हारी मां कैसे दूध पी रही है, और लाड़ जता रही है।

उसकी बातें सुनकर, मैं और भी आनंदित हो गई। खुशी को बहुत मजा आ रहा था। खड़े-खड़े अचानक वह भी मेरे ऊपर चढ़ गई। मुझे प्यार किया और हंसते-हंसते पूरा दालान कंपित कर दिया। मेरी बेटी ने मुझे पकड़ रखा था और मैंने मेरी मां को। तीन पीढ़ियों के प्रतिनिधियों ने अपने आप को एक दूसरे से जकड़ कर रखा था। अपनी खुशियों को, अपने आनंद को और अपने समय को।

बगीचे से राजू ने खुशी को आवाज़ लगाई - कहां गई तुम ?जाना नहीं है, क्या ? अंधेरा होने के बाद कुछ दिखाई नहीं पड़ेगा। आते वक्त फिर चिड़िया भी तो पकड़ना है ना ?

मां, हम लोग पद्मदीधी जा रहे हैं। छोटी चिड़िया के बच्चे को पकड़ कर लायेंगे। मामा बोल रहे थे कि छोटी चिड़िया बहुत बात मानती है। जाते वक्त हम उसे अपने घर, भुवनेश्वर लेकर जाएंगे।

मैंने हां कहा और वैसे ही आंखें बंद कर ली। अगर मैं फिर से छोटी बच्ची हो पाती ? और मां के पेट में थोड़ा और घुस पाती।

कुछ समय बाद मैंने देखा कि मां गहरी नींद में सो गई है। मां को छोटे बच्चों की तरह सोता छोड़कर, मैं चुपचाप उठ आई। बेचारी थोड़ा सा आराम कर ले मेरे आने के बाद से दिनभर केवल कामो में लगी रहती है।

भीम दादी की लड़की बीना कुएं के पास बर्तन धो रही थी। मैंने उससे कहा गांव की तरफ जा रही हूं, मां बोले तो बता देना।

रूपा को बुलाने की इच्छा नहीं हो रही थी। अकेली बांस से बना, दरवाजा हटाकर कच्चे रास्ते पर निकल पड़ी। चलते-चलते पता ही नहीं चला कि कब मैं गांव के अंतिम छोर पर आ चुकी हूं। आश्विन मास में मेरे सामने थी, पार्वती नदी।

इसके सुंदर रूप ने कभी मुझे भी मोहित किया था। किशोर अवस्था की कितनी ही शामें, सुबहें और तपती दुपहरी इसके किनारे बीती थी। बारिश के दिनों में जब यह अपने यौवन के उफान पर होती थी, तब इसमें उठने वाले भंवर को देखकर मेरा मन, भय और आशंका से कांप उठता था। शरद ऋतु में खिले कासतंडी (पम्पस घास) रुपी, चवँर से आती पवन मुझे दूर कहीं परी लोक में ले आती थी। शीत ऋतु के ठंडे शरीर को देखकर, मैं अनमनी सी हो जाती थी। नदी के किनारे पत्थर पर बैठकर अपने दोनों पैरों को पानी में डूबा कर कल्पना के कितने ही नाव डुबो दिया करती थी। नदी के किनारे से, केवड़े के फूल तोड़ते समय, उसके कांटे मेरे हाथों में लग जाया करते थे।

आज मेरी आंखों के सामने से वही मेरी पार्वती नदी बह रही है।

शरद ऋतु की दुपहरी और आकाश में सूर्य अस्त होने की तैयारी में था। सुनसान नदी का किनारा। सफेद कासतंडी के फूल के जगह, अमरी लटा के झुरमुट थे। नदी के अंदर जलकुंभी और नाना प्रकार के घास उग हुए थे। नदी के किनारे के घाट टूट चुके थे। उसका पहले का रुपश्री न जाने कहां खो गया ? मेरी आत्मा हाहाकार कर उठी। कोई एक इंसान भी नहीं था नदी किनारे। कुछ ही वर्षों में अच्छी खासी पार्वती नदी परित्यक्ता और अवांछित हो गई थी।

बचपन में गांव के अधिकांश लोग इसी नदी में नहाना धोना करते थे। ऊपर मोहल्लों के घाट, नीचे मोहल्ले के घाट, औरतों के घाट, धोबी के घाट, ऐसे अनेक घाट बने हुए थे। अनेक लोग पीने और खाना बनाने के लिए नदी का ही पानी उपयोग में लाते थे।

बचपन में कभी-कभी जटिया ताऊ और ताई के साथ, उनके घाट पर जाती थी। ताऊ कपड़े धोते और ताई उन कपड़ों को लाकर नदी के किनारे रेत पर सूखाती थी। कभी-कभी मैं भी ताई की कपड़े सुखाने में मदद करती थी। नदी के पत्थरों पर बैठकर उनके काम देखती और उनसे इधर-उधर की बातें करती रहती थी।

पता नहीं वे लोग कहां खो गए ?

इधर-उधर देखते हुए मैं एक परित्यक्ता पत्थर पर बैठ पड़ी। अभी सूर्य अस्त होने में कुछ देरी थी। मेरे पैरों के पास का पानी स्वच्छ था। उस पानी में मेरा अस्पष्ट प्रतिबिंब दिखा।

वह चेहरा था मेरे अतीत का, मेरे किशोरावस्था का।

श्रीमयी नाम की एक लड़की।

उसके साथ एक और भी चेहरा दिखाई दिया।

और वह चेहरा ..... किसका था वह चेहरा।

वह चेहरा था मणिया भाई का.....।

मेरे अंदर गहराइयों से एक आह निकली और हवा में विलीन हो गई। ऐसा लगा जैसे कहीं एक कांटा चुभ गया हो। उसकी पीड़ा अभी भी मेरी आत्मा को कष्ट दे रही थी।

ऊपर मोहल्ले का मणिया भाई। अनंत ताऊ का बेटा। मेरे छोटे भाई के साथ पढ़ते थे एवं भले ही मेरे से तीन-चार वर्ष बड़े थे, फिर भी वह मेरे साथ खेलते थे। छोटा भाई बहुत दुष्ट था, लेकिन मणिया भाई, संपूर्ण रूप से उसके विपरीत आदत का था।

मैं जब नारियल के खोपड़े और अरबी के पत्तों का भात बनाती थी। तब वह बाजार सामान खरीदने जाता था। रेत का घर बनाता था।

समय बितने के साथ-साथ ही समय ने हाथ से छीन लिये वो रेत, नारियल के खोपड़े, अरबी के पत्ते में परोसे वो झूठे चावल, तरकारी, झूठ मुठ की शादी, दूल्हा दुल्हन, भोज सब कुछ और हाथ में पकड़ा दिया, चॉक और श्यामपट्ट। अ आ क ख

ग घ घर नल चक अख और भी अनेक बातें। अपने से दो-तीन कक्षा ऊपर पढ़ने वाले मणि भाई की पुस्तकें देखकर मन बेचैन सा होता। कब मैं यह सब पुस्तकें पढ़ूंगी ? स्कूल छुट्टी होने पर मणि भाई के साथ जंगली बेर तोड़ने नदी तट पर जाती थी। नदी के रेत पर अपने-अपने बस्ते रखकर हम रेत का घर बनाते।

कभी-कभी दो और कभी-कभी एक। यह तेरा घर और यह तेरा खेत। यह तेरा बगीचा, कुआं और तालाब। यह मेरा घर। यह हमारा घर और बाहर का खेत। तुम क्यों मेरे खेत में आए ? मेरे बरामदे में क्यों चढ़ गए ? उसके बाद आरंभ होता लड़ाई-झगड़ा और मारपीट का दौर।

मैं और तुम्हारे साथ नहीं खेलुंगी तुम्हारी दोस्त नहीं बनूंगी। जाओ कट्टी, कट्टी, कट्टी, तीन बार कट्टी। मान, अभिमान और फिर घर बनाना। यह हमारा घर, यह हमारा खेत…, यहां हमारा……। खेलते खेलते, कब समय बीत जाता था पता नहीं चलता था। पानी से मुंह धोते और एक दूसरे पर पानी फेंक कर खूब हंसते।

फिर समय बीत गया।

जाते-जाते समय ने, मुझ पर एक मुट्ठी अबीर छींट दिया।

सारा आकाश गुलाबी हो गया। पार्वती नदी का पानी रंगीन हो उठा। जिस पानी में कभी, इस लड़की ने अपना प्रतिबिंब देखा था। उसे अपने स्वयं का चेहरा ही अपरिचित सा लगा। क्या इतना रंग होता है, आकाश में, पानी में, मिट्टी में, फूल में और पवन में ? चारों तरफ रंग ही रंग था, सिर्फ रंग।

उस समय तक मेरे से तीन कक्षा ऊपर पढ़ने वाला मणिया भाई, हाई स्कूल की पढ़ाई खत्म कर चुका था। ऊपर की पढ़ाई करने के लिए वह गांव छोड़कर शहर जाने के लिए तैयार हुआ। उस दिन मैंने मणिया भाई के शहर जाने की बात सुनी। उस दिन मेरे अंदर से एक क्रंदन निकाला और गले के पास आकर रुक गया। यंत्रणा से मेरा गला रूंध गया। आंखें जली, मगर उनसे एक बूंद भी आंसू नहीं निकला। उसके जाने से सारा गांव खाली हो गया। गांव की पगडंडियां, पाठशाला, नदी का किनारा, केवड़े के वन, बरगद की छांव, सभी सुनसान और उदास हो गए । जैसे पृथ्वी की समस्त निर्जनता गांव के कोने-कोने में समा गई हो। कुछ भी अच्छा नहीं लगता था।

मात्र दो महीने ही बीते थे कि मणिया भाई शहर से लौट आया। अचानक अनंत ताऊ को दस्त और उल्टियां हुई और उनकी मृत्यु हो गई। घर के सबसे बड़े

बेटे होने के हिसाब से सभी दायित्व उनके सर आया। विधवा मां और छोटे-छोटे तीन भाई बहनों को गांव में छोड़कर, शहर में पढ़ाई करने की बात मणिया भाई ने अपने मुंह से भी नहीं निकला। बाध्य होकर, जाने अंजाने घर के सभी कामों, खेत के सभी मामलों में, वह शामिल हो चुके थे। उस दिन के बाद से जब भी मणिया भाई दिखाई देते, चुपचाप अपना रास्ता बदलकर चले जाते थे। चार बातें पूछने पर एक ही बात का जवाब देते थे। बहुत ही गंभीर और वयस्क दिखाई देता था उनका चेहरा।

तीन वर्षों के बाद मेरी भी हाई स्कूल की पढ़ाई खत्म हो गई। मैंने प्रथम श्रेणी में परीक्षा पास की थी। आगे की पढ़ाई के लिए मुझे भी भाइयों के समान घर छोड़ना पड़ा। शहर के कॉलेज और हॉस्टल में रहकर, मैंने पढ़ाई की। मेरे पीछे रह गया गांव, दादा- दादी, पिताजी- मां, नदी का किनारा, जंगली बेर, नायाब का बगीचा, मोहल्ले - मोहल्ले घूमना, तपती दुपहरी और मणिया भाई की स्मृतियां। मन में कुछ अनकहे दुख ने गांठ का रूप ले लिया था। वही दुख और अभिमान धीरे-धीरे मेरे अंदर बर्फ की तरह जमकर रह गया था। उस बर्फ के बने दुर्ग से बाहर निकलने का साहस मैं कभी भी नहीं कर पाई। इच्छा होने से भी किसी के सामने अपने दुख की पोटली खोल नहीं पाई। सारा जीवन चेहरे के काले तिल की तरह मुझे उसे वहन करना होगा। मैं कभी भी रूपा की तरह नहीं हो पाई और ना ही गणनाथ दादाजी की नातिन डॉली की तरह ही। मैं सारा जीवन केवल श्रीमयी होकर रह गई।

पार्वती नदी।

अब एक परित्यक्त और उदास नदी।

समुद्र से मिलने की अब और इच्छा नहीं रह गयी थी उसकी। अब उसके निर्मल देह में सुर्योदय का सूर्य, संध्या के तारे, और रात आकाश का चांद अपना प्रतिबिंब नहीं देखते थे। उसके जीवन में निराशा छा गई थी। एक शांतिपूर्ण मृत्यु के लिए वह चुपचाप प्रतीक्षा कर रही थी। अब वह केवल एक मृत प्राय नदी के समान थी।

सुदूर गांव के मस्तक पर अंधेरा उतर आया था। धीरे-धीरे कोहरे की एक झीनी चादर चारों ओर फैल गयी थी। कुछ समय पहले ही सूर्यास्त हो गया था। मैं उठकर खड़ी हुई। मेरे अंदर से एक आह निकलकर शून्य में विलीन हो गई। मन में अचानक एक प्रश्न उठा, तो क्या मैं भी पार्वती नदी की तरह, एक मृतप्राय नदी हूं?

फिर वही पगडंडी। दोनों ओर घने बांस के पेड़, पगडंडी पर झुके हुए थे।

पगडंडी पर छाया अंधेरा सुरंग की तरह प्रतीत हो रहा था। पैरों के नीचे की मिट्टी मां और सारा परिवेश गिला गिला लग रहा था। लौटते समय मुझे ऐसा लग रहा था जैसे इस गांव में मैं पहले कभी नहीं आई। जैसे एक अनजाना गांव, अनजाना रास्ता और मैं उस रास्ते पर अकेली ही चल पड़ी थी।

मेरे सामने से एक आदमी चला आ रहा था। धुंधले उजाले में उसका चेहरा संस्पष्ट दिखाई दे रहा था। जब वह मुझे पीछे छोड़ता हुआ, आगे को निकल गया। तब मैंने जाना -अरे यह तो शिव भाई हैं।

हां वही शिव भाई, जो गांव में न्याय करने वाले, गांव की हमेशा भलाई चाहने वाले, किसी लड़की की शादी हो या कोई अन्य समारोह में खाने-पीने की सूची बनानी हो, किसी के शव को कंधा देना हो, किसी की सुविधा-असुविधा में अस्पताल जाना, प्रसव वेदना में तड़पती बहू -बेटी के लिए दाई बुलाना, हर काम की जगह पर, शिव भाई दिखाई देते थे। गांव में युवक संघ की तरफ से जितने भी नाटक होते थे, सबके हीरो थे -शिव भाई। रामलीला में राम की भूमिका तो उनको ध्यान में रखका लिखी गई होती थी। उनका चेहरा राजकुमारों के जैसा लंबा, चौड़ा, स्वस्थ एवं सुंदर था। मगर अब उनके सर के बाल नहीं रहे। शरीर भी दुर्बल हो गया था। आंखों के नीचे गड्ढे पड़ गए हैं। इतने शीघ्र बुड्ढे हो गए शिव भाई ?मुझे काटते हुए, आगे निकलकर शिव भाई थोड़ी दूर जाकर खड़े हो गए। फिर पीछे मुड़कर मेरे पास आकर कहा - अरे !श्री तुम, श्री ही हो ना ?

अभिमान भरे स्वर से कहा -तुमने मुझे पहचाना भी नहीं, शिव भाई !

अरे ! बहुत दिनों से मैंने तुम्हें देखा नहीं था, ना। तुम तो आजकल एकदम साहिबानी की तरह दिख रही हो। शहर में रही, नल के पानी में नहाया, धूप में बाहर कहीं निकलना नहीं, पांव में या शरीर में धूल में लगने का सवाल ही नहीं। यह सब सुख - सुविधा छोड़कर, तुम गांव आओगी, यह बात मैं सोच नहीं पाया।

इसका मतलब, मैं गांव ना आऊं ?मैंने अभिमान करते हुए कहा।

क्यों आओगी ? यहां क्या है, जो आओगी ? अभिमान भरे स्वर से शिव भाई ने कहा।

उन सब के जैसा मुझे भी क्यों समझते हो शिव भाई ?कैसे हो ? ताई जी, भाभी सभी अच्छे से हैं ना ?

हमारे घर तरफ भी कभी आओ। मां हमेशा तुमको याद करती है।

तुम्हें देखकर बहुत खुश होगी। उसे और दिखाई नहीं देता। तुम्हें याद है ? बचपन में तुम कितना हमारे घर आती थी। हमारे बगीचे का सुंदरी आम, आधा तो तुम्हारे ही पेट में जाता था। मां वही बात कहती है और खूब हंसती है। तुम कैसे पैर पटक कर, आम खाने की जिद करती थी। और आम नहीं देने पर, वहीं धरना देकर बैठ जाती थी। याद है ना ? जाओ थोड़ा घर हो आओ। घर पर सभी हैं। मैं थोड़ा बाजार जा रहा हूं। शाम हो गई। तुम घर जरूर जाना। ऐसा कहकर, शिव भाई लौट गए और अंधेरे में अदृश्य हो गए।

.मैं जाऊं या ना जाऊं यह सोच नहीं पाई। शायद घर पर मां मेरा रास्ता देख रही होगी। अंधेरा हो गया। बिना को बोलकर आई थी हो सकता है उसने मां को बता दिया हो मैं थोड़ी दूर सीधे चल कर मुड़ गई। गली के अंत में शिव भाई का घर है। बस का दरवाजा हटाकर मैं जैसे ही घर के अंदर गई, भाभी किसी को अपने पतले और तिखें स्वर में डांट रही थी -बदमाश, मुंहजला, पूजा - पर्व का दिन जो थोड़ा बाकी था, उसे भी साफ कर दिया, मृत्यु भी नहीं आती तुझे। सब हजम कर गया।

मैंने दरवाजा बंद करते हुए कहा -किसने तुम्हारा क्या खा लिया भाभी ? हमें भी कुछ दो।

बरामदे में जलते हुए लाइट की रोशनी में भाभी ने जैसे ही मुझे देखा, दांतों तले जीभ दबा लीं और घबरा सी गई।

जल्दी-जल्दी में एक चटाई लाई और बरामदे में बिछा दिया। मैंने बैठे-बैठे ही पूछा - कैसी हो भाभी ? ताई कहां है ? तुम्हारे बेटों की शादी हो गई ?

कितने वर्षों से तुम्हें देखा नहीं। आज कैसे याद आ गई, अपने इस गरीब भाभी की ? भाभी ने अभिमान के साथ कहा।

मैंने कहा -विवाह हो जाने के बाद, और कुछ 'अपनी इच्छा' नाम की चीज रह जाती है क्या, भाभी ? गृहस्थी के साथ-साथ नौकरी भी, फिर हमेशा लोगों का आना-जाना लगा रहता है। बीच-बीच में सास - ससुर भी आकर रहते हैं। छोटी ननद साथ रहकर पढ़ाई करती थी, अभी पिछले साल ही उसकी शादी हुई है।

इनकी तो बिल्कुल भी छुट्टियां नहीं रहती। पराये घर चले जाने पर और क्या स्वाधीनता रह जाती है ? इच्छा रहने पर भी घर से बाहर निकलना नहीं हो पाता है। तीन वर्षों से गांव नहीं आई थी। पहले कभी आई भी, तो एक-दो दिन रहकर लौट

गई। मैं गांव नहीं आती कहकर, मां हमेशा शिकायत करती रहती है और रोती है। मैं क्या करूं ? भाभी, अब कुछ तुम्हारा हाल चाल बताओ ?

मेरी बात और क्या बतलाऊं ? और बतलाने जैसा है भी क्या ? मेरा तो भाग्य ही खराब है। तुमने पहले भी इस घर को देखा है। क्या चीज नहीं था, इस घर में ? तुमसे क्या बात छुपाना। अब तो छप्पर ठीक करने के भी पैसे नहीं है। अगर कभी अच्छा खाने को मिल जाए, तो यह बड़े भाग्य की बात होती है। सब कुछ उजड़ गया। कहते-कहते भाभी चुप हो गई।

अचानक ऐसा क्या हुआ ? मैंने जिज्ञासा पूर्वक पूछा।

तुमने अपने भाई को रास्ते में देखा क्या ? आजकल नशा नहीं करने से, उनका नहीं चलता। घर में जो कुछ था, सब उनके नशे में स्वाहा हो गया। पहले मैंने कितने गहने पहन रखे थे, तुमने तो देखा है। अब एक भी गहना नहीं बचा है मेरे पास। बड़े बेटा - बहू अलग हो गए। सड़क के पास दो कमरों का घर बनाकर रहते हैं। हमारे सुख - दुख में वह कभी भी हमारे साथ नहीं होते। मंझला बेटा मैट्रिक पास करके कुछ दिन इधर-उधर घुमा। अभी २ वर्ष हुए हैं, हैदराबाद गया है। बिच में एक दो बार गांव आया था। अब तो ना वह स्वयं आता है, न हीं रुपया पैसा ही भेजता है। उससे छोटा, पढ़ाई छोड़कर बाजार में दुकान किया है। वही थोड़ा घर का ख्याल रखता है। पूजा के लिए उसने कुछ पैसे दिए थे। छुपा कर रखा था, पूजा में कुछ पकवान बनाऊंगी, सोचकर। आज देखा तो डिब्बा खाली है। यह सब तुम्हारे भाई का काम है। अब तो उनकी नजर जमीन जायदाद पर भी है। भाभी ने अपने आंचल से अपने आंसू पोंछते हुए कहा।

उन्होंने फिर से कहना आरंभ किया - कभी-कभी तो घर भी नहीं लौटते। संथाल मोहल्ले में खाट पर सोए पड़े रहते हैं। पी -पीकर, वह पूरी तरह नष्ट हो गए हैं। टोकने पर इस वृद्धावस्था में मुझ पर हाथ उठाते हैं। सब कुछ उजड़ गया। भाभी रो रही थी। अपने भाग्य पर और विडंबना पर।

शिव भाई और वह भी शराब ? मैंने आश्चर्य करते हुए कहा।

तुम्हारे कटक, भुवनेश्वर में शराब का अभाव हो सकता है, मगर मानपुर में तो शराब की नदियां बह रही हैं। चाय की दुकान की तरह शराब की दुकानें खुल गई है। हमारे गांव के दुखी प्रधान का बेटा पता नहीं, कितनी पढ़ाई करके घूम रहा था। नौकरी तो है नहीं। सरकार से परमिट लेकर एक तक शराब की दुकान खोला है।

छोटा बेटा कह रहा था, शराब के साथ तली हुई मछली, चटपटी चीजें तथा मसालेदार मांस भी बेचता है। बड़े चौराहे पर बड़ा सा घर बनवाया है। किसी का संसार उजड़े या बने इससे दुखी प्रधान का क्या लेना देना।

भाभी की बातें सुनकर मैं सन्न रह गई। तभी ताई की आवाज सुनाई दी। दीवाल को पकड़े - पकड़े, वह बगीचे की तरफ से आ रही थी।

कौन आई है बहू ? किसके साथ बातें कर रही हो ?

मैंने जाकर ताई के पैर छुए और कहा मैं सीरी, सीरी हूँ ताई। उनका हाथ पकड़ कर, उन्हें बरामदे में बिठा दिया। ताई बहुत कमजोर हो चुकी थी। चमड़े के अंदर बस एक कंकाल रह गया था। उम्र भी बहुत हो चुकी थी।

शिव भाई जब तीन वर्ष के थे, तभी उनके पिताजीका देहांत हो गया था। घर को छोड़कर और कुछ भी नहीं था, घर चलाने के लिए। बीस - बाइस वर्ष की विधवा स्त्री। एकमात्र बालक को अपने छाती से चिपका कर, कमर कस कर जीवन का सामना किया, ताई ने। दादी बताती थी, एक अकेली स्त्री दूसरों के घर से चावल के माड और वासी पखाल के पानी मांग कर अपना पेट भरती थी। शर्म लाज छोड़कर उसने घर-घर मजबूरी की। गाय का दूध बेचकर, घर चलाया। परिवार कुटुंब के लोगों ने विभिन्न प्रकार से हैरान किया। अकेली स्त्री को देखकर, उसकी दुर्बलता का लाभ उठाने, आधी रात को उसके झोपड़ी के दरवाजे पर अनेक लोगों ने दस्तक दी। आधी रात से बड़ी मां की गलियां आरंभ होती, जो सारे दिन तक चलती रहती थी। सुरक्षा के लिये वह तकिए के नीचे चाकू रखकर सोती थी। अपने और अपने पुत्र के लिए सारा जीवन संघर्ष करती रही। शिव भाई समय के साथ बड़े हो रहे थे। एवं एक दिन उनका समय भी बदला। पेट काट काट कर, पैसे रखकर, धीरे-धीरे जमीन जायजाद खरीदने के साथ-साथ कुछ पैसे भी जमा कर रखे थे, ताई ने। शिव भाई, पांच धनी लोगों के साथ उठ बैठकर, अपने पैरों पर खड़े हुए।

बड़ी मां ऊपर से जितनी कठोर और धारदार थी। अंदर से उतनी ही नरम थी। शिव भाई के शरीर पर धूल का एक कण तो दूर की बात, उसे कोई एक शब्द तो कह दे, ताई कमर कस कर निकल पड़ती झगड़ा करने। सारा दिन झगड़ा चलता रहता। गाय दूहना, रसोई करना, सब काम चलता रहता है, इस बीच बाहर आ आकर लोगों को गाली दे जाती थी। फिर से काम पर लग जाती थी। लड़ाई करने में

उस्ताद थी वह। गांव में उनकी छवि एक झगड़ालू, मुंह खोर स्त्री के रूप में थी। जिस कारण सभी उनसे बच कर चलते थे।

एक दिन जब मैं उनके बगीचे के आम खाने गई थी। तब मैंने उनसे पूछा - ताई तुम सुबह से शाम तक इतना चिल्लाती हो तुम्हारे गले में दर्द नहीं होता ?ताई थोड़ी देर चुप रहकर बोली -अगर मैंने यह कवच ना पहना होता, तो मुझे इस गांव में रहने की थोड़ी सी जगह भी नहीं मिलती, बिटिया।

उस छोटी सी उमर में, मैं इस बात का मर्म नहीं समझ पाई थी। बड़ी होने पर मुझे यह बात समझ आई कि एक अल्पायु की विधवा नारी अपने बच्चे को गोद में रख, अकेले-अकेले ही किस तरह समय काटती है। सीधा, सरल और आसान जीवन उसके लिए स्वप्न की तरह होता है। उसके सामने एक संघर्ष भरा जीवन खड़ा होता है। अगर अपने चारों ओर एक सुरक्षा कवच ना तैयार किया जाए, तो आपका सुरक्षित बचना कष्टकारी होता है। इसलिए ताई समाज के सामने एक झगड़ालू, मुंह खोर और जहरीली नागिन का आवरण ओढ़ रखा था।

मैंने ताई की ओर देखा। यद्यपि आज इस उम्र में बड़े संघर्षों के बाद, उनके द्वारा बनाई गई संपत्ति को, शिव भाई शराब में उड़ा रहे थे।

मुझे याद आए, मेरे कॉलेज के अंग्रेजी अध्यापक सुदीप्त मिश्रा। कॉलेज आते समय भी उनके पांव जमीन पर सही ढंग से नहीं पढ़ते थे। घर में एक सुंदर पत्नी थी। बेटा - बेटी अत्यधिक होशियार थे। तनख्वाह का एक बड़ा हिस्सा पीने में चल देता था।

मद्यपान आजकल सभ्यता की एक पहचान बन गया है। लेकिन गांव का एक किसान किस सभ्यता का परिचय दे रहा है, शराब पीकर। उनकी आर्थिक स्थिति क्या अनुमति देती है, उन्हें शराब पीने की ?पत्नी के गहने और मां के संघर्षों के बाद कमाये संपत्ति को बेचकर शराब पी रहा है।

मां बता रही थी, आजकल गांव के छोटे-छोटे बच्चे भी शराब पी रहे हैं। और भी कई प्रकार का नशा करते हैं। घर-घर झगड़ा, अशांति और मारपीट का माहौल है। पता नहीं, गांव में कहां से घुस आयी यह पीने पिलाने वाली सभ्यता ?दादा अफीम खाते थे। शिव मंदिर के पुजारी गोविंद भाई गांजा पीते थे। यह बात मैंने दादी से सुनी थी। लेकिन बचपन में मैंने शराब, चरस, हसीस और ब्राउन शुगर का नाम भी नहीं सुना था।

सच में क्या गांव इतना आगे निकलता जा रहा है, सभ्यता में, संस्कृत में, उन्नति में। घर के आगे नल, घर-घर में बिजली, टीवी, साथ ही पर्याप्त समय और क्या चाहिए ? मैं उठ खड़ी हुई।

मां मेरी राह देख रही होगी। हो सकता है खुशी भी मुझे खोज रही हो। भाभी ने मेरे दोनों हाथों को जोरों से पकड़ कर कहा -तुम्हें मेरा एक काम करना पड़ेगा। छोटे बेटे ने तीन-तीन बार मैट्रिक की परीक्षा दी। मगर पास नहीं हो पाया। दामाद जी तो बड़े ऑफिसर हैं। बड़ी नौकरी करते हैं। तुम भी नौकरी करते हो। तुम्हारे कितने ही परिचित होंगे। अगर उसे कहीं नौकरी लगा देती, तो बहुत उपकार होता, बहन।

मैं उनसे क्या कहती ? यह कहती कि आजकल शहर में भी नौकरी नहीं है। गांव छोड़कर प्रतिदिन हजारों की संख्या में लोग शहर .जा रहे हैं। बीए एमए कर हजार रूपयों के लिए किसी प्राइवेट कंपनी में चौकीदार का काम कर रहे हैं, ऑटो चला रहे हैं, चोरी कर रहे हैं। मगर उन्होंने जिस आशा भरी नजरों से मुझे देखा कि मुझे उन्हें निराश करना सही नहीं लगा। कहा - मैं घर लौटने पर पता कर खबर देती हूं। जाने से पहले एक बार और घूम कर जाऊंगी। बहुत समय हो गया आए। मां परेशान हो रही होगी। बेटी भी खोजती होगी।

भाभी ने दरवाजा खोला। ताई से इधर-उधर की दो बातें कर, मैं पगडंडी पर उतर आई। अंधेरा हो चुका था। मुझे घबराहट सी हो रही थी।

यह क्या वही गांव है ?

यह क्या वही लोग हैं ? गांव के लोग !!!

खेत के कामों से किसी को फुर्सत नहीं होती थी। त्योहारों के अवसर पर लोगों के आनंद का ठिकाना नहीं रहता था। पूरा गांव भजन - कीर्तन और रामलीला के शोर से गूंजायमान था। धन की कोई कमी न थी। अभाव न था स्नेह और ममता से भरा हुआ था, सबका मन।

पूरे गांव में कोई भी पराया नहीं था। ताऊ, दादा, भतीजा, भाई, मौसा इत्यादि मिठे संबोधन से सारा गांव आपस में बंधा हुआ था। जाति, वर्ण, धर्म सभी से ऊपर उठकर, सभी को संबोधनों ने अपना बना रखा था। गांव में किसी की भी बेटी हो, सभी से सम्मान पाती थी। शादी के बाद ससुराल जाने पर सारा गांव अश्रुपुरित आंखों से विदाई देता था। कितना प्रेम और सहयोग था। दुख हो या सुख हो, किसी को भी

बुलाओ, तो दौड़ा चला आता था। आधी रात को भी सभी ढाल के समान खड़े हो जाते थे, विपत्ति का सामना करने के लिए।

आज का मनुष्य कितना स्वार्थी हो गया है। किसी घर की गाय, पड़ोस के बगीचे मे घुस जाये, तो कोर्ट - कचहरी तक बात चली जाती है। अगल - बगल घर के व्यक्ति एक दूसरे को अनदेखा करते थे। पड़ोस में कोई दुख पड़े, तो लोग खुश होते हैं। कोई दुख दर्द बांटने वाला नहीं। कोई दूसरों के सुख में सुखी होने वाला नहीं। सभ्य सुशिक्षित लोग गांव से दूर होते जा रहे थे। शायद ही कभी दूर से कोई बंधु बांधव घर आते हो। कोई आता भी, तो एक दिन रहकर, अपने सुख -सुविधा के अखंड साम्राज्य में लौट जाता था। घर के मुखियाओं ने अपमान के डर से अब चुप्पी साथ रखी है। अनपढ़ और अर्धशिक्षित युवा वर्ग के लड़कों ने गांव की छतरी पकड़ रखी है। और जो अभाव ग्रस्त, गरीब वर्ग रह गया था, उनके पास न ही साहस था, न ही मुँह था, प्रतिकार करने के लिए। अब तो एक ही समुदाय बलशाली रह गया था, वह था - वार्ड मेंबर, सरपंच, नेता, छुटभैय्या नेता, मंत्री, एम एल ए और गुंडागर्दी करने वाले कुछ असामाजिक तत्व। इंसानियत, मानवता सब कुछ क्रमश: मूल्यहीन होते जा रहे थे।

मंत्री, नेताओं के कुछ खास लोग पैसा लेने देने की राजनीति करते। उनके लिए वोट बैंक भी तैयार करते थे। किसी को नौकरी का लालच देते, तो किसी को काम करवाने का प्रलोभन देकर कुछ पैसा अपनी अंटी में गांठते थे। निराश्रित विधवाओं को विधवा भत्ता दिलाने के नाम पर उनकी बकरियां ले जाते थे। बहु - बेटीयों को शिक्षा कर्मी बनाने का प्रलोभन देकर उसका शारीरिक शोषण किया जाता था। लोगों की कमजोरी का फायदा उठाते। खुलेआम चोरी - चकारी करते थे। किसी को अभाव ने, तो किसी को महाजन, साहूकारों ने बर्बाद कर रखा था।

सतुरा दादी आज भी अपेक्षारत है कि कटक से उसका भाई निश्चित घर आएगा और घर की जिम्मेदारियां उठेगा। उसकी पढ़ाई के लिए बंधक रखे गए गहने और जमीन जायदाद छुड़वाएगा। पोस्ट के द्वारा मनी ऑर्डर भिजवाएगा। मां समान भाभी के लिए सोने की चूड़ियां लेकर शहर से लौटेगा, छोटा भाई। सतुरा दादी अभी भी प्रतीक्षा कर रही है.....।

जब से गांव आई हूं, तब से मैं यह सब देख रही थी, सुन रही थी और अनुभव भी कर रही थी। मेरे भीतर कुछ टूट सा रहा था।

अगर ऐसा ही सब कुछ चलता रहा तो, वह दिन दूर नहीं, जब इस गांव का नामोनिशान मिट जाएगा।

रास्ता कहां है ?

रोशनी कहां है ?

इन सबसे मुक्ति पाने के लिए क्या कभी भी कोई नया रास्ता नहीं निकलेगा ?

पगडंडी पर अंधकार और गहरा हो गया।

नाना प्रकार की बातें सोचते- सोचते मैं घर की ओर आ रही थी। सतुरा दादी के घर से आवाज़ें सुनाई दीं। कोई किसी को असभ्य भाषा में गाली दे रहा था। बीशी दादी के घर के छप्पर से एक गाय पुवाल खींच - खींच कर खा रही थी। मैं मन ही मन हंसी। अगर दादी बरामदे में बैठी हो या सोई हो, तो उनके बगीचे में गाय तो गाय, कुत्ते भी घुसने का साहस नहीं करते थे।

रास्ते पर चलते-चलते, मैं दोनों ओर बने घरों को देख रही थी। रोम रोम में अपने बचपन के गांव को अनुभव कर रही थी। मेरे स्मृतियों का वह सुंदर गांव और कहाँ। शहर का अंधा अनुसरण कर क्रमश: एक विकृत संस्कृति गांव में पैर पसार रही थी। अब वहाँ गोबर से लिपे - पुते मिट्टी के घर और उस पर पिसे हुए चावल के घोल से बने हुए, तरह-तरह के अल्पना, लक्ष्मी पैर और छत पर खपरैल और पुवाल के छप्पर की जगह, पक्के घर खड़े हो गए थे। कई घरों में मिट्टी के जोड और सीमेंट के प्लास्टर थे, तो कई घर में पक्के दीवार और एजबेस्टस के छत थे। किसी किसी घर में बिजली के बल्ब जल रहे थे और तेज आवाज के साथ टीवी चल रहा था।

किसी किसी घर के बरामदे में चिमनी जल रही थी। किसी के भी बाड़े में ककड़ी या तरोई की लताएं फैली हुई नहीं थी। पहले तरोई के पीले फूलों को देखकर शाम का आभास होता था। अब वह फूल दिखाई नहीं देते। संध्या का स्वागत करते शंखनाद और हुलहुली की आवाज, अब कहां है ?अब सानिया दादी और भीम भोई के भजन की आवाज़ भी नहीं आती थी। भागवत घर, अब युवा लड़कों के क्लब घर में रूपांतरित हो चुका था। चुनाव के समय वहां मांस मदिरा की बाढ़ आती थी। रूपा बता रही थी -एक दिन लड़के वहां पर बैठ कर ब्लू फिल्म देख रहे थे, तब किसी ने जाकर थाने में खबर कर दी थी। शायद वह दूसरे दल का लड़का था। पुलिस ने पूरी तैयारी के साथ अचानक छापा मारा। गणेश, भगवान इत्यादि को पुलिस पकड़ कर ले गई। गांव में हलचल मच गई। रातों-रात पुलिस को

कुछ ले - देकर उनके बाप -दादा ने उन्हें छुड़वाया, और मामला रफा- दफा किया गया।

चलते - चलते अचानक मैं रत्नाकर भाई के बाड़े के पास रुक गई। उनके बगीचे में गाय बैल चल रहे थे। घर के चारों ओर अब बाड़ भी ना था। चारों तरफ खुला था। कहां गए वह बाग बगीचे, जो इस घर की शोभा बढ़ाते थे ? कितना श्रीहीन लग रहा था, वह बगीचा। मनुष्य के मन की तरह वह बगीचा भी शून्य था..... खाली- खाली। जब तक पिताजी थे, तब तक हमारे बगीचे में कितने प्रकार की सब्जियां और फल फूल लगाते थे। प्राय:सब्जियां खरीदने की नौबत ही नहीं आती थी। अभी, एक दिन मैंने मां से पूछा - मां, अब तुम बगीचे में ककड़ी, तरोई, मिर्च इत्यादि क्यों नहीं लगाती ?

खाली पड़े बगीचे को देखकर, मां ने कहा -अब यहां कुछ भी नहीं फलता। अगर कुछ होता भी, तो बंदर, बकरी और मुर्गियों के कारण नहीं होता। दो कोपलें निकली नहीं कि बकरियां उसे चर जाती है। कद्दू और ककड़ी फलते ही बंदर चबा जाते हैं। इसीलिए और बीज बोने का मन नहीं करता। फिर घर में कौन है जो, जिसके लिए मैं पेड़ पौधे लगाऊं ?किसके लिए खीरे के बीज लगाऊं ? कौन है, जो तरोई के फूल तोड़ेगा ?

मैंने मां से कुछ और नहीं पूछा। बेकार में उसका मन दुखी होगा और वह रोएगी। अंधेरे में रास्ते पर चलते हुए, मेरी कानों मेंउसकी बातें गूंजने लगी - खीरा कौन खाएगा ?किसके लिए लगाऊं ?कौन तोड़ेगा तरोई के फूल ?

ऐसे बिखरे हुए, गांव की चाह, तो मैंने नहीं की थी। कहां गया केवड़े और केतकी के सुगंध से महकता, मेरा गांव ?ताड़ के पत्रों से लटकते दर्जिन चिड़िया के घोसले, कहां गए ?नदी के किनारे फैले कासतन्डी, तालाब के नील कमल, पदमदिघी के कमल फूल, कहां चले गए गांव छोड़कर ?अब तो पार्वती नदी के जैसा पदमदिघी का सोलह एकड़ जमीन भी पाट दिया गया। जलकुंभी के दल, अमराई और उससे लिपटी घास के बीच जैसे पदम फुल का दम घुट रहा हो। इस भीड़ में मणीनाग कैसे बचेगा ? बाड़े के रंगीनी फूल का रंग, कौन चोरी कर ले गया ?पेड़ पौधे विहीन गांव से बहती दक्षिणा पवन, कहां खो गई ?सारा वातावरण पंगु और अपाहिज हो गया।

संध्या आरती, शंखनाद, घंटे की आवाज, गौरी ताऊ के चौतिसा पढ़ने का अंदाज, सानिया दादी के स्वर, भीमा भोई का भजन, पता नहीं कहां खो गये ?मंदिर

में तिल के तेल से जलाए दिए की रोशनी में पंडित जी का पुराण पढ़ना खत्म हो गया। भागवत घर का भागवत गद्दी, किसने नदी में विसर्जित कर दिया ?

अभी भी मंदिर के बरामदे में ताश का खेल चलता है। भोजी - भात, शराब, गांजा सब पिया जाता है। छोटी चाची बता रही थी- नीचे मोहल्ले के दोना बूढ़े की नाती बहु, मंदिर पूजा करने गई थी, तब श्रीकंठ पंडित ने मंदिर के पीछे ले जाकर उसके साथ जोर जबरदस्ती की थी। इस अपराध में श्रीकंठ पुजारी, एक साल से जेल में है। उनके जाने के बाद मंदिर से भगवान की चीजें, अलंकार, बर्तन इत्यादि चोरी हो गए। वर्तमान में वह मंदिर कुछ असामाजिक युवाओं का अड्डा बन गया है। बीच-बीच में भजन के नाम पर माइक में गीत बजाया जाता है। वे गीत सिनेमा के गीत या फिर द्विअर्थी आधुनिक भजन होते हैं।

रास्ते में आगे के मोड पर मुड़ने से घर दिखाई देगा। मां परेशान हो रही होगी। बचपन में पाठशाला से लौटने में देरी होने पर मां बाहर निकल कर, हमारा रास्ता देखती थी। आज भी, वह वैसे ही होती होगी। मैंने जल्दी-जल्दी कदम बढ़ाएं। सामने से कोई जल्दबाजी में बाहर आया। मैं ऐसे चमकी जैसे कोई भूत देख लिया हो। एक तरफ किनारे होकर खड़ी हो गई। कंधे में हल, सर में गमछा बांधे हुए और .धोती पहने हुए था। चेहरा अस्पष्ट था -कौन है यह ?वह मुझे देखते ही खड़ा हो गया।

कौन ...श्री ?इतने अंधेरे में कहां गई थी ?

मेरे मुंह से आवाज नहीं निकली। कौन, मणिया भाई ? मैंने असहज अनुभव करते हुये, धीरे से पूछा।

इतने अंधेरे में कहां गई थी ?

यही शिव भाई के घर से आते-आते रात हो गई। लेकिन, तुमने इतने अंधेरे में मुझे पहचाना कैसे ?मैं तो डर ही गई। तुम अंधेरे में भूत की तरह दिखाई दे रहे थे।

कल राजू के साथ तुम्हारी बिटिया को देखा था। उसी से जाना कि तुम आई हुई हो। नहीं तो, अंधेरे में तुम्हें कैसे पहचानता ? उसने सहज भाव से कहा ।

पता नहीं क्यों, मेरा गला रुंध गया। मैंने पूछा -कैसे हो मणिया भाई ?

देख तो रही हो तुम्हारे ही सामने भूत जैसे खड़ा हूं। तुम बताओ तुम कैसी हो ?उसने उल्टे, मुझसे ही प्रश्न किया। कंधे में रखे हल को नीचे रखकर उसने कहा -बिल्कुल समय नहीं मिलता रे, नहीं तो तुम्हें देखने जरूर आता। जो भी हो मुलाकात हो गई। अच्छा ठीक है, अब आगे तुम्हारी खबर बोलो।

मुझे ऐसा लगा जैसे मेरे हृदय के बरसो पुराने जख्म पर किसी ने एक मुक्का मार दिया हो। मेरी सांसें बंद हो गईं। सब कुछ तो मुझे मिला है। सब कुछ मेरे हाथ में है। योग्य और सुंदर पति, संतान, घर, नौकरी, सब कुछ है मेरे पास। मगर फिर भी पता नहीं क्यों, पार्वती नदी का किनारा, दूल्हा-दुल्हन का खेल, रेत में घर बनाना, नारियल के खोपड़ी में चावल बनाना, नेर खाना, मणिया भाई का स्नेह और आदर, ये सभी स्मृतियां जीवन भर के लिए मेरे मन के किसी विशिष्ट कोने में सुरक्षित रह गई है। अनंत काल के लिये मेरा पहला प्यार मेरे अंदर ही आबद्ध होकर रह गया। केवल एक बार के लिये भी मैं अपना मुंह खोलकर नहीं कह पायी - मणिया भाई, तुम मुझे बहुत अच्छे लगते हो।

शायद उसके हृदय में मेरे लिए कोई स्थान नहीं बन पाया था। और अगर स्थान था भी, तो उसके जीवन के उस मोड ने सब कुछ बदल कर रख दिया। मैं अंदर ही अंदर उसे खोजती थी। इसलिए यह एक तरफा प्यार वैसे ही एक तरह से खत्म हो गया था। फिर भी कभी-कभी, मेरे पति के चेहरे में, मुझे मणिया भाई का चेहरा दिखाई देता है और मैं अपराध भाव से चमक पड़ती हूँ, क्यों ?क्यों, मैं दिन - रात जलती रहती हूं ?

मेरी आंखों में आंसू आ गए थे। मुझे निरुत्तर देख मणिया भाई ने पूछा -ऐसा लगता है, अभी कुछ दिन और रहोगी ? एक बार हमारे घर जरूर आना। कंधे पर हल उठाते हुए, उसने फिर से कहा - चल - चल तुझे, घर छोड़ दूं। रात हो गई है, तुझे डर लगेगा।

मणिया भाई को अभी भी याद है, कि मैं अंधेरे में डरती हूं। चलते- चलते उसने कहा - गांव को तो तुम देख रही हो। आजकल यहां और कुछ भी अच्छा नहीं लगता। यदि कोई काम मिले तो, मैं भी शहर चला जाऊं।

मैं चुपचाप चली जा रही थी। कहने का मन हो रहा था -किस शहर में जाओगे तुम, मणिया भाई ?सभी तरफ आग लगी हुई है। शरीर, मन और आत्मा सब कुछ धूं - धूं कर जल रहा है। अपना कष्ट किसी को दिखाया नहीं जा सकता।

मशीन के जैसे दिन कटता है। काम चल रहा है। शहर के प्रत्येक मनुष्य एक-एक मशीन में बदल गए हैं। किसी के पास किसी के लिए समय नहीं है। किसी के पास सुख -दुख, भावनाऐं बांटने का ना ही समय है ना ही मन। मुझे ही देख लो गांव में थोड़ा सुख शांति मिलेगा, कहकर शहर से दौड़ी चली आई हूं। मगर देखती हूं यहां

भी चारो तरफ वही तपिश है। सब कुछ जलकर राख हो गया है और इस आग में सारा जीवन जल गया है। बहुत ही कष्टदायक है, यह अधजला जीवन।

सामने घर है। मां बरामदे में बैठी हुई है।

मणिया भाई ने कहा -ठीक है मैं चलता हूं। कल हमारे घर तरफ आना। आओगी ना ?

मैंने कहा - हां।

टाट का दरवाजा हटाकर, बरामदे में चली आई। मां ने कहा - दोपहर से कहां घूम रही थी ? रात हो गई। गांव के कच्चे रास्ते हैं। कौन, मणिया छोड़ कर गया ?

बरामदे के एक तरफ चाची, राजू और खुशी बैठे थे। रो-रो कर खुशी की आंखें फूल गई थी। ऐसा लग रहा था जैसे खूब रोई हो। बरामदे में चढ़ते ही चाची ने कहा - आह ! बेचारा, कितना दुखी है। पिछले साल उसकी पत्नी मर गई। बच्चा होने वाला था। दो-तीन दिन तकलीफ में रही, लेकिन उसका उद्धार नहीं हो पाया अस्पताल ले जाते, ले जाते रास्ते में ही उसने दम तोड़ दिया। घर में एक बेटा और एक बेटी है। बेटा बड़ा और बेटी छोटी है। इतना कहकर चाची चुप हो गई।

मैंने कहा -क्या डॉक्टर नहीं थे ?बुलाने से वो स्वयं घर आए होते।

राजू ने कहा -हमारे इस ग्रामीण इलाके में डॉक्टर। 'लंका में हरि नाम'। हमारे गांव के डॉक्टर खाने में सात-आठ साल हो गए डॉक्टर नहीं है। कंपाउंड सर्वेश्वर ही सर्वेसर्वा है। यहां डॉक्टर खाने का मतलब है, सर्वेश्वर का राज्य। दवाई का मतलब - सलाइन। बुखार, खांसी, सर्दी, डायरिया, सर दर्द, सबके लिए, सलाइन ही एकमात्र दवा है। सलाइन ही सर्वयंत्रणा निवारक महाऔषधि है। सर्वेश्वर ही स्कूटर से दूर दराज के रोगियों को देखने जाता है। एक बार की फीस ५० रुपयेलेता है।

अगर, भूले भटके कोई डॉक्टर गांव आ भी गया, तो सर्वेश्वर उसे टिकने नहीं देता। उसकी तुरंत बदली हो जाती है। स्थानीय विधायक, सर्वेश्वर का साला है। स्थानीय बाजार में सर्वेश्वर की दवाई दुकान है। वहां दो प्रकार की दवाइयां मिलती है। एक असली और दूसरी नकली। हमारे गांव के चिकित्सालय का डॉक्टर भी सर्वेश्वर और ईश्वर भी सर्वेश्वर ही है। जो धनी है, वह तो इलाज के लिए शहर चले जाते हैं बाकी के बच्चे गरीब लोगों के लिए सर्वेश्वर ही सर्वशक्तिमान भगवान है। बज गए तो अच्छा, मर गए तो भी अच्छा।

राजू की बातें अभी खत्म नहीं हुई थी, कि खुशी फिर से रोने लगी। मेरे पास आकर दोनों हाथों से मुझे पकड़ कर बोली -चलो, अभी घर चलो। मैं यहां अब और नहीं रहूंगी। मुझे आज नानी ने मारा।

मैंने मां की तरफ देखा - क्या कहा, मेरी मां ने तुम्हें मारा? मेरी.... मां ने?

मां ने कहा - मंझली चाची के बगीचे से एक छोटा सा कद्दू तोड़ लिया। उसने जो गालियां दी, उसी को पकड़ कर बैठी है। तुम तो नहीं थी। कितना, रोई क्या बताऊं ?बाप रे ! मेरे तो, नाक में दम कर दिया।

खुशी ने वैसे ही रोते-रोते कहा -नहीं मां, नानी ने मुझे गालियां भी दी और मारा भी। मेरे कान भी मोडे। वह क्या है, मैं नहीं जानती थी। मामा को दिखाने तोड़ लाई। अगर मैं जानती होती, तो क्या कभी मैं तोड़ती ? उन लोगों ने कागज में लिख नहीं दिया ?इसे तोड़ना मना है। उन्होंने मारा क्यों ?वह सिसकियां ले - लेकर रोने लगी।

मैंने उसे गोद में उठा लिया। कहा -बदमाशी करने से क्या, मैं तुम्हें नहीं मारती ?तुम्हारी प्रिया मिस भी क्या तुम्हें नहीं मारती ?तुमने भूल किया, इसलिए उन्होंने तुम्हें मारा।

तुम हमारे घर चलो। मैं अब यहां नहीं रहूंगी। यहां के बच्चे भी अच्छे नहीं हैं। मुझे अपने साथ, खेल नहीं खिलाते हैं। रास्ते में कीचड़ होने के कारण, मैं मामा के कंधे पर बैठती हूं, इसलिए वे मुझे चिढ़ाते हैं। और वह दाढ़ी वाले बुद्ढे, जिसे तुम चाचा कहती हो -मुझे देखते ही शादी करने की बात करते हैं। तुम घर चलो मां। मैं यहां अब बिल्कुल भी नहीं रहूंगी।

खुशी की बातें सुनकर, मैं हंसू या रोऊं, समझ नहीं पा रही थी। उसे प्यार किया और कहा - ठीक है, ठीक है हम अपने घर चले जाएंगे। कल ही चले जाएंगे।

मेरे कंधे पर सर रखकर वह फिर से रोने लगी।

मैं अनुभव किया -मेरे जैसे, उसे भी खूब कष्ट हुआ है। इतना कि उसका रोना निकल रहा है, लेकिन मैं ता - रो भी नहीं पा रही हूं। उसे गोद में उठाकर मैं बरामदे से नीचे उतर आई।

आकाश की ओर, उंगली दिखाते हुए कहा -वह देखो, वह जो सबसे बड़ा तारा है वह मेरे दादाजी हैं। उसके पास का वह तारा मेरे पिताजी हैं। उसके पास ही लगकर जो छोटा सा तारा है, वह मेरी दादी है।

आपने कैसे जाना ?खुशी ने उत्सुकता से पूछा।

मैंने कहा -अच्छे लोग मरने के बाद . आसमान में जाकर, तारे बन जाते हैं।

उसने पूछा - मंझली नानी, क्या होगी ?

वह भी तारा होगी। -मैंने कहा

नहीं, बिल्कुल नहीं, वह तारा नहीं होगी। उसने गुस्से से कहा।

तभी आकाश से तीव्र गति से उल्का पिंड नीचे की ओर गिरा और अदृश्य हो गया। खुशी ने पूछा -वह क्या था, मां ?

मैंने कहा - उल्का।

वे उल्का बनेंगी। मंझली नानी, उल्का बनेंगी।

वह मेरी गोद से उतरकर अपने मामा की ओर दौड़ी। उसके कानों में फुसफुस कर कुछ कहा और हंस पड़ी। राजू ने भी उसके साथ हंसते हुए कहा -हां, हां बिल्कुल ठीक कहा तुमने, बिलकुल वही होगा।

मैं समझ गई, खुशी ने अपने मामा के कान में मंझली चाची के उल्का पिंड होने की बात कही। काश ! मैं भी खुशी की तरह खुश हो पाती, भला ? कैसे मैं एक शून्यता के बीच झूल रही हूं? ऐसा लगता है, जैसे कोई मेरे अंदर निरंतर रो रहा हो।

सच में, क्या मनुष्य बहुत अधिक की अपेक्षा रखता है ?

और इसीलिए कष्ट पता है ? दुख सहता है ?

गांव के इन लोगों ने, क्या अधिक की चाहत की थी ?क्या अधिक खोज रहे थे ? फिर कहां, पर चुक हो गई ?कितनी शीध्रता से आंधी की तरह, यह परिवर्तन की धारा गांव में घुस आई है। क्या सच में गांव का नामोनिशान गांव की सभ्यता संस्कृति सब मिट जाएगी ? गांव का इतिहास, गांव की परंपरा, क्या लुप्त हो जाएगी और यहां एक शहर बस जाएगा . ...हृदय विहीन शहर।

और ५० या १०० वर्ष के बाद अगर कोई पूछे कि गांव कैसा होता है ? तो क्या सच में, उसे गांव दिखाया जा सकेगा ?हो सकता है, उसे गांव का चित्र दिखाकर, गांव के विषय में परिचय देना पड़ेगा।

रात को सोते समय खुशी ने पूछा - हम घर कब जाएंगे मां ?मुझे यहां अच्छा नहीं लग रहा। बिल्कुल भी अच्छा नहीं लग रहा है।

बिल्कुल भी अच्छा नहीं लग रहा ? - मैंने स्नेह पूर्वक पूछा - क्यों ? नानी ने मारा इसलिए ?

नहीं - नहीं, वह बात नहीं। लेकिन तुमने मुझे गांव के बारे में जितनी भी बातें बताई थी। यह वह गांव नहीं है, मां। यहां कुछ भी वैसा नहीं है। क्या तुमने सारी बातें बनाकर बताई थी, मां ?

मैंने उसके सर को सहलाते हुए कहा -तुम्हें जो भी कहा था, जैसा भी कहा था, ठीक वैसा ही एक गांव था यहां। सब कुछ ठीक-ठाक था। मगर बीच में कहीं से आधुनिकता नामक, राक्षस गांव के भीतर आ गया। और उसी राक्षस ने सब कुछ उलट- पलट कर रख दिया। गांव का सुख, समृद्धि, श्री, संपदा, सब कुछ उसके वश में हो गया। उस राक्षस के विषय में जब गांव के लोग जागरूक होंगे, तभी उस राक्षस का विनाश हो पाएगा।

तभी बगीचे के आम पेड़ से, एक उल्लू ने हूट- हूट की आवाज लगाई। खुशी मेरे गर्दन को अपने हाथों से पकड़ कर मेरे और समीप आ गई। कोई पक्षी अपने साथी से बिछड़ कर पेड़ की डाल पर बैठा उसे पुकार रहा था। सर के पास के खिड़की से बाहर देखा, तो आसमान में चारों तरफ चांदनी बिखरी पड़ी थी। बाहर की साफ छाया ही उदास निर्जन चांदनी रात को देखकर, मेरा मन एक अनजाने डर से कांप उठा। मेरा मन हुआ और नहीं, जितनी जल्दी हो सके, मुझे अपनी दुनिया में, लौट जाना ही उचित होगा। दुख के बोझ से मेरा मन भी और अस्थिर हो गया। जिस चांदनी में नहाने के लिए पागल होकर, मैं गांव की ओर दौड़ी चली आई थी। बाहर वही चांदनी रात, मानो मुझे चिढ़ा रही थी।

मैं देख रही थी, सुदूर सूटकेस पकड़े एक छोटी सी लड़की का हाथ थामें, कोई आगे बढ़ा चला जा रहा है। बस पकड़ने के लिए ....वापसी का बस।

BLACK EAGLE BOOKS

www.blackeaglebooks.org
info@blackeaglebooks.org

Black Eagle Books, an independent publisher, was founded as a nonprofit organization in April, 2019. It is our mission to connect and engage the Indian diaspora and the world at large with the best of works of world literature published on a collaborative platform, with special emphasis on foregrounding Contemporary Classics and New Writing.